新丝路文库

一条不容低估的文学带

少数

[土耳其] 哈坎·君代 著

龚嘉华 译

AZ

HAKAN GÜNDAY

上海文艺出版社

新丝路文库

编委会

(按姓氏笔画排列)

冯植生　　张晓强　　林洪亮　　高　兴
曹德明　　蔡伟良　　薛庆国　　穆宏燕

字母表里，A和Z离得最远又最近，人也一样

致尼喳·切力克

我们不是多数,这是当然的
我们不在多数的那一边
我们永远不会在多数的那一边……

——《抗议的两个前提》

① 尼喧·切力克（Nevzat Çelik）：一九六〇年出生，土耳其诗人，曾因政治因素被捕入狱，但他坚持否认控诉。近年受邀成为美国笔会荣誉会员。
② 《抗议的两个前提》（İtirazın İki Şartı）：尼喧·切力克的著名诗作，陈述压迫与被压迫的文化挣扎。

目　　录

德妲 DERDÂ / 001

德达 DERDA / 141

德妲和德达 DERDÂ & DERDA / 289

德妲

DERDÂ

她才六岁,却已近死期。她浑身发抖,害怕到无法不去紧盯着那只虫子看。天花板像一片广袤的向日葵花田,但她眼里只有那只虫子,尽管只有一粒葵花籽那样小。虫子的细腿布满绒毛,触须细如睫毛。它一动也不动,仿佛一张定格照片,冥冥中又像是灰水泥上的一个黑色污渍。女孩双眸乌黑,睡眼惺忪又充满惶恐。

她把盖毯拉到下巴,用一双汗津津的拳头紧紧攥着。她睡在没有楼梯的上铺,距离天花板不到半公尺的距离,那只虫子随时都可能掉落在她脸上。如果入睡时嘴巴张开,虫子会穿越她的牙齿落入嘴里。又或者,虫子会掉落在盖毯上,缓缓爬上她脸颊,钻入鼻孔并一路咬啮进深处。她急忙翻身往床榻下探看,猜想着自己离地面多高,可惜她没有足够的耐心去找出答案。于是,她又转身面对天花板,盯着虫子瞧。

当然这不是她第一次见到虫子,她在自家的墙上看到过,在别人家的墙上也看过,她还没见过谁家的墙上没有虫子。父亲说这些虫来自附近的小溪,她也见过从溪边来的大型昆虫。这些大昆虫爬到天花板上,会因为太重而掉落到炉子里。当然,她也见过小虫,像是害她剪掉头发的跳蚤。她见过虫子仓皇逃进墙缝,也见过一袋袋甜菜根底下的虫,耐心地等待死期到来。她甚至见过老鼠。有一次还见到了一匹狼。狼比这只黑眼虫子要大上百倍,但这些她都不畏惧,她从未因为它们颤抖或者哭泣。过去,她从来没有孤身一人,现在其实也不算孤身一人,宿舍里还有其他三十五名孩子。只是她们不能作数，她甚至不知道任何人的名字，现在再问也太迟了。她们全都睡了。她倾听她们沉睡的声音，有些人的气息被不通畅的鼻子堵住。有些孩子在睡梦中辗转反侧，发出哼鸣，有些孩子把枕头翻过来试着找个凉爽的位置，有些孩子用一只脚跟搔抓另一只脚。但没人在担心这只虫子。

她必须设法挪动自己，在虫子掉落到身上之前离开上铺。怎么做到呢？这里为什么没梯子？下铺的小孩当时推了她一把，并且说，下一次她必须自己想办法下床，口吻听起来相当不耐烦。

她把盖毯拉到遮住脸，但羊毛经年使用的触感变得粗糙，像是一根根刺刮搔着她的脸颊，无论如何，她知道盖住脸是错的，因为这样一来，自己就看不到虫子了。看不到不代表就不见了，虫子毕竟还没有离开。为什么要躲在看不见敌人的地方呢？这样反而危险。虫子可能随时有所动作，而这里没有监视器，没人会发现。

汗水在她脸上不停流淌。太阳穴上的水痘疹开始发痒。她的心脏正剧烈地跳动，她喘不过气来。她感觉自己极度孤单，她得找到出路，找到下床的法子才行。一定有办法的。她决定了，要走简单的路，用快捷的方式，让命运来决定。她把盖毯从床铺丢下去，自己也跟着往下跳，跳入无尽的黑暗里。

她的额头撞击到地面，发出啪的一声。但没人听见她的脖子断了。撞到水泥地板时，如蜂鸟振翅般疾速扑打的心脏瞬间完全静止了下来。她六岁。在黑暗中，在恐惧之下，天花板的裂缝变成一只黑色的虫子。七年来，每当夜幕垂降，这个裂缝就会变成一只虫，但只要走廊的灯亮着，房门开着，裂缝就只是裂缝。

德妲的眼睛在啪声传出的瞬间睁了开来，看到一个女孩瘫躺在地面上，颈子扭转到后背。虽然四周漆黑无法看清那人是谁，可她心里已经明白了。几个小时前她刚刚盯着她的眼睛，叫她去睡上铺。她帮她爬上去，恐吓她说，如果抱怨，就把她的舌头割下来。她刻意让音量大到所有人都听得见。而现在，那女孩就躺在眼前的地板上。她一定是失足跌下来了，或者是她自己往下跳呢？

她把手从枕头下方伸出来，捏捏女孩的手臂。没反应。再戳戳女孩的后肩，也没反应。她抬起头，从床沿的铁栏之间扫视寝室，看看是不是有别人也醒着。没有任何其他孩子抬起头，她这才放心，慢慢爬下床，跪在女孩身旁，扶着女孩的肩膀把她转过来。女孩就像一只猫那样轻。小小的脸蛋布满血痕。德妲扶起她的头颅，四处张望，确定没人醒来，然后哭了起来，同时抿咬住下唇来压低音量。她静静啜泣，以免吵醒其他人。

小女孩来自娅特贾，一个由国家资助的民兵和网民聚集的恶名昭彰的地方。娅特贾是孩子口中的间谍村，那里全都是婊子养的间谍。协助任何娅特贾的村民是被严禁的，就算是死人也一样。当晚，德妲什么也没做，也没跟当班的老师报告任何事。她只是哭泣。慢慢地，她放下女孩尸体，悄悄爬回自己的床上。德妲也来自娅特贾，她整整花了四年才让学校的其他孩子忘掉这件事。

盖毯从上铺垂耷下来，成为一个大三角，其中一个角恰好垂落到地面上。德妲在黑暗中把这块盖毯想像成一张风帆，床则变成了一艘船，一艘暗夜航行的帆船。这是曾在绘本里出现过的画面。书里船身七彩缤纷，扬起白色的风帆在湛蓝的大海上前进。甲板上穿黄色雨衣的小女孩们喜笑盈腮，一路航向地平线。书里的小女孩们都是开心的。但那只是一本书，一本蠢书，或许是这世上最愚蠢的书，哼，那群废物。那些女孩压根就不存在，假设她们是真的，书上应该会充斥她们开心的相片，而不是这些矫造的水彩画。

"主，请让我在梦中死去。"她呢喃道。

她想要更正自己的说词，说"在睡梦中"，但这艘船渐渐沉入梦乡。她十一岁，十，一。

"那个脏兮兮的娅特贾小女孩死了！"

德妲宁愿自己在梦中死去，但却不得不保持清醒，只好继续听下去。

"她摔下床，整个头都摔裂了！而德妲这笨蛋竟然还在睡！起来！给我醒醒！"

她认得这个声音，是努泽宁，她父亲在六年前的警局攻击事件里中枪身亡。所有镇民都要求警方交出尸体，然而，当特警的坦克驶进镇里，所有的抗议顿时销声匿迹。因此，组织决定自己动手取回尸体。他们在晚上发射了一枚火箭，但很讽刺，火箭没有打中区域宪兵总部，倒是落在隔壁努泽宁家的屋檐上。其实只是一点点误差，却使死掉的男人家里倒了两堵墙，还顺带炸碎了一名沉睡中的婴儿。最后，谁也没能找回尸体：尸体被埋入警察局附近的土坑里，显然，大自然决定将它们占为己有，所以也没什么尸体可找。组织的区域领导人诚挚地向努泽宁的家人致歉，最后只付了承诺过的血泪钱的一半。剩下的一半，则由镇民们用荣耀与尊敬之类的永恒货币来抵偿。农业银行①的贷款让他们得以将坍塌的两道墙重建起来，恐怖事件受难者的赔偿金则让他们有余裕陆续又增辟了两个房间。身为家中长女的努泽宁得到应有的关照，被选为区域寄宿学校里的舍监。同时，镇民们也一致认为幸好被炸死的是女婴，才不致演变为血海深仇。

---

① 农业银行（Ziraat Bank）：土耳其最大、历史最悠久的银行之一，成立于一八六三年。

德妲在努泽宁试图摇醒她时才睁开了双眼。

"从娅特贾来的女孩昨晚从床上摔下来。起来吧,叶心小姐正在找你。"

她说不出话,所以只是点点头。她坐起身,把脚放到地面,却又迅即缩回。她抬起头,看见努泽宁正往下望,且听见了预期中的话。

"弄干净!"

她的脚底沾满鲜血。

"我不是跟你说让那个女孩子睡下铺的吗?"

叶心在五个月前被分派到这所区域寄宿学校。第一眼见到庞大的校舍时,她吓得差点退缩了,之后得知此处只有四名老师负责四百三十名学生,她就更难说服自己继续前进。但能怎么办?还要再等五年才能被重新分派到其他学校。

"我在跟你说话,听见没?"

要是只说"我要跟你的家长谈谈"就好了。然而这里不行,如果她找来学生的法定代理人,他们会带着 AK-47 步枪过来,然后质问是不是对于他们的保护有任何意见。他们会暗示自己随时能够停止"照顾"亲爱的老师。学校里的学生并不是懒散、调皮或顽劣,但家长认为,老师是国家派来给孩子洗脑的间谍。他们甚至宣称,老师的到来是为了从他们手里把婴儿给抢走。孩子们的父亲因为对抗政权而殉难,孩子们则受尽了折磨:他们必须学习社会科学、数学及土耳其文,回家作业和考试则是另一种虐待方式。十四岁就该嫁人的女孩,为何得去跟男老师互动呢?她们应该嫁给年纪适合的男人,然后好好待在家里。这些学校甚至颠覆了当地人的宗教信仰。但你能怎么办呢?组织无法一直照顾你。如果你被遗弃,国家之外你也无处可去。跟疯狗玩耍的孩子从粪土盖的房子里被扔到叶心的手上,她也张开双手接纳他们，更糟糕的是，他们还不知羞耻地搭住她的肩，开始跟她称兄道弟。

"德妲，回答我！你知道自己做了什么吗？"

这儿有个能回答的人叫德妲吗？她还剩什么？她还有哪个部分是属于十一岁大孩子的？脚，指甲，还是凹陷的脸颊？哪个部分的她还是孩子？是宛如一缕轻烟自发辫里流散而出的发丝？还是龟裂后从未愈合过的脚底板？

"好吧，德妲，没关系。去餐厅吃早餐吧。记得洗手洗脸。"

如果我们说德妲还算是个孩子，那么，二十六岁的叶心也还算得上是位老师。她放开德妲柔弱的肩膀，手托着她的下巴，挑起她的头。也许，她能够从对方眼里看见一个真实的自己……家猫与野猫彼此对峙，彼此的距离只有一个拳头那么宽。叶心终于败下阵来，紧闭双唇的德妲胜出。

"我们待会儿再谈。"

叶心看着小女孩消失在门外，她打开书桌的上层抽屉，拿出一包烟。她从烟盒里推出一根烟与一只打火机。点烟，烟雾随叹息弥漫开来，模糊了她的脸，泪水濡湿了眼。开始，她想过逃跑，想走出这栋大楼，穿越花园，踏出铁门，跑进村子里。她可以在那儿搭上小巴士，远离这他妈的地方。只是，辗转之后，她还是回来了。她在玻璃烟灰缸上试图把烟掐灭，但烟未熄，扁掉的烟头依旧冒出烟来。她再试了一次，又试了一次。她的指尖变成黑色，烟灰也卡进指缝中，但烟还不停在燃烧。她决定不再关注那支烟，开始闭起眼，坐着，等着。管他的，发生什么事都无妨，地震、火灾、山崩，任何灾难都好，她只想要有个神奇的笔尖，能够替这一切画上一个完整的句点。她等待，事情就这么发生了。

办公室摇摇晃晃的门被推开来，没敲门。是副校长聂资。他探头到办公室里,透过眼镜望见年轻教师正躺在椅子上闭着眼,上班时间。

"叶心小姐,你这是在睡觉吗?"

她眯起了眼睛。

"小女孩的家人无法赶过来。村子的道路堵住了。宪兵来之前,尸体暂时就搁在厨房的肉柜里。好了,去餐厅吧,孩子们不该没人管。"

这跟她期待的灾难有点不同,不过,把死去的孩子放进肉柜也够麻烦的。她感觉胸口一紧,肠胃变得跟石头一样硬。她觉得身体变得沉重,像把一颗石头给吞进肚子里似的。她没能站起来,只是心里也清楚聂资肯定会坚持。果然。

"叶心女士,我们没时间等你。走吧。"烟仍然从烟灰缸缓缓飘升。叶心望着烟雾散去,心想"原来人就是这样迷失自我的。"接着她不再继续想了,她拿起玻璃烟灰缸砸向聂资。烟灰缸打在门板上,聂资躲到走廊里。叶心再拿起大订书机抛过去,接着是笔筒、笔记本,然后是一本五百页厚的书。最后,只见考卷在屋里像野鸟般翻飞,冲撞着摔落到地面。聂资在门后叫喊。

"喂,叶心女士!叶心!"

但叶心听不见。她的视线停留在桌上的一组文具,这是母亲送的礼物。一支钢笔,一支圆珠笔,还有一把拆信刀。她举起拆信刀,刺进胃里。如果她死了,一切就不再是问题了。但很不幸,她活了下来。

其实,在一名学生死亡、一名教师自杀未遂的那天,学校也同时竭力让一群穿着迷彩服的贵宾感觉宾至如归:宪兵们说着一些让学生们笑不出来的笑话,将军假装在聆听校长谈话。聂资揉着太阳穴,但他其实并不头疼。德妲嘴里嚼着食物,却咽不下去。叶心躺在医护室里唯一一张病床上,想死，却依然活力高亢。

做完决定，下完命令，宪兵队准备把叶心连同孩子的尸体一起带回城里，给予他们专业的协助。情况紧急。在无人管束的学校，重心偏移，就像是被突来的风浪冲击的船只似的，左摇，右晃，然而只有德妲一个人觉得恶心，其他人都平稳如常，德妲却觉得自己像要掉到海里。她没溺水，但他们还是让她脸朝下趴着，以免舌头堵住气管。可她感觉不像倒下来，反而像躺着。

医护室里，她闻到叶心的味道。她抬头找，但医护室里空荡荡的，这是叶心先前躺过的那张床。她用头磨蹭枕头，让头发散在枕头上，四处寂静无声。即便真有什么声音，哭泣的德妲也没办法听到。

一天之内，她造成一个人死亡，一个人自杀。她用力闭上双眼，叶心的样子和娅特贾女孩的面容挥之不去。德妲或许没有三个肾脏，但她有双倍的良知和随之而来的加倍痛苦。或许，医学文献不会记载她是拥有双倍良知的第一人，但这对她小小身躯来说已太过沉重。德妲觉得自己将永远无法起床。"他们会把我丢进监狱里。"她小声说。

"宪兵会发现真相，然后就把我丢进监狱里。"

不过，在宪兵出现前，还有另一个团体会让她畏惧。世上历史最悠久的一个团体：家人。或者说，半个团体：母亲。德妲没有父亲，他把母亲搞大肚子后四天就去了伊斯坦布尔，再也没有回来。这已经是十二年前的往事了。他总算还有点良心，先让母亲怀孕，让她不至于孤单。他们在真主的面前结合，还有教长与两名见证人在场。然而婚后所有人都离开了，只留下真主照看母亲。可惜，真主只会在生命的终点提供协助。这是她唯一的祈求："主，求你带走我的性命，求你拯救我。"真主终究会听见她的，人人都会获得死亡的救赎，可惜她缺乏耐性。她的耐性早就用罄，她计划在德妲乳房尚未发育时就把她嫁出去,为了这天,她已经足足等了十一个年头。前两年她们还住在丈夫家,忍受因为没能生出儿子而招致的冷嘲热讽。后来,她带女儿逃了出来,在城里的教师宿舍负责打扫。但她嫌自己弄得太脏,工作又委实耗费时间。她扭曲的身体已经不愿意在三层楼的教师宿舍里、跟在桶子后面爬上爬下了,不愿意再折磨双膝,在地板上磨来磨去,她也不愿意再让漂白水啃食她的双手。她想回到村子里,回去盖一栋屋子,养些动物什么的。反正,女儿也不想上学了,不然她不会那样在学校的花园里昏倒,不是吗?副校长也就不用联络她,叫她来看女儿。那个副校长是个混蛋,他可知道搭一趟小巴要花多少钱?刷洗教师马桶的人是他吗?吸了太多盐酸、都快把肺给咳出来的人是他吗?她要把女儿带离学校。如果他们阻止,她就要绑架自己的女儿。总会有办法。她们要回到村子里:"怎么说,她也都是我们的血肉。"她或许没钱,但她还有德妲。亲戚们会帮她想到法子的。谁会不想要一个十一岁大的天真女孩?只要一间房子和几只动物,她就愿意把德妲给嫁出去。德妲会结婚,会让母亲过上好日子。毕竟,这是孩子欠母亲的。

"沙妮耶姐妹!"

她把脸从小巴的窗子上移开,把思绪甩开,把车资交给司机。车子开进校门时,她决定了,回程就让德妲坐在自己的大腿上,这样就不必多付一人的车资。

"姐妹,你的女儿病了。但不必担忧,情况不严重。请原谅我们让你跑这一趟,但孩子看到你一定会很开心的。"

聂资跟沙妮耶这么说,接着换沙妮耶开口。

"阁下,请让我带走我的女儿,我要带她回村子里一个星期。让她好好静养。等她好些之后,我会带她回来的。"

聂资的心思全在叶心上。他想，有些人就是无法适应，无法习惯这个地方。显而易见，她刚来时就有些怪怪的，他想。她脑袋不太对劲，否则怎么会想自杀？

"可以吗？阁下。"

"你说什么？"

"孩子，我说请让我把她带回村子里一个星期。"

"到村子里？你说娅特贾吗？可是路不通啊？"

"不，我要带她去库鲁德勒。"

聂资对这个话题丝毫不感兴趣，所以有继续。他心里想的全是叶心，更准确地说，全是她的那双乳房。他想起自己触摸它们的那一晚。那一晚，在叶心的房里，他坐在她床边的椅子上。那晚，他一只手捂住她的嘴，另一只手压抵在她的乳房上。那晚，他望着叶心的双眸并且轻声对她说："我会让他们枪杀你，连尸体都找不到！"那晚，叶心在极度恐惧下浑身颤抖。他想起在那个黑暗的房里，他贴近女孩的脸庞，以及离开时他叫她不用担心，他不会干的。但现在叶心离开了，未来他该摸谁呢？谁会接着当那位好女孩，好好把脸擦干净，假装什么事都没发生？有谁会比叶心更懦弱？高年级的女孩还是低年级的？一头金发的努泽宁从他身边走过。就是她吧，他这样一想，顿时觉得好多了。

"好吧，带她走吧。但下周一定要把她带回来。"

"真主保佑你，阁下。"

聂资不喜欢别人吻他的手。他扶着沙妮耶的双肩让她站起身。他想，她真美，要是能除掉身上的漂白水味就好了。

德妲无法理解，所以又问了一次。

"一整周?"

沙妮耶正把女孩的所有物品从寝室柜子里拿出来,放进两个提袋里。她看着德妲。

"副校长答应了。"

"但我有功课。"

沙妮耶盯着德妲的双眼。

"你回来后可以跟上。"

"所以,我一个星期后就会回来了?"

沙妮耶更认真地看着德妲的眼睛。

"我的孩子,没错,我们到村子里该做些什么呢?我有一周的休假。"

总比被逮捕要好,德妲这么想,至少比被宪兵带走要好。她想起教科书,想起自己学习成绩总不好。回到村子里应该会有很多时间可以好好弄明白。

"等等,我要去教室里拿书。"

这次沙妮耶没有说话。她只是在女孩离开的同时抬起头,望着随她蹦跳摇摆的长辫子。

教室空空荡荡。德妲打开桌子的抽屉,把课本和笔记本取出来,小心翼翼放进袋子里,她恨死书页的边角被折到。努泽宁走进来的时候,她正把数学课本放进去。

"你要去哪儿?"

"我妈妈来了,我们要回村子里去。"德妲答道。每次跟努泽宁独处,她总觉得有股恐惧感袭来。她加快打包速度,以免恐惧感爆发,连书页被折到了都没发现。

"什么时候回来?"

"一周后。"

努泽宁有些异样。她的声音丝毫不带以往的暴戾。通常，她说话会给人一种遭受重击的感受。她是从来不需动用到双拳的。然而现在，她只是看着，静静地看着。德妲试着把装太满的背包扣上，而她只是那么看着。努泽宁十五岁，某些部分，十五岁就像是二十五岁。

"你还会回来吧？"她问。

德妲不知该如何回应对方这突如其来的兴致，她还没学会怎么自信地说话

"当然会回来，妈妈是这么跟我说的，我下星期就回来了。"

德妲把背包甩上肩准备要走，努泽宁却站定她跟前，仅仅一个掌距，试图挡住去路。努泽宁的个头比德妲约莫高出一本大部头书，德妲下意识抬头挺胸，希望借此弥补差距。短短数秒间，德妲看着努泽宁，努泽宁也看着德妲，她想着其他那些像德妲这样离开的女孩们。没人回来过，没人知道自己再也不会回来。一旦时机来临，她努泽宁也会离开。她会跟着舅舅离开，再也不回这所学校。她要离开，再也不回来。努泽宁把路让开，德妲继续往前走。她想，是否该回头挥挥手呢，但这个想法太可怕了，德妲没办法伸出手来。

"嘿，娅特贾女孩。"

德妲僵住，回头看到一只手悬在半空，那是努泽宁正在挥舞的手掌。德妲终于露出当天的第一个笑脸，或许是当周的第一个。

德妲小步小步走着，以免因为融雪而滑倒。她的腿发酸，耳朵冻得通红。她听到母亲说：

"你看，坚持要带那些书，结果现在走不动了吧！"

"我们要去库鲁德勒吗？"

"我们去姨妈家。你还记得穆巴列姨妈吧?我们就是要去她那儿。"

她们必须在凛冽寒风吹进脑子之前走上大路,并且搭上小巴士。沙妮耶用说话来取暖。

"学校今天发生了什么事?大家都在谈论,但我没能听懂。"

德妲双眼直愣愣地望着前方。她想把脸压进母亲胸膛,一半是因为羞耻,另一半是因为寒冷。

"有个跟我们同村的女孩从床铺上掉下来,死了。宪兵都来了,叶心老师……"

然而,企图以讲话来取暖的人并不善于聆听,沙妮耶抬起手臂,像只笨鸟般在空中挥舞起来,想拦下一辆路过的小巴士。

白色车门开启,车内乘客发散的热气扑面而来。她们踏上台阶走入车内坐下。德妲最后没有坐在母亲的腿上,因为司机并没有要求她付费。他是沙妮耶的远亲,一个弃之可惜的无用亲戚。

落在她们领子上的白雪渐渐融化了,雪水沿后颈滑入衣服里。十五个挤在小巴士里的人所散发出来的温暖气息,仿佛有种催眠效果。

她们的眼皮慢慢垂下来,冰冻的睫毛也随融雪缓缓软化了。德妲坐在车子最后一排,夹在母亲与一名老人之间。他们的肩膀成了她的睡枕。小女孩睡了,睡梦中,她变得更瘦小。瘦小的她做了一场噩梦,梦见自己抱着死去的娅特贾小女孩,她放声大哭,随后便醒了过来。醒来后,德妲却发现自己忘记了那个梦。

"沙妮耶姐妹!"

库鲁德勒到了。

与其说是村庄,库鲁德勒看起来更像一块崎岖不平的土地。烟雾从支起来的窗口拢起、升腾,将原来一片净白的天空染了色。库鲁德勒没有街名或门牌,只有一个一个隆起的人造建筑挨挤成一团来御寒。有些人就住在里头,只是勉强能住而已。四十三户人家,家家都紧密地比邻而居:阿雷赞部落的肯得支系——没落的那一系,留之无用的那一系。这是个除了蚂蚁尸体以外,任谁都不想留下来的地方,连谢赫①嘉孜都懒得路过。一条干涸的溪流,干枯到仿佛不存在似的。或许真的不曾出现过,也或许是看到这个村庄之后,它决定改道。

库鲁德勒的人是不说话的。他们生气时就发牢骚,祈祷时就喃喃低语,除此之外就是无尽的沉默,以及许多乌鸦的叫声,还有清真寺的扬声器:"库鲁德勒村民们,阁下②将造访吉提尼村,我们将前往迎宾。小巴士在明日早上九点出发。"接着是喇叭的杂音以及伊玛目③的一两声咳嗽,之后村庄再度回归静默,仿佛什么都不存在似的,仿佛每个人都憋着气。四十三户人家,四十三个家庭,一个个宛如遍布裂隙却持续保持神秘的陶罐。

"姐妹,我们来了。"

穆巴列看着沙妮耶,德妲则望向穆巴列。穆巴列胖得把身后的门扉全都挡住了,不过,库鲁德勒这些门户的确都挺小的,进门时,必须弯下腰得以穿行。一颗头颅从穆巴列身后探了出来,一名年纪与德妲相仿的女孩走了出来,站在胖女人的面前。

"沙妮耶,怎么回事?"穆巴列说,口气更像在抱怨。

"你不打算邀请我们进去吗?让我们进去坐坐吧。"

穆巴列让开,活像一扇门被打开。四个人这才鱼贯走入这个洞穴,仿

---

① 谢赫(Sheik):土耳其语中的尊称。
② 此处指谢赫嘉孜·贺家·鄂分第。
③ 伊玛目(Imam):回教中带领礼拜的导师。

佛亲身走进一个地底墓室。

"她都长这么大了！"沙妮耶一边说一边摸了摸翡西梅的头。她是穆巴列的幺女。

"她十一岁了。"穆巴列回道。

"德姐也十一岁了。"

穆巴列快速切入正题。

"沙妮耶，你为什么来这儿？"

沙妮耶道出了她在小巴上早就准备好了的说辞。

"他们把我们赶出教师宿舍，而且我女儿病了，我没有别人可以依靠，还能去哪儿呢？除了你，我再没有别人可以仰赖了。"

穆巴列的回应也早就准备好了，尽管多年来那套话听着已经老掉牙。

"你嫁给那个娅特贾男人前就该想到这些。那个混蛋怎样了？有消息吗？"

"没有，没有消息，什么都没有。最好他已经死了。"

"但愿如此！"

又是一阵沉默。她们静静端详彼此，翡西梅四处张望，看看沙妮耶，看看德姐。她们像动物般观察彼此，直到茶煮好。

翡西梅倒茶时，穆巴列换了个姿势，有一条腿久坐麻了。她说：

"等伊吉特回来吧。或许他认识教师宿舍的人。"

沙妮耶看着翡西梅，边用手捧着茶杯取暖。

"翡西梅，带德姐到村子里走走。"

翡西梅见母亲点头许可，这才走向大门，德姐尾随其后。门在女孩们身后关上时，沙妮耶开口了。

"我要把她嫁掉，所以带她来这儿。你有认识的人吗？"

穆巴列咧嘴大笑，看起来活像一只河马。然后她又合上嘴，说：

"什么？你先把她送去上学，现在又要帮她找丈夫？谁会要一个上过学的女孩？可怜的孩子，她已经没有任何价值了！"

沙妮耶也考虑过这点，但是当初她能有什么选择？她们一无所有，她只能把女儿送到国立学校去寄宿。如果自己能照顾孩子，怎么会把孩子拱手送给国家？

"我还能怎么办，姐妹？我毫无选择，只能把她送走。但这一切结束了，我把她带回来了，不会再回学校去。这里情况怎样？有合适的人吗？还是谁有门道？"

穆巴列背靠在挂着壁毯的墙上，她望着天花板思考。要是伊吉特要沙妮耶呢？要是沙妮耶就留在这儿不走了呢？要是沙妮耶没钱去其他地方呢？如果德妲能好好嫁掉，沙妮耶就会得到聘礼然后离开。接着，她开口一一复述刚刚自己与天花板的对话。

翡西梅看到德妲的校服下摆从大衣下面露出来。她很清楚那个颜色，那是学校的颜色。

"你会阅读吗？"

德妲用手捧雪，把雪压成一颗雪球，然后把雪球砸向两个窟窿之间。

"当然会，我已经五年级了。你没有上学吗？"

翡西梅试着用一支断掉的树枝把嵌在橡胶靴下的雪给刮掉。

"没有。"

她们沉默了，无话可说。

"你觉得能成功吗？"

沙妮耶很兴奋，她眼前几乎已经能看到一栋房子和几只动物了。

"当然，再过几周就是春天了。他们都会来的，全都会来亲吻谢赫嘉孜的手。"

沙妮耶更兴奋了。

"他们真的会大老远跑来啊？"

"当然。你要有耐心，我也会跟伊吉特谈谈，他会找到办法的。"

沙妮耶的心砰砰跳起来。

"你发誓没骗我？"

"我发誓。他们每年都来，把村子里的女孩带走，而且他们会付很多钱。不过你得先告诉我，拿到钱之后，你有什么计划？"

"请你原谅我，姐妹，但我不会留在这里。"

这是自从这个姐妹到访之后，穆巴列首次开心起来。她开心到主动站起来帮沙妮耶的空杯倒满了茶。

"我会到托摩祖克……有动物……有房子……一个好地方……"

穆巴列没能听清楚，反正她也不关心。

伊吉特伸手拿烟，同时仔细打量新来的客人。穆巴列和沙妮耶就像蟑螂一样，坐在屋子阴暗的角落里不停咬耳朵。德妲正在教翡西梅怎么写她的名字。伊吉特心想：她们到底为了什么要选这个时机来？又来了两张嗷嗷待哺的嘴，他赚的钱只够勉强喂饱自己呀。这个女人和她的拖油瓶是要吃什么呢？若是把她们赶出去，他一定会被村民唾弃。谢赫嘉孜是怎么说的？你应该做所有孤儿的父亲。但要怎么做？零食店的生意不好，而且自从宪兵开始严格取缔私烟之后，生意就节节下滑。村里的店家都生意挺差的。思绪引起了他的忧虑，进站起身来。大家陷入了寂静，除了穆巴列之外。

"你需要什么吗?"

"跟我来。"

穆巴列跟在丈夫身后。他们走出家门,来到冷冽的户外。伊吉特用自己正在抽的香烟点燃了另一根。

"她们什么时候走?"

"我正要跟你说。"穆巴列开口。"沙妮耶想把德妲嫁掉。或许你可以跟谢赫嘉孜的儿子说说,说不定有人会要。"

伊吉特把烟吞入喉咙,望着黑暗中的穆巴列。上帝终于眷顾他了!他把所有的忧虑跟嘴里的烟一并吐了出来。

"好吧,我来跟他说。她几岁了?"

"十一。"穆巴列回答。

"太好了!"伊吉特说。

接近吉提尼村的道路就像个停车场。来自各地的人争相来拜见谢赫嘉孜。大家聚集在广场上,亲吻长者的手并互相敬烟,几乎没空对话,直到有一名六岁男孩大喊:

"他们到了!"

四辆车组成的车队驶入村子,每辆车的长度是一般房车的两倍。众人簇拥着车队,对于谁先亲吻嘉孜的脚,村民们已经达成了共识。获选的人站在一旁等待车门打开。谢赫嘉孜在哪一辆车上呢?谁最幸运能够第一个亲吻到他的脚呢?他会从哪扇车门走出来?隔热车窗让外面的人完全无法看清车内。

当伊吉特大喊"安拉"时,所有等待亲吻嘉孜脚的人都满脸嫉妒地望向他,完全忘了敞开的车门里会有人下来。谢赫嘉孜缓缓下车,毕竟他已经八十一岁了。他的脚先踏出车外，伊吉特在他的脚还没碰到地面时就上前接住，亲吻，尽管他其实没法真正看清自己吻的是袍角还是鞋。接着，他感受到头顶有只手，那是谢赫嘉孜的手。伊吉特这时还是跪着，老人拿他的头当拐杖，支撑自己缓步下车。伊吉特的任务还没结束，他站起来，握着谢赫嘉孜的双手，吻过后再放到自己额头上，泪水从他的双眼流了下来。真主再次对它可怜的仆人微笑了！他知道所有人都在看着他，所有人都希望自己就是他。整个阿雷赞部落，整个辛克美教团，所有人。两只细手爬上他的脸颊，将他的头抬起。他深深凝望谢赫嘉孜的双眼。时间暂停了数秒，接着，同样的双手把伊吉特的头压下，谢赫嘉孜用他的唇轻轻碰了碰眼前的额头。伊吉特的眉毛扬起，绽放如玫瑰。

六十一岁的吉多·阿卡是阿雷赞部落的领导人，他掌控部落族人从伊朗边境走私来的大部分柴油。他不信任谢赫嘉孜，却又不得不容忍这个老弱的男人。阿雷赞部落由一群过去五年担任政府民兵的人所组成，他们后来转移立场，成为反抗政府的恐怖分子，盱衡当时的政局选边站。吉多·阿卡是他们的领头羊。他住的别墅有十间房子那么大，跟该区域的其他房子一样，有一个为贵宾保留的客房。谢赫嘉孜已经在客房里睡了，身上仍旧一袭白袍，头戴头巾。他很苍老了，很少说话，也很少听别人说话。他的功能像一面旗帜，在拜访这些村落时会被放在某个显著的位置，当作一个中心点令村民环绕。谢赫嘉孜已是风中残烛，他的儿子赫多·阿里夫早已接掌了教团的所有事务。

泰涯是室内唯一站着的人。他是个柔道教练，身上肌肉比皮骨还多，站在谢赫嘉孜的背后，双目锐利，像摄影机般将周遭的一切记录下来，仿佛能侦测到空气中的灰尘微粒。他身高六尺四，体重超过两百磅，手臂从袖袍下鼓起来，额头对他的脸来说显得有点过窄。他的鼻梁歪歪扭扭，手指像枪管一样粗。现在，他双手紧握于背带下。谢赫嘉孜在他七岁时收养了他，且一直将他带在身边。他本是巴勒斯坦人，父母和四个姐妹全被以色列的炸弹炸死，当三百万巴勒斯坦人在"六日战争"①后逃离家园，辛克美教团的成员协助他跨越边境，前往土耳其，并把他介绍给谢赫嘉孜。七岁的他有着深邃的黑眼珠，这深深打动了谢赫，他说："尽情哭吧，我的孩子，因为你再也不会落泪了。"

自那天起，他被谢赫嘉孜的影子保护，在其羽翼下成长。他成为自己精神导师的眼睛、口舌及拳头，造访一个又一个城镇，把谢赫嘉孜的智慧之言呢喃给辛克美教团的成员，传达他的命令和指示。随着时光逝去，谢赫嘉孜越来越深居简出，泰涯也成了老人的专属信差，四处出访，不再哭泣。

辛克美教团跟该地区的其他宗教教派不同：他们的教长无固定居所，成员没有特定学校，也不常到苦行僧住所集会。四处为家的谢赫嘉孜天生就是世界难民，而这个身份至死不渝。他没有房产也未正式登记为任何地方的设籍住民。他每三个月便从一个弟子家搬到另一个弟子家，别人给他什么，他便用什么。居无定所是辛克美教团的基本原则。在他们眼中，国家之间的界限是虚无的。他们不相信所谓的民族国家，天下的人只有信徒跟非信徒之分。他们的成员分散在世界各地，居无定所。虽然居无定所不代表不可以拥有房产，像赫多·阿里夫名下的房契就不止区区几张。赫多·阿里夫住在伊斯坦布尔，但也花许多时间住在伦敦，为了等待父亲死亡。

---

① 六日战争（Six Days War）：指第三次中东战争，于一九六七年六月五日开战，以色列称之为"六日战争"，阿拉伯国家称之为"六月战争"。

多数时间他都在伊斯坦布尔，住在名叫"多曼达"的街坊。该区两百二十六间房子里，他一人就拥有其中的两百二十一间，其他五间是没有政府许可的违章建筑。他计划向市政府施压，尽快把这些违建拆除。多曼达也有一座清真寺，但赫多·阿里夫竭尽所能，确保辛克美教团成员不被清真寺的魔掌碰触到。

可说到底，赫多·阿里夫终归是个生意人。一个在伦敦拥有连锁超市、在汉堡附近某处拥有牲畜、在伊斯坦布尔管理建案的生意人。他是个忙碌的人，被迫放下所有手边的事业，领着父亲如马戏团动物般巡回于各个村庄，这一切使他气愤不已。然而，追随者在没看到旗帜前是不会安心的。当他们的耐心用罄，就会向赫多·阿里夫抱怨："我们最后一期的款项已经付了，但房子怎么还没完工。"他们不停抱怨。没完没了。就像现在跪在面前的伊吉特，正在不停地打扰他。这个蠢货到底想要什么？

"有个女孩，我的侄女，十一岁，很适合……"

"有照片吗？"赫多·阿里夫问道。

沉浸在自己困扰里的伊吉特没仔细听对方的应对，也没能听懂对方的问题。

"什么？"

赫多·阿里夫叹了口气，再又问了一次，生意人必须有耐心。

"照张相片，寄给我。我们会研究研究。"

"真主保佑你，真主赐你……"

"好吧。"赫多·阿里夫说，双眼同时扫视屋内。他注意到吉多·阿卡脸上的皱纹像刀痕，接着又注意到父亲唇边留下了口涎，他看到面前单膝跪着的人群彼此交头接耳。赫多·阿里夫四十四岁，有三个妻子、八个孩子，毕业于普林斯顿大学的经济学系。他十六年前赴美，发誓再也不回土耳其。为什么又回来了呢？就为了在吉尼提这个污水池似的小镇坐在像吉多·阿卡那样一无是处的人身旁吗？在村里当村民不是他要走的路。他心想，我要把一切都搬到伦敦去，然后再也不会回来。他想起从伦敦办公室窗子眺望泰晤士河的那幅景象，脸上露出了微笑。吉多注意到这点，亲切而使劲地拍了拍他膝盖。

翡西梅将脸埋在手中，蹲在地上咬着嘴唇，望着德妲正在照相。她已经懒得去忌妒，她必须习惯自己只是从旁观看，她被判定一辈子只能如此。她必须看到失去理智，看到每个疯狂细胞都在起舞，直到死亡。像村里其他女孩一样，翡西梅也只是一双眼睛，出生时睁开、死亡时合上，她的嘴巴和声音毫无用处。

确定周围没人之后，伊吉特说："把头纱掀起来。"德妲解开黑色头巾，披在脖子上。长长的黑色发辫就像珍奇的蛇那样从脖子上滑了下来。伊吉特的相机是从镇上唯一一家家电用品店买来的，他们警告过他："光线要充足，不够亮就不能用了。"昏暗天色下，伊吉特尽了全力使德妲的脸朝向光源。同时，他心里想着女孩的买主会不会把购买相机的钱补贴给他。他不只是要补贴相机的钱，因为照相，他也将成为迫使十一岁女孩揭开面纱的罪人。当然，这表示要价必须更贵。

这是德妲首次拍照，所以她不知道自己是否该微笑。但是她内心想微笑，所以还是忍不住笑了。伊吉特也忍不住，给了她一巴掌。

"你会害我变成罪人！去里面！"翡西梅也忍不住笑了出来，他破口大骂："你也是！"

女孩们迅速消失在门后。伊吉特转动手上的相机，同时喃喃自语："怎么把这该死的东西给关掉？"

照相被当成犯罪看待的日子，已经是很久以前的事了。

*

"别哭了。你看不出来我也病了吗？哼，你根本不在乎。来，喝点汤。快来。"

沙妮耶把碗放在德妲身旁后便离开了。她看到穆巴列把马铃薯都埋在炉灶下的灰烬堆里，并且说："这孩子病得严重。"

"她会习惯的。"

"她太瘦了，这样下去会死掉，她连吃东西都不肯。"

"她会吃的，她非吃不可。反正也没多少时间了。他们下周就会来。到时候你就解脱了。"她停住嘴，以免说出"我也是"。

离照相的那天已经一个月了。春天到了。春雪开始融化，乡下的土地一块一块显露出来。某日早上，德妲醒来，觉得今天就是要返回学校的日子；她早早起床，整理好自己的东西并花了一个小时等母亲睡醒。这个小时里，她又想起娅特贾的那名女孩，想起叶心老师，一直到她想起离开时努泽宁对她挥手的模样，这才能够摆脱喉咙哽住的感觉。然而，她的白日梦在沙妮耶睡醒见到她时便戛然而止。"你要去哪儿？"她大吼起来。"我们不是要回学校吗？"听到沙妮耶说，"你再也不必去学校"的时候，她觉得自己仿佛死去又重生了一次。

沙妮耶站起来。"我看看你。"她走进德妲的房间里，看见汤碗是空的，不由得开心了起来，这孩子没打算把自己给活活饿死。接着，她又看到墙上有个污渍。是液体由上往下流的痕迹。原来，她把汤都泼到墙上去了。她用手背甩了德妲一巴掌。女孩现在是个囚犯，被关在房间的角落深处，脚踝扣着一个铁环，铁环拴在铁链上，铁链则牢牢固定于锁在壁面的另一只铁环上。

德妲已经尝试逃跑四次了，但总会被他们找到。大家对于她制造的麻烦已经感到厌烦，所以索性将她绑在墙上。她听说自己将要被嫁出去。这又是翡西梅嫉妒她的另一个理由。当翡西梅知道德妲婚后要去哪里时，她更常咬嘴唇了。她其实并不知道那是哪里，只知道离这里十分遥远。

沙妮耶对于这一巴掌感到歉疚，她知道，自己只剩一周时间可以训练德妲，若她婚后也为丈夫制造麻烦则必定会被送回来。她在小女孩身边跪下并抱住她。

"孩子，别怕，我只是替你着想。这一切都是为你好。你看看我们的状况。我要怎么照顾你呢？我也是在你这个年纪结婚的。"

但其实这是个谎言，她结婚时已经十三岁了。

"妈。"德妲说，"我以后再也见不到你了。"

"不会的，我会去探望你。你先去，之后我会去看你。"

这是实话，至少她是这么相信的，毕竟她患有人类最短命却最具感染力的病症：希望。

她们抱在一起哭了好一会儿，然后情况转好了，德妲没有把第二碗汤泼到墙壁上。她甚至还吃了点面包。穆巴列说的没错，孩子开始适应了，就像世界上所有其他人一样，尽管明知有一天会死，却仍坚持继续活下去。

翌日，她的铁链被取了下来，脚踝的痕迹也擦上了护肤霜，细心遮掩起来。两天后，母亲替她量了身材，并用伊吉特带回的暗赭色布料缝制了一件洋装。翡西梅陷入沉默，再也不说话。第三天，德妲的发辫被放下来，头发也被梳洗过。第四天，她把笔记本与书都丢入火炉里烧掉。第五天，伊吉特贩售走私烟遭宪兵逮捕。第六天，他被释放。第七天，傍晚时分，家里响起敲门声。

年轻男子和穿着宗教服饰的老人走进屋内。老人的胡子长及胸前，年轻人的胡子只到下巴下方一些。伊吉特吻了老人的手，两人也相互打了招呼，年轻人一言不发。"他不说话。"老人解释。他们在矮木桌边坐下，穆巴列和沙妮耶把汤端上。他们等到女性离开房间后才开始谈话。

老人的名字是乌贝督拉，而年轻男子——他的儿子——叫做贝吉。乌贝督拉开口，伊吉特和贝吉则静静聆听。

"伊吉特，我们不能久留。在真主的许可下，我们将带女孩前往伊斯坦布尔，婚礼将在那里举行，我们在那边处理完事情就会回来。我们不在时，没有人能好好看顾店面，所以我们必须尽快过去。"

该叫进来给他们看看吗？他们会付多少钱？伊吉特边计算可能的数字边点着头。不过，他得先交际一下。

"老谢赫还好吗？你见到他了吗？他身体还健康吗？"

"他还算健康。你有女孩的身份证，对吧？"

这些话让伊吉特大大松了一口气。乌贝督拉显然也跟他一样急着解决这件事。

"没错，跟我们讲好的一样，一切都准备好了。我该叫她进来吗？"

"不。"乌贝督拉说。他从袍子下取出一个信封，交给伊吉特。"你先收下吧。"

伊吉特接下信封。他该怎么做？该当场数钱吗？这是他第一次卖女孩。他自己的两个女儿七年前就自杀了。就在同一天的同一个早上，肩并肩，用同一把枪，一个接一个，目前还没轮到翡西梅。看见他犹豫的模样，乌贝督拉不禁笑了出来。

"来，打开来看看吧。"

跟这样见过世面的人做生意实在太轻松了！伊吉特把信封打开，一张一张仔细数算钞票，从一只手换到另一只手。他边算，呼吸也变得越来越急促。全都在手上了，相机的钱，他犯罪的赎款，沙妮耶那份，他自己这份。他真不知该说些什么才好，以致结结巴巴：

"愿真主……"

乌贝督拉站起来时，贝吉也跟着站了起来。

"我们该走了。还有很长的路要赶。"

乌贝督拉话还没有说完，伊吉特已经转身对着内屋喊：

"穆巴列！带她进来。"

门被打开来，德妲走进屋内。穆巴列的手搭在她肩膀上，推她向前。德妲只露出自己的一双眼睛，她先看看乌贝督拉，感觉恐惧在自己的体内涌起。接着，她看到贝吉，恐惧于是更深了。她转头，手伸向伫立一旁的母亲。沙妮耶握住她的手，却又马上放开来。德妲的书包里收了些东西：暗赭色洋装、贴身衣物与一双鞋。贝吉从沙妮耶手上接过了书包，跟着乌贝督拉走到门边。他从头到尾都没有看德妲。穆巴列把德妲往前推，并回头看看沙妮耶。她们俩都在掉着眼泪，可惜眼泪已经于事无补。

贝吉打开后座的车门，站在一旁等乌贝督拉从伊吉特手中取得德妲的身份证。德妲往前走了几步，就在离车子一臂之遥的地方昏倒了。她穿着一件黑色披风，所以没人看到污渍。

这是十一岁的德妲的初经。血流如此猛烈，使她的血压骤降，以致昏厥。乌贝督拉和贝吉决定去吉尼提的亲戚家住两天再回来。沙妮耶把德妲洗干净，安抚她睡着。伊吉特本来准备了一番道歉说辞，他怕老人会为这个不幸的事件感到不悦，甚至毁约。但是老人说"这是吉兆"，让他稍感安心，把装满钱的信封塞进枕头下。

第二次造访时，停留的时间比上一次更短。他们来，带着德妲，然后就离开了。血液汩汩自她的身躯流淌出来，让她再无法流下其他液体。连最后一次望向母亲也无法流下眼泪。

他们花了十五个小时才终于抵达伊斯坦布尔，然后又花了一个小时，最后到达多曼达。他们在路上一共停了三站，但德妲什么也没吃。十六个小时的路程，他们交换的话语不到十六个字。德妲毫无睡意，她一路望向窗外，玩弄自己的黑色手套，在不惊扰前座男子的前提下重复脱下又戴上。她手握拳，戴上手套，把空的手指部位甩来甩去。终于，门开了，她踏出车门。

他们的目的地是公寓大楼的四楼。这是德妲第一次搭电梯。抵达时，有两扇门是打开的，每扇门后面都有数颗头颅探出来。女子亲吻了乌贝督拉的手，并接下贝吉手里的袋子，走进内屋。男性和女性分别留在不同的公寓里。有那么一刻，仿佛所有人都忘了德妲还站在电梯旁，不过，有一名女子看到了她，把她拉进门。德妲走入一间全是女人的屋子里。

这群女人围着她，脱下她的披风加以检查。德妲全身麻木。其中一人问她名字，但德妲却回答不关她的事，所有人都笑了。不过，受辱的女人在德妲如厕时获得报复的机会。她尾随德妲走入厕所，然后甩了她一巴掌。德妲想把厕所的门锁上，但她发现门上的锁孔没有钥匙可以转动。在辛克美教团，门只能从外面上锁，而屋主是唯一保管钥匙的人。

连夜赶路让乌贝督拉和贝吉累得呼呼大睡，直到午祷时间才醒来。德妲不累，但屋里的女人坚持要她睡一会儿，她们带她到一间卧室里并且把门关上，德妲也随之闭上了眼，直到门上钥匙转动的声音使她惊醒过来。她看看天花板，用上面的水泥纹路演练数学计算，加加减减。开始想念母亲时，她马上又闭上双眼。就在这张床上，德妲决定放弃母亲。

乌贝督拉和雷盖踏上多曼达的主干道，然后进入公寓大楼。他们上了四楼，走进男性公寓。客厅里，男人们跪坐在地上，聆听教长朗读《古兰经》。乌贝督拉叫雷盖坐在贝吉旁边，贝吉无动于衷，连头都没有转一下。接着有人敲门进屋。

德妲进入屋内，身边有名女子，年龄并不比她大上多少，她叫德妲坐下。教长的声音回荡在屋里，然后他沉默下来，打开婚姻登记簿，翻到空白页面并小心地写上"德妲"。他抬头看了看雷盖，乌贝督拉马上接话说，"雷盖。"教长也把他的名字写在簿册上。接着，他把见证人的名字填上去，并把新郎的名字写上作结：贝吉。他用典型的伊斯兰婉转用词询问他们协议好的金额，乌贝督拉说明他所支付的金额。教长看了看雷盖，雷盖点了点头表示同意。接下来，教长开始朗读《古兰经》，他忽然望向雷盖，开始诵祷一串长长的经文："遵照真主的命令以及先知的律法和律令……身为她的代表，你接受将德妲交与……她的求婚者贝吉做妻子吗？"雷盖回答，"是。"教长又把问题重复了两遍，而两遍的回答都是肯定的。教长接着转向贝吉，并再次以长句诵祷，最后问"你接受她吗？"这是贝吉多日来唯一说的一句话，他一向惜字如金，现在也只是把同一个字重复了三次，"是。"

"我宣布你们为夫妻。"教长宣布。他清了清喉咙，并继续诵读更多《古兰经》的经文。

这一切发生的时候，德妲只是静静地瞪着黑布覆盖的双膝，并仔细研究脚边地毯上的狮子图样。狮子躺在三棵树附近，回头瞪她。德妲盯着狮子的眼睛，直到后面的女子靠了过来，碰碰她的肩膀。就在她想象狮子从地毯跳出来吞食所有人时，她抬起头来，见到一只手伸向自己的双唇。那是雷盖的右手。乌贝督拉开口了：

"来，亲吻你父亲的手。"

她吻了他的手，并让这只手覆盖她的额头，同时想，刚刚听到的话是不是真的？雷盖真是她的父亲吗？她从未见过他，现在却无法把自己的视线移开。但她思慕的眼神并没有得到响应；雷盖在贝吉身后起身离开了。正当她要喊"父亲，带我一起走！"的同时，另一只手伸到她面前。当她吻完乌贝督拉的手时，父亲已经离去。她又吻了数个人的手，并让他们触碰她的前额。没人发现德妲已经发烧，烧到超过华氏一百度，小女孩的前额就像一个火炉一样滚烫。

连续两天，德妲都被带着进出不同的政府单位。她被照了许多相片，然而她不再微笑了。这两晚她高烧不退，直到某一晚汗流浃背后才慢慢转好。女人隔天早上把她叫起床，吩咐她穿上暗赭色风衣长外套，并用围巾盖住头。他们把她带到一辆车旁。贝吉坐在驾驶座上，乌贝督拉则坐在副驾驶座。他们的车沿狭窄的街道一路驶去，接近巴士站时车子慢下来，德妲突然有股开门狂奔的冲动，但就在这时，雷盖上了车，坐在她的旁边。这是她第四次见到雷盖。德妲安静地望着父亲，父亲则眼神空洞地直视前方。德妲靠近他的耳边轻声喊，"父亲"。雷盖把食指举到唇边，但德妲不愿放弃。她再次轻声说：

"带我离开这里。"

乌贝督拉回头说：

"你知道该怎么说吧？"

雷盖抓住前座的头枕让自己坐直，说"知道，知道。"

德妲还不肯放弃。她再次呢喃：

"父亲，你为什么从不来找我？"

雷盖等到垃圾车停在他们车旁，趁交通繁忙，等到垃圾车再次起步，他才假装咳嗽同时在女孩耳畔说：

"我不是你的父亲。"

德妲不再低语，一径瞪着贝吉椅背上的黑色皮革。她计划，下一次路口停车，她便要跳出车外，但很快她就发现车门被儿童保护锁锁上了。

德妲遵照乌贝督拉的指示揭开头纱。他们身在一栋天花板挑高的建筑物里，在等候室里等待。叫到他们的名字时，他们站起来，走入指定的门。一名保安人员领着他们穿越走廊，停在一扇门前，并按了墙上的按钮。两秒后，按钮下有个绿灯闪起，保安将门打开让他们进去：三名男子和一个小女孩。一名穿西装的男子坐在偌大的桌子后面。他满脸笑意站了起来，向乌贝督拉伸出手，他只跟乌贝督拉握手。坐下后，他用破碎的土耳其文发问，"文件都准备好了吗？"乌贝督拉给了肯定的答案。

接下来，乌贝督拉向英国商务代表介绍雷盖——家具公司的未来员工——和他的女儿德妲。商务代表看看德妲，跟她说自己的母国有许多很好的学校。填妥表格，回答完问题，父女俩都被核发了为期五年的签证。商务代表边打电话沟通必要的指示，边询问客人是否要喝点什么。乌贝督拉婉拒了，但商务代表从桌上的罐子里取出一块巧克力递给德妲。小女孩接下来，看了看乌贝督拉。老人点了点头。她打开巧克力包装，放入口中开始咀嚼。忽然，她眉头深锁，把巧克力和胃里的所有东西全都吐在商务代表办公桌前的小茶几上。尽管三天过去了，先前的高烧仍让她头晕目眩。她吐在乌贝督拉和贝吉的膝盖之间，茶几上摆有三本杂志，其中一本封面有英国女王头像的纹章。

乌贝督拉是在场的人里最愤怒的。毕竟，二十六年前成为英国公民时，他曾诚挚地宣誓效忠英国女王。生来就是英国籍的贝吉与商务代表反倒不像他那样气愤。

雷盖拉扯德妲的手臂将她带出大使馆，抹去她眼睛与眉毛上的湿发，把她的脸拥在胸前，像是在孩子出生前就抛弃孩子的父亲。或许因此，德妲才怀抱期待。她睁开眼说，"父亲。"这次雷盖不否认，但也没有承认。他没有响应，只是抱着德妲跑到车上。

抵达多曼达后，他们在谢赫嘉孜诊所停下，先把德妲交给女医师，才到诊所花园的小小清真寺进行午祷。祈祷完毕后，乌贝督拉站起身来，对雷盖说，"你的服务到此为止。此后你走你的路，我们走我们的。"但雷盖却毫无离开的意愿。

"带我走！"

乌贝督拉没料到这件事。他以为付给雷盖的金额足以满足他。

他诧异地问："去哪？"

"去你们要去的地方。"

听到雷盖的口气，贝吉迅速往前走了两步。只要对方轻举妄动，他就能轻易折断雷盖的手臂，但他感受到父亲的手挡在自己胸前。老人定定地看着雷盖，缓缓说：

"我们讲好的，我们带女孩离开，你留在这里。"

盯着等待父亲一声令下便要展开攻击的贝吉，雷盖同时开口发问："若我去找警察呢？"他缓慢冷静地这么说，口气却不带一丝威胁。

"跟我说，你到底想要什么？"乌贝督拉再也无法自制，因此开始大吼起来。站太久让他感觉疲惫，于是他倚在贝吉的肩上寻求支撑。他很善于谈判，但他的声音却在颤抖。通常，他愿意跟任何对象谈判任何事情，无论对方是恶魔,是真主,或是任何人。

"我跟你们去,然后我会自己消失。就这样,我没有其他要求。带我一起去英国,我会自己离开。"

"你必须付自己的机票。"乌贝督拉打断他的话。现在,他早就没力去想任何能让对方闭上嘴的法子了。他累了,而且正挂心替儿子买来的那位年轻女孩的健康状况。他担忧自己的工厂,被他称为店家的工厂。他的力气被这个可怜男子的坚持耗尽了,想到自己为了儿子必须承受这些也让他心力交瘁。他心想,还要怎么样?这只猪要跟我们一起走,而且一定会带来麻烦。他会一直纠缠我,直到女孩成年吗?我该给他一份工作吗?或许把他留在身边才是对的,这样我才能掌控他。但我绝不会替他买机票,他得自己付钱!天杀的,这个可恶的混账。

他克制自己的想法,说:

"我怎么知道你不会捅娄子?如果你是来找麻烦的,干脆也别跟着我们。你永远都不能离开我的视线,而且你得替我工作,了解吗?"

"再说吧。"

"你是做什么的?"乌贝督拉问。

"我没工作。我从前在政府军队里担任骑兵。"

尽管他热衷谈判,但乌贝督拉的耐心已经快到极限。

"那么,你在伊斯坦布尔都做些什么?"

雷盖的双唇扭曲地露出一个僵硬的笑容,舌头在齿间像一把剃刀般迅速地来来回回。

"我杀了人。当你的手下找到我时,我才刚出狱。"

杀人犯吓不倒乌贝督拉,要说到暴力,他身边有数百人比雷盖更凶狠,只有小偷能吓唬得了乌贝督拉。他不再迟疑。

"好吧。"他说,"那你当保镖好了。"

"再说吧。"雷盖故意惹恼对方。"我们先到了那边再说。"

贝吉身高超过六尺,体重超过两百磅。他勒住雷盖的脖子,右手像一把刀子朝向目标物掷去,接着他把雷盖甩到半空中。雷盖几乎无法呼吸,拼命挣扎想要保持平衡。诊所花园的人群转身张望,乌贝督拉大喊:"贝吉!"贝吉放开雷盖的速度就跟抓住他时一样快。雷盖咳个不停,勉强挤出一抹微笑说,"你想杀我?你该不会想杀掉自己的岳父吧?"

雷盖坚持全体一起行动,以免他们欺骗他。但当他无法买到机票,所有人都得被迫搭乘隔日班机时,乌贝督拉被迫赔上自己的机票。警察密切监控着乌贝督拉。此下既然多出了一天的时间,乌贝督拉叫贝吉开车载他们到墓园。乌贝督拉在谢赫嘉孜的兄弟雅库·贺家·鄂分第的坟前诵读《古兰经》经文。雅库跟他的兄弟一样终生过着游牧生活,不停迁徙漂泊,死后就地埋葬。他的墓旁有个人造喷泉,整体看上去就像陵园,至少意图是如此。如果可以,他们甚至想把他本人当作一座陵墓膜拜,就像他们对待他的兄弟那样。

德妲被分派的任务是拔去墓冢上的所有杂草。车子驶近墓园时,有个与德妲年纪相近的男孩看着车驶上墓园的道路。此刻,他正携着两桶水走近。

"叔叔,我该倒些水吗?"

乌贝督拉对男孩皱了皱眉,继续大声诵读《古兰经》,但很快地陷入典型的喃喃自语之中。他感受到男孩并不打算就此离去,便抬起头来以眼神示意。

男孩走向坟墓,小心翼翼地将水倒在德妲已清理干净的墓土上,看着水渗流到土堆里。德妲满怀气愤地继续拔草,男孩则继续往墓土的窟窿里浇灌。他们在墓旁静静走动。附近有其他辛克美教团成员来到墓园探望过世的亲人，贝吉静静站在一旁聆听他们的故事。不过，他们讲的内容想必相当无趣，因为他正不停地四处张望。

男孩已经把坟墓全都浇满水，现在要把底部的大理石盆子装满。尽管他很少看到有鸟过来就盆喝水，但他还是要勤奋完成任务，确保能够拿到丰硕小费。他打开第二桶水，装满盆子。他看到一双手伸向水桶，两只手紧靠，仿佛被手铐铐住。这双手满布泥土。男孩抬起头来，这是他第一次正眼看德妲。他把水桶拉近身边，往她的手上倒水。德妲在水流下方清洗自己白皙的双手。这让他们俩的距离更接近，过分接近。

"谢谢。"德妲说。

男孩正要回应"不客气"，却有只手抓住他的领子把他给揪走。贝吉把他拎到半空中，再像丢石头般扔回地上。乌贝督拉抬起头来看了看儿子，开始更大声的诵读《古兰经》。贝吉马上领会，他从口袋取出几枚铜板，掷给还在拍打身上灰尘的男孩。男孩站起身，收好水桶。他先看了看贝吉，再看看德妲，然后便转身离开。乌贝督拉嘴里仍旧念念有词，直到合上手中的《古兰经》并大声地说"阿门"，让所有人听见。

乌贝督拉穿过机场的铁椅时，手上在拨弄念珠，他想象自己是在伦敦的家中祈祷。贝吉和雷盖提着皮箱，德妲走在他们后方，她穿着讨人厌的黑色披风，将书包背在肩上。看见宏伟的建筑令她惊讶地合不拢嘴，这是她此生初次踏入机场。

然而，这股惊异之情，在她想起自己短短一生中见到的每个人都如此令人生厌后便迅速消逝。眼前四处都是人，她被包围，被这些迅速从身边走过的人包围。他们仿佛在赛跑，往同一个方向迅速前进，没人看见这个黑衣小女孩。德妲心想,他们为什么不了解,我就在他们旁边,跟他们在同一个地方。但没人关心这一点,他们甚至看不见我,他们都瞎了,或者是因为这袭黑袍,这或许就是我的隐形斗篷。

三个小时后,空姐看着德妲脸上唯一露在外面的部分,带着同情的微笑协助她系上安全带。半小时后,飞机的轮子缓缓消失在白色的机腹中,德妲从上空望着伊斯坦布尔,飞机就像一只候鸟般缓缓地飞走。

她想起娅特贾的女孩与叶心老师,仿佛她们就在眼前似的。她们其中一人在哭泣,另一人在对德妲说话。慢慢地,她们的脸渐渐消失。她曾从努泽宁那儿学到一个字,而现在她尝试用同样的口气,在脑海中用力说出来:"干!"感觉不错,所以她再说了一次"干!干!干!"她的脸上浮起一抹淡淡微笑。没人听得见她。她想,身边的人,他们看不到我,听不到我。我要讲上一千次,讲给每个人听。"干,干,干,干,干,干,干,干,干,干……"她甚至数度呢喃出声,纯粹为了讥讽这些忽略她亵渎行为的人。她故意把"gan"发得大声一点。乌贝督拉坐在她身旁,发现小女孩的嘴唇似乎在蠕动。他很高兴,以为她出于恐惧而祈祷,或是正在诵读《古兰经》经文;伊吉特曾告诉乌贝督拉,德妲五岁时曾被送去上过《古兰经》课程。

念完一千个"干"之后,她把头往后仰,看着头顶上方的按键。她注意到头顶上方的阅读灯有个圆形污渍。更仔细端详后,才发现那是一只苍蝇,活生生的。不知道是怎么回事,这只苍蝇居然跑进灯罩里,它被困住了。苍蝇在塑料灯罩内无助地扑振翅膀,无法逃脱。德妲毫不同情,不带情绪地把灯给关了。

德妲带着深切的好奇看待一切。一辆小巴把他们从希思罗机场接走,现在车子正接近圆环。德妲坐在靠窗的位置。尽管搭车的时间不长,但她已决定这是最佳座位了。然而，原因不在于在窗边能让她看见风景，是因为靠窗位置旁边坐的人较少。德妲正在学习，人越少越好。不过，这一窗风景是崭新的。她正往外望向一片绿色的田地，并且对于公路旁的农庄感到惊喜万分，这一切都像她在书里看到过的景象。她专心观察一切，路上的标识、来往车辆里的乘客、天边云彩和巨大的发电厂。她的双眼因为急于吸收眼外事物而发烫，过多的感官刺激让她的眼睛酸疼。他们的车速是每小时九十公里，但她不愿错过任何画面，一切都逃不过她锐利的眼光。她也会错过某些迅速流逝的景象，有时是一座桥梁，有时是一栋屋子，但她总会马上转头。然而她回头的速度太快，让紧紧裹着她的黑色披风松脱，遮住她的视线。德妲想调整下巴下方的胸针，把披风紧紧包在两颊边，但她做不到，她担心自己会错过沿途的景色。

眼前的一切都让她着迷不已，她的双眼因为惊喜而湿润，几乎不必眨眼。他们抵达伦敦市区时，交通开始堵塞。就在德妲跟街边乞丐对上眼的那刻，贝吉把手伸到她面前，抓了抓窗上的一根黑色管子。德妲先前没有注意到有这个东西。贝吉抓住黑色的管子往下拉扯，拉下一个染了色的塑胶窗帘。窗景顿时变成黑色，世界隐形了。德妲低头瞪着自己的膝盖，闭起眼睛回想从机场开始一路上看到的景象，她想象着那些画面，仿佛本来就在她的心里。

从白日梦被叫醒时，她已经到了芬斯伯里公园，这是辛克美教团在伦敦的总部，英国版的多曼达。芬斯伯里公园的房价随着回教移民增加而一飞冲天。英国居民却越来越贫穷，种族歧视也越来越严重，但回教徒依然越来越富裕，慢慢占领了整个地区。

小巴带着雷盖驶去。其他人走进十二层楼高的大厦，这里有半数居民是辛克美教团成员。抵达位在十一楼的家门时，已经有无数的人在场等着亲吻乌贝督拉的手。他把手放在贝吉的肩上：

"你回你家里去。他们会把女孩送过去。"

乌贝督拉的妻子拉西梅和其他女人把德妲带进浴室。"你知道怎么净身吗？"她问。

"知道。"

她们不相信她，她们要她当场示范给她们看。德妲脱下衣服并遵照穆巴列教她的方式开始净身，一切都遵循辛克美教团的方式进行。她们终于满意了。其中一人笑着说："我是拉西梅姐妹，我也是在你这个年纪来到这里，别怕。"她牵起德妲的手，带她到十二楼两间公寓里的其中一间。她按了比较靠近楼梯间的公寓电铃便沿着楼梯离开了。她听见门被打开，于是回头看了看德妲。德妲凝然站了数秒，才走进室内。

贝吉的公寓有三个房间，每间都铺满了狮子图样的地毯。客厅里只有一张沙发椅、两张扶手椅、一个仿佛有百年历史的讲台与一幅装在黑框里的天房①海报。其中一个房间是空的，另一个房间只有一个很大的衣柜，屋里唯一的镜子在浴室中。其中一个卧室比其他的大上许多，里面有张双人床靠墙摆放，让人只能从一侧上下床。从地毯上的痕迹判断，这张床才刚被搬进来。

---

① 天房（Kaaba）：即卡巴天房，或称为克尔白，是一座立方体的建筑，意即"立方体"，位于伊斯兰教圣城麦加的禁寺内。相传是第一个人类阿丹兴建的，并由易卜拉欣和伊斯玛仪父子共同修建。伊斯兰传统认为克尔白是天堂建筑"天使崇拜真主之处"在人间的翻版。《古兰经》记载："世人创设的最古老的清真寺，是在麦加的那所吉祥的天房，全世界的向导。"克尔白是伊斯兰教最高圣地，所有信徒无论身处何处必须面对它的方向祈祷。伊斯兰教"五功"包括的朝觐就是到麦加朝拜。

贝吉走到天房海报前,地上有两张并排摆放的礼拜毯①,他站在其中一张礼拜毯上,指示德妲靠过来。小女孩站到另一张毯子上,两人面对墙上的天房照片,照片的方向朝向麦加。两人开始祈祷。厚重的窗帘遮蔽了窗子。伦敦时间已近半夜了。德妲用眼角余光偷看贝吉,并祈求他别发现自己其实并没有在祈祷。

贝吉慢慢地卷起礼拜毯,放到沙发椅上。接着,他牵起德妲的手带她到卧室,他的视线没有离开过小女孩。他脱下身上的袍子,指着德妲的披风叫她也脱下来,她照做,然后他叫她躺下,接着他指了指墙壁。

"过来。"

他还是站着,紧盯浑身只穿内衣的德妲。她全身发抖。两人都在颤抖。贝吉说出了那晚的最后一句话:

"奉至仁至慈的真主安拉安拉之名。"

然后他干了德妲一整晚,直到伦敦的清晨来临。

这是伦敦史上最漫长的一夜。连太阳也羞惭得不愿升起,这一天的曙光迟到了。

贝吉边检查手上的咬痕,一边走入电梯离去。德妲躺在浴缸里,遍身是血,勉强地呼吸。"你自己去清理干净。"贝吉这么说。他把她抱到浴缸,就将她扔在那里,像把她扔入坟墓似的。德妲全身赤裸,她怕得不敢寻找血是从哪儿流出来的。她抵御了一整晚,推、扯、咬那只盖在她嘴上想制

---

① 礼拜毯:穆斯林宗教用品。伊斯兰教法规定,礼拜必须符合"水净、衣净、地净"三大条件。因此,穆斯林礼拜时必备此毯,除礼拜外不作他用。清真寺大殿内一般铺长条的礼拜毯,多为毛毡、棉毯,也有羊皮材质的。最普遍的礼拜毯图案是天房克尔白或麦地那圣寺。由于工艺精致,礼拜毯也作为珍贵艺术品,成为穆斯林之间相互赠送的贵重礼品。

止她的尖叫声的手,但一切徒劳无功。她的指甲下有干掉的血渍,手脚布满瘀青,身上的瘀青让她看起来宛如一头花豹,而这只不过是一个晚上所造成的受虐痕迹。饱受虐待让她瑟缩在角落,她甚至流不出泪。

她听到门口有人用不同的钥匙试图要开锁。终于,对方找对了钥匙,门开了,一个女人喊:

"德妲!德妲!"

拉西梅走进浴室,见到女孩。没有任何惊讶的表现,她走上前去转开水龙头并试了试水温。德妲望着对方,双眼深陷在眼窝里,仿佛从身体深处往外探看这个世界。她说不出话来,即便词汇已停留在舌尖也无法发出声音。她只能看,看水流之下拉西梅的手,就像自己把望远镜给戴反了。确定水暖了后,拉西梅抽回手,甩掉指尖上的水滴,然后扭开沐浴花洒,德妲顿时感觉水流到双腿上,她微微呻吟。这是她唯一能发出的声音。温暖的水流像雨滴般洒满全身,洒在她的脚上,手上,臂膀上,脖子上。

"眼睛闭起来。"拉西梅笑着说。

德妲没听见她的话,也没听懂,耳朵嗡嗡的。水落入她的嘴里,使她不得不闭上眼。一丝一丝的水,打在她的脸上,像是一百条钓鱼线,从花洒的孔隙流洒而出。看起来像是她在哭泣,其实她没有哭。

血渍随着水流被冲掉,令伤痕变得更明显了。血液从她纤嫩的双腿间缓缓流淌出来,像两腿间有东西被拆解、被撕裂,有什么死掉了。尽管血渍已被冲干净,但紫色的图腾仍然停留在德妲身上。她身体的某些部分被破坏了,某些部分被击碎了,但也有某个部分新生了。她有了紫色的眼睛。现在,德妲的背后有一只眼睛,尽管此下还不能使用,但她终究会学习怎么打开这只眼睛。

她想要喝面前的汤,但喝不下去。拉西梅从她手中接下汤匙,把汤吹凉，送到她口中。几汤匙后，德妲终于发出一声"唉"。接着，变成了镇定且大声的"啊"，并不停重复着：

"啊啊啊啊啊啊啊啊！"

接着，只有间歇的换气声令哀嚎休止片刻：

"啊啊啊啊啊啊啊……啊啊啊啊啊啊啊啊……啊啊啊啊啊啊啊啊……"

直到四楼的乌乐维耶上楼来替她注射镇静剂，德妲才闭上了双唇。她无法合上嘴，她没发现自己的尖叫，也没发现她短短的十一年生命全被压缩成那一阵哀嚎。然后她睡着了。

直到十六岁那年她才醒来，她躺在沙发上，在温暖的午后静静看着天花板。门后的声音把她惊醒。她站起来，用黑色披风盖住自己。她无法透过歪掉的窥视孔窥视外头，所以她稍稍打开了门，往外面探看。

她先看到一片叶子。这片肥厚的叶子，属于一盆大株室内植物盆栽。接着，她看见一张扶手椅，一张黑色皮革的扶手椅。同时印入眼帘的还有史丹利这个高瘦的男人。他把玻璃咖啡桌推往走廊的那一侧，让穿着蓝色工作服的男人把两个箱子搬进新公寓内。把矮桌推到一旁后，他站起来，看看身边其他家具。然后他也看到了邻居露出来的头和肩膀：是德妲，正从门扉后面窥看着他。他没有微笑，也没有打招呼，只是盯着她那双挂在漆黑衣物间的黝黑眼睛。德妲仿佛被什么力量用力拉走，立刻就消失了。她把门给关上，像是要避难似的。

显然，对面已闲置五年的公寓终于找到了新房客。换句话说，德妲以后扫地或是在电梯口送贝吉出门，都必须穿戴整齐，把自己给遮掩起来。这是她脑中的第一个想法：遮蔽自己，避免被陌生人注意。她跪下以耳俯地，聆听生命的迹象。她听到声响：清柔，响亮且突如其来的声响。她试图把这些声音跟不同的家具进行配对。若她知道自己的假设都是错的，或许她会留在原地，背贴门板，直到外面的那扇门也被关上，走廊恢复安静。或许，她也可以充耳不闻，但反正德妲没其他事可做。她在十二楼的这间公寓一住就是五年。这间屋子跟她在库鲁德勒的房间的唯一差别就是她的脚边没有铁环。现在，无形的铁环早已套住她整个人。

她只有每周五会踏出家门。从这里走到十一楼拉西梅敞开的大门，刚好就是十六步。那里的所有女人都是辛克美教团的成员，她们聚集在此听一种叫做教诲的演讲——一种宗教谈话。一开始，德妲不懂为什么这叫做谈话，就她的理解，谈话应该是双向的。但一阵子之后，她就不再关心此事了，只确定自己不用坐在老人维资尔身边。维资尔口沫横飞地呢喃念着《圣训》①。老人说话时总会发出可怕的声音，伴随着响亮的咳痰声。他可以不断讲上三小时，最后一个小时双眼紧闭。女人们挤在一起，又彼此留有足够的空间。德妲喜欢黄色大扶手椅跟墙壁之间的空间，她总是在教诲开始前几分钟下楼，她喜欢躲藏起来的感觉。最后两年，她总穿着两件式的黑罩袍参加（通常她喜欢穿全身式的罩袍，腰间系着一条松紧腰带），她总把左手藏在宽大的长裤里，中指插入身体。当屋内其他女性专心聆听、呢喃，并且频频陷入歇斯底里的情绪时，德妲总能在长达三小时的教诲期间高潮至少三次，而且每一次都忍不住要放声淫叫。她就把自己的声音与其他在场者的声音混合在一片集体的呢喃声中。她弯勾的手指抚摸阴道的内壁，想象自己被一打陌生男子压住，交合。当然，她绝不会匆匆忙忙进入幻想世界的最后篇章，那欢愉的巅峰。一般在终局时，贝吉总是奇迹般地

---

① 《圣训》（Hadith）：又称哈底斯，伊斯兰先知穆罕默德的言行录，被奉为伊斯兰教的圣训，穆斯林以之为日常生活的指导。

无法动弹，气急败坏地被迫目睹妻子愉悦地扭动身躯。每次教诲，她也都想象贝吉以不同方式被禁止行动。有时候是因病瘫痪，有时候是手脚受缚，有时候是三名男人把他压倒在地，德妲边呻吟边看着贝吉痛苦的脸庞。然后，教诲结束，大家回到自己家中。贝吉在两个小时后回来，跟德妲坐在木头矮桌旁的地上，狼吞虎咽地吃晚餐，牙齿则留着过会儿折磨德妲。

任何其他少女或许会选择在教诲时拔眉毛、剥嘴唇上的干皮或是用牙齿啃咬脸颊内侧，但德妲决定不以痛苦来表达抗议。别人带给她的苦痛已经够多了，太多人只想伤害她，她不要跟他们一样。因此，她在寂静的呐喊中找到欢愉。这是她唯一的报复。她在充满折磨的世界里替自己找到了愉悦，这也是唯一能够否认自己是受害者的方式，至少对着自己否认。

乌贝督拉从不知道贝吉会殴打德妲，拉西梅也从没告诉过他自己在浴缸里见到什么。事实上，乌贝督拉渐渐喜欢上了德妲。他同情她。偶尔登门拜访时，他总是唤她为女儿。但他看不到罩袍下的东西，他看不到膝盖上的凹痕（皮带头的杰作）或肩膀上的瘀青（拳头的印记）。

贝吉打她是因为使用言语太困难了，他打她是因为踢拳①仍不足以让他发泄怒气。当初是短暂入学的学校老师鼓励他去学习踢拳，但是练习了十六年仍无法驯服他内心的野兽。他打她是因为这么多年后，德妲还是没能怀孕。

德妲听到走廊另一端的门开了，她跳起来，耳朵紧贴着门，闭眼聆听，脑海里浮现出一名高瘦的短发男子。她想着，他的眼睛是蓝色的吗？她也说不上来，但她确定下一次教诲时，幻想中的其中一个男人将会有一张清

---

① 踢拳（kick boxing）：一种综合性武术，吸取了泰拳的彪悍拳义、空手道的技巧以及合气道的技击术，融汇成独特的武术。这种拳术没有套路，着眼于实战技术的运用，特别是肘击、膝撞和腿击，其攻击力之猛锐足令对手非死即伤。

晰的脸庞，这点她很确定。

贝吉必须去伊斯坦布尔四天。想到能独处几天，就算只是短短几天，也让德妲内心雀跃。然而，她却被知会所有时间必须跟拉西梅一起，让她的好心情顿时消散无踪。

拉西梅脸上总是挂着笑容，脸仿佛被胶水黏住似的。她无时无刻不在微笑，吃饭时微笑，祈祷时微笑。看见德妲时她也微笑。微笑是她脸上永久的配件，现在她有事情要向德妲说。

"你知道贝吉为什么要去伊斯坦布尔吗？"

"做生意。"

拉西梅的微笑不那么灿烂了。

"他这样说吗？"

"是。"德妲回答。

拉西梅的微笑又泛起。

"哎，孩子，你要是早知道就好了。你别说是我说的，他是去找女人。"

德妲的回应却令她措手不及。

"他会离开我吗？"

"你希望他离开你吗？"

她知道自己的回答举足轻重，甚至可能在四天后给自己招来痛殴。

"不，不。"德妲回答。

拉西梅又笑了，笑得更舒展了。

"傻孩子！有你这样的妻子，他怎么会不去找别的女人玩呢？你可真是个笨蛋，傻货！"

德妲转过头去仔细瞅着对方，端详着正用手遮住脸设法控制自己大笑起来的拉西梅。然后,她忽然发现拉西梅的不对劲。她疯了。三十二岁的拉西梅发疯了,德妲是第一个发现的。她跟乌贝督拉的独生女在十四岁时就被嫁给亚扎梅特当第三个妻子,亚扎梅特是附近公寓大楼里最年长的人。拉西梅知道自己再也见不到女儿了,就算见到也认不出来。就在那时,她放弃了解这世界上的任何事。

德妲倾听拉西梅自言自语地说着她跟真主之间的私密对话,直到晚祷时间。拉西梅始终面露微笑,轻声告诉德妲"没有别人听得到,他只跟我对话,他说他会带我上天堂。"

偶尔,她会停下来,好像忽然想起什么事似的,微笑僵在脸上,几秒过后,才又开始讲个不停。

"他跟我说,拉西梅,你是我最喜爱的仆人。我只信任你祈祷时的真挚,其他人全都是骗子……"

她不断逼迫德妲发誓别告诉别人这些对话,几乎每半个小时就逼她发誓一次。

"你不会告诉别人,对吧?"

她取出《古兰经》。

"把手放在上面发誓!"她说。

两人共进晚餐后,德妲才回到自己的公寓休息。她慢慢走上阶梯,进入监狱的钥匙就挂在绕颈的绳圈上。准备开门时,电梯抵达十四楼,德妲愣住了,插入门的钥匙还未开锁,电梯的门开了,德妲忍不住回头张望。身穿一袭皮大衣的史丹利踏出电梯,眼眶涂了一圈黑墨,脚上是巨大金属鞋尖的马丁靴,他也向她那儿凝望着,蓝色的双眸就像乌云背后的蓝天。

德妲缓缓转过身来,任钥匙留在门锁上,像一个黑色的灵魂般望着史丹利。天花板上昏蒙的灯光忽然灭了,黑暗笼罩他俩,仿佛隐形了一样。德妲想象自己奔向他,张开双手拥抱他。在梦境里,史丹利会抱住她,然后冲进电梯,逃向永恒的未来。可德妲忘了一件事:要在黑暗中逃跑是不可能的。史丹利向前移动脚步,传感器瞬间点亮了灯光,两人依旧望向彼此,相距不过六尺。灯再度熄灭,这次,德妲向前踏了一步,速度快得史丹利无法忽略她披巾的沙沙声。年纪比德妲大几岁的史丹利温文有礼地点了点头,便回头走向自己的房门。尽管喝醉,他还是顺利地将钥匙插入门上的锁孔并迅速开门走入屋内。走廊的灯又一次熄灭。再度亮起时,他的房门已经关上了。

那一晚,德妲就睡在门边的地板上,期待会听到来自走廊的声响。醒来后,她走出门,偷窥史丹利的房门。那扇门看起来就像一道墙,仿佛后头什么也没有。她低头走下楼。电铃音乐还没结束,拉西梅就来开门了。

"你认识乌乐维耶吗?"拉西梅问。

德妲点了点头。

"你知道吗,她说她也能跟真主对话。她有天就跟我这么说,真是个谎话连篇的婊子!"

德妲不想错过谩骂的机会,所以她也用了相同的字眼附和对方,每个音节都故意使劲地拉长。

"婊子!"

拉西梅很开心听到她重复那个字眼,笑得嘴唇都快要碰到脸颊骨了。

沐浴、祈祷、烹饪、进餐以及假装倾听拉西梅,十二个小时之后德妲才离开,然后回家。每上一级阶梯,她都稍停一下,听听电梯的声音。没有动静。往上走三步再往下走两步,然后再往上走一步,她就这样走了五十级。电梯井里还是一片寂静。终于上了八级楼梯后,她放弃等待,迅速进了屋子,没再回望史丹利的房门。当晚的前几个小时,她将扶手椅搬到窗边坐下,望着夜色里的伦敦。继而又站起来,缓缓褪下身上的衣物,浑身赤裸,倚身向前,让双手和双乳贴在面向市区的窗玻璃上,站在漆黑的十二楼公寓窗前,双臂大大地展开。她瞪着远处的灯火,连眉毛也紧贴在玻璃上。一开始,她担心会被人看见,但很快变成期盼被人看见。那晚,德妲像一面矗立的白旗竖在卧室窗户上。那晚,这个裸体就像暗夜里的一声呐喊,只可惜没人能够听见她的声音,窗子是隔音窗。没人看得见她的身体遭受过多少毒打,没人看见她的瘀青,没人报警,甚至没人注意到这个赤裸暴露的身体。德妲就这样一丝不挂地睡着了。

德妲发现有个黑影移向自己的身边,她眨了眨眼。当她意识到屋里有别人,立刻睁眼坐了起来,胸前抱紧枕头。拉西梅坐在床缘看着德妲赤裸的肩膀,脸上带着笑意。一开始,德妲不明白她是怎么进来的,接着她连自己在哪儿都困惑了。然后想起拉西梅有一副备用钥匙,这让她的脑袋像被恨意满满的石头打到一样。谁知道她在这里多久了?她就坐在床边。已是清晨时分,窗帘被阳光照亮。或许她前一晚就来过了?

"我曾经像你一样美丽。"

长长叹了口气后,拉西梅用掌心揉着德妲的肩膀继续说。

"但你看看我现在成了什么模样?"

拉西梅身穿罩袍躺在床上,把头枕在德妲的胸口上哭泣。德妲抚摸着她的头布,这是自己唯一能给她的安慰。

这一天很平静,没人祈祷。接近傍晚时,拉西梅抱着一只鞋盒来找德妲。她轻声说:

"你知道这里头有什么吗?"

没等对方回答,她就将盒子打开了,取出一件用围巾包着的东西。她把围巾解开,将一个小小的金属收音机递给德妲。

她打开收音机小声说,"绝不能告诉别人,绝对不能!"

苏克西和女妖乐队①正在唱着《躲猫猫》②。拉西梅笑着说:"我什么也听不懂但还真是好听,对吧?"德妲也笑了。

她们用自己唯一会的方式随音乐起舞,一直到半夜。最终,她们手牵着手上下跳跃,不停在屋里转圈圈,直到撞到对方为止。虽然自己不知道,但她们当时的确正跳着弹簧舞③。

不过每隔半小时就得把手放在《古兰经》上立誓,仍令德妲恼怒不已。

"我不会向任何人说起收音机的事。"

醒来后,德妲的喉咙有种梗塞的感觉,挥之不去。喉咙像卡了一颗小铁球,无法吞咽,几乎无法呼吸。她放松不下来,因为这已经是贝吉回来前的最后一天了。每分每秒的流逝都让这一天更接近结束的那一刻。这就是她喉咙哽住的主要原因。

她想起隔壁邻居的眼睛,想象他瞳孔周遭的蓝色就在她的眼前转呀转的。然后他苍白的脸庞沿着眼睛四周开始慢慢聚焦浮现,随着他的面容越

---

① 苏克西和女妖乐队(Siouxsie and the Banshees):英国知名朋克乐队,成立于一九七六年,除了主唱Siouxsie外,其他成员皆男性。直到一九九六年解散的二十年间乐队成员进进出出,不变的只有灵魂人物Siouxsie Sioux。Siouxsie性感多变的嗓音是乐队的标识,其乐风更是影响深远,无数哥特摇滚乐队声称Siouxsie为他们的领路人。
② 躲猫猫(Peek A Boo):一九八〇年,收录于苏克西和女妖乐队第九张唱片的第一首单曲,被乐评形容为一首"出彩且让人意外的杰作,融合了黑钢乐队(Black Steel)的重金属与流行乐的不安"。
③ 弹簧舞(Pogo):一种舞蹈,舞者上下跳动如弹簧。

来越清晰，贝吉黝黑的脸与她喉咙的梗塞感也慢慢淡出了。她想去敲敲邻居的房门。可以叫他带我一起走吗？可以求他绑架我吗？但要怎么跟他说呢？该用什么语言？接着，她发现自己可以用图片来跟他进行沟通。她可以把自己的想法画下来，把一切都画下来：五年前她怎么来到这间公寓，以及贝吉是怎么折磨她的。他们可以一起离开这里，再也不回来。他们只需要手牵着手，从大门走出去就成了。她会为他画一颗心，一颗巨大的心。

她跳下床，狂奔到客厅。贝吉的笔记本和钢笔就放在他的讲台上。他最近在学习阿拉伯文。她抓了笔记本和笔，坐在地上，打开一页空白页开始画自画像。其实不难画，只要画一个黑色的雪人就可以了。然后她在自画像的旁边画了贝吉：一个蓄胡子的白色雪人，再旁边，她又画出了公寓大楼。然后，把年份写下来，她来到英国的年份。接着，她在两个人物下方画了一条直线，她的初级图画小说从这里进入第二幕。这一幕里，白色雪人手持一根粗棍子，黑色雪人则倒卧在地。她需要一支红笔来画血，但屋里找不到。她跑到厨房找出面包刀，缓缓在手指上把刀子当作锯子来来回回移动，皮肤表面慢慢渗出一条红线。她再回到客厅，把自己的血涂抹在画出来的黑色雪人身上。第三幕，她小心地画出蓝眼的男子带着黑色雪人走出公寓大楼。最后一幕，她画了一颗心，并且用自己从手指挤出来的最后一滴血替这颗心上色。

她从笔记本撕下这些纸页，穿戴整齐，然后走出房间。

拉西梅打开大门，仍然手持《古兰经》。

"你要什么？"拉西梅大声斥问道。她通通都给忘了，忘记贝吉不在的这段时间，德妲必须与她共处，忘记她们前一日一起听的歌，她全都给忘了。德妲试着缓和现场，说自己只是来要点面包。

"我们没有面包。"拉西梅忽然勃然大怒。"我没任何东西可以给你这满嘴谎言的贱人！"拉西梅用力将门甩上，德妲笑了。她迅速冲回楼上，对自己的计划感到相当雀跃，生怕自己若停下一秒细忖，恐怕就会整个放弃。因此她一秒也不耽搁，径直跑到邻居的门前按下门铃。

她听到脚步声，门随即打开。史丹利刚睡醒，昨天吸的毒让他的眼圈青黑。他就穿了条皮裤，第一颗扣子还没扣好，身上全是刺青，几乎没有没上色的地方。德妲往后退了一步，拿图画的手在发抖。她畏惧在刺青上见到的诸多恶魔，但她随即想到贝吉，想到他很快就会回来，于是，她还是把图画交到史丹利手上。史丹利接过图画后关上了门。

她不知该如何是好，只好在关上的门前安静伫立。等了几分钟，她才回到自己的房间，进门前还回头看了看史丹利的家门。

夜幕低垂。德妲从卧室的窗户就能看到灯火在市区流窜。她坐在扶手椅上，两个膝盖缩在胸前，若有所思地眺望伦敦。现在她满心恐惧。"如果他把图画拿给贝吉，该怎么办？"她一边咬啮自己脸颊的口腔内侧，一边这么担忧着。德妲的眼睛盯着玻璃窗上自己的投影，一看就是数个小时，她在想自己该不该自杀。只要打开窗，往外跳就成了。

她站起来，这才发现自己忘记脱下罩袍。罩袍就披在她肩上，宛如第二层肌肤。就连手套也忘记脱下来。现在没有时间管这些了。她往前跨出一步，打开窗。刚刚开始落下的雨滴在她脸上。她往下俯瞰十二楼下的地面，然后再眺望远方。忽然间，大门响起了重重的敲打声。门铃坏掉了。

行尸走肉般的德妲任凭窗子开着，慢慢走过客厅，穿过走廊来到门边。她无精打采地开门，连头也没有抬。透过眼角余光，她看到地板上是一双马丁靴，她慢慢抬起头，看见黑色皮裤装着的两条腿，接着是一件黑色上衣，然后她终于看见史丹利的脸。她的眼睛与他的蓝色眼眸此刻终于四目相对。他的眼神穿过德妲，望向阴暗的房间，像在找什么人，想搞清屋里有没有别人。他双手抵住门框，身体前倾，眼神在德妲的背后小心搜索着，一副想把屋内看透的模样。

"还有其他人吗？"他用英文问。德妲不自主地回头看了看屋里，这才明白他的话。她转回头来，用土耳其文回答，"没有，没有人了。"同时摊开双手表示强调。尽管有点被这手势吓到，史丹利还是明白了她的意思。他抓起德妲的手腕，把她拉出房间，就像她画里的场景。德妲根本没有机会伸手将门关上，心里想着："我要离开了，我终于要离开了。"当然他们并没有走远，只是穿越楼梯口跟电梯口，走进了史丹利的家。

他们走过空荡荡的玄关，经过黑暗的走廊，然后进入一间偌大的卧室。尽管第一次进屋，德妲却对这里的布局了如指掌，熟悉程度就像对自己的手背一样，因为这里的配置跟她住了五年的公寓一模一样。在她家的卧室里，贝吉坚持床要靠在墙边。而在史丹利的房间，黑色窗帘从上方的铁链垂下，地上的双人床垫旁有一张黑色皮革扶手椅。（就是当初他搬过来时，德妲曾看到过的那一张）。墙上贴满了《折磨杂志》的折页海报。仔细审视海报上的男女姿态后，德妲放开史丹利的手，往后退了一步。直觉告诉她，应该赶紧离开此地。史丹利把手放在她的肩膀上，面露微笑。他慢慢把手移开，用手势邀请她留下，然后开始轻抚她的头。这名高大的男子摇了摇头，他不想看到她的脸。德妲意识到这一点，但他到底要做什么？德妲很快就会知道了。

史丹利脱下他的上衣，拿起床垫上的一只枕头，从下面取出一支橡胶棍。然后他跪在床上，把棍子递给德妲。德妲接过棍子，史丹利同时垂下头，拉开裤子拉链并褪到膝盖。他靠在床垫上，环抱自己，仰望着德妲，就像一条狗。德妲看到他的躯干中间有一凸出的坚硬肉块，同时也注意到凹陷的脊椎上有瘀青。史丹利用膝盖保持平衡，一边抚摸着腿胯间的凸出物,他向上望着德妲,眼神在乞求。他在等待第一个动作,忽然间,德妲用力把棍子甩打在他背上。

德妲因为惊恐而眼前发黑,迅速冲出屋子。

三个小时之后,她又回来了。她拼命殴打史丹利,连棍棒表面的漆都剥落了。

"棍子"酒吧位于坎顿镇后街深处的一个角落,这里充满疯子和人渣造就的地下风景。史丹利站在吧台后面,心不在焉地用擦地布样肮脏恶心的抹布擦拭着啤酒杯,一边与坐在吧台椅上的米奇聊天。米奇来自美国,他来伦敦是由于在他的祖国,多数人以为 SM 是一种汽水品牌。他在《折磨杂志》的广告页上发现斯维琳并且迅速成为她的奴隶,可惜发展并不顺遂,某天早上,她醒来告诉他自己是个女同志。这段关系结束后,米奇便与现实失去联系,陷入无尽的深渊。他听着史丹利的故事,用手背抹去下巴上的啤酒沫,顺便调整下左眼前方的单片眼镜,眼镜用一根链子连着左耳上的耳环。

"你真该见见她,真的,她很美!难以描述,我不知道该怎么说。你知道这些阿拉伯女人,通身黢黑,只能露出眼睛。她也是这样,大概是土耳其来的吧。我的意思是,大楼里有很多他们这样的人,这是管理员说的。我想她大概也是土耳其人。不管怎么样,她有个丈夫还是哥哥……总之是个大胡子,他们就住在我家对面。我以前见过这个女孩,当然从没跟她说过话。但昨天,她自己跑来敲我的门。"

"你觉得她几岁?"米奇开口问。

"我怎么知道？反正很年轻，或至少看起来很年轻。"

听到这些就足以让米奇勃起了。但他不确定自己是否应该从裤子口袋的小洞开始磨蹭自己。若是被史丹利知道了，或许会惹他生气。他决定先别这么做，改口再要了一杯啤酒。

史丹利拿起米奇的脏酒杯，装满啤酒再放回他面前。才上午十点，米奇是"棍子"唯一的顾客，他们于是继续聊下去。

"我刚刚说到哪儿？对了，她就自己跑来敲我的门，带着一些画。我接过来看了又看，显然都是她自己画的。"

米奇明显有点醉了，他兴奋地问：

"你没邀她进屋吗？"

"耐心点好嘛。"史丹利说。"她用从笔记本撕下来的纸画了一堆东西：一个男的打一个女的，还有更怪的，有颗心，涂成红色——可是我觉得那是真的血。"

"干。"米奇呻吟起来。他想起斯维琳，每次她一见到血就会不舒服。"干。"他又重复一次。

史丹利笑出声来，继续说。

"我是说真的。反正，我就透过窥视孔不断确认，到傍晚才敢确定那个大胡子不在。那个男的始终没出现，所以就过去敲门。她把门打开，我往里面看，果然发现她好像一个人在家。"

"她有说什么吗？我是说，你们没有谈话吗？"米奇问。

"没有，没有，她不懂英文的。总之，我把她带到我家。你绝不会相信，整件事就像是一场梦！一场美妙的梦！"

"你有看到她的脸吗？"

"你疯了吗？看到她的脸对我有什么好处？我完全没看她，连手也没看，她当时还戴着黑色手套。"

"喔，我知道"米奇回答。"她们都会去我那条街上的特易购超市，五个全身黑色的女人，活像鬼魂似的在货架之间梭巡。我有次结账时排在其中一个后面，她也戴了黑色的长手套……"

米奇陷入了沉默，想象着地球上所有穆斯林女性，全身上下被紧紧包裹起来，连脸庞也不例外，然后接着说道：

"对我来说，她们是世界上最性感的女人了。"

"谁？"

"女性回教徒。你看，她们一定都性感爆表，才需要把自己包成那个模样。她们传递的讯息就是：我们若是解下包袱，你们这些男人都会难以自制。懂吗？她们其实就是在告诉男人：真的，如果我们脱掉身上这些衣服，你们会疯掉的！没错，就是这样……我以前没有这样想过……可是一定是这样没错！除非是世上最性感的尤物，不然一个女人干嘛要把自己包成那样？她们或许担心被强奸。你想想，你有看过任何美丽的裸女吗？没有。这就好比回教徒女性是某一种武器，像致命武器，威力强到必须时时包裹好。真的，她们就像原子弹，从不发射，只需要知道有这种家伙在就够了。如果她们褪下衣物，就是世界末日了。她们会征服所有人，或许亚马逊人就是被她们驯服的……"

他们放声大笑起来。史丹利忽然又严肃起来。

"她穿那一袭黑色罩袍真的让我'性'致勃勃。而且这不只是我的个人幻想，是真的！跟这里白天穿着熨烫过的裙子，晚上戴塑料面罩的那些货色完完全全不一样。这些女人总是穿黑袍，而且她们对于自己全身裹得紧紧这回事感到自豪，就好像她们根本不必用脚走路，用滑的就可以了，你懂吗？"

"没错。"米奇说，心里又一次想起斯维琳。斯维琳在某个烂银行工作，每天一身标准套装。"后来怎样？你做了什么？"他问史丹利。

史丹利脱下上衣，转过身来。他的背看起来就像德妲的背：满布暗紫色瘀青。米奇伸出酒鬼特有的发颤的手，想要去触摸。史丹利转头发现米奇惊讶得嘴都合不起来，这让他觉得挺高兴的。

史丹利锁上前门，带他的美国友人进女厕，然后接受他的口交服务，因为男厕还没有清扫妥当。

当他再一次打开前门，第一个走进来的人是雷盖。史丹利一见到他便狂奔到酒吧的后头，接连推倒了几张椅子。他以为他能把自己锁进不久前让美国人跪着的那间浴室里面，但他错了。雷盖用力一脚就把门踢开了，他揪起史丹利的后颈，把他的头塞进马桶，然后按下冲水钮。数秒之间，两人都没有动弹，水不断冲在史丹利的头上。接着，雷盖把史丹利的头拎出来往墙上猛撞。史丹利在空中挥舞双手，大喊"好了，好了……"雷盖往后退开一步等着。史丹利伸手从裤子后面的口袋取出两百镑，交给雷盖。雷盖接过钞票，用英文说"我下周再回来拿剩下的。"

雷盖转身走出酒吧，当他看见可怜兮兮躲在吧台后面、手上抓着一只威士忌空瓶的米奇时（显然害怕到无法拿真正的酒瓶来做什么），雷盖用土耳其语大吼"干他妈的同性恋！"然后沉着地走出了酒吧。走到人行道上，他忽然又停下脚步，调头走回酒吧。这次他依然操着土耳其语，但音量更大。

"你想用那个打我吗？你这混蛋！"

看见雷盖直冲自己过来，米奇的眉毛高高耸起，单眼镜也从脸上掉了下来，滑稽地挂在耳垂上前摇后晃，只差没将那只耳朵撕裂了。

贝吉再问了她一遍：

"你说什么？"

"购物。我可以跟拉西梅姐妹一起去吗？每次她们帮我们购物都会忘掉一些东西。"

贝吉再一次确认，这次清清楚楚分成三个部分。

"你？你想要出门？跟拉西梅姐妹一起？"

够了。德妲不打算再坚持，他的立场已经够清楚了。

"不。"她说。"没关系，反正她们总会替我们采购的。"

贝吉在沙发上半坐半躺，一条腿压在身躯下面。

"你要跟我说说扶手椅的事情吗？"

"什么扶手椅？"德妲反问。

"那一把，你把它移了位置。"

他指着德妲在他外出时移到窗前的那张扶手椅，连续四天四夜，它都被摆在那个地方。扶手椅现在已经被归置定位了，在沙发的对面。德妲不知道该如何回应，结结巴巴地解释起来：

"我……我……我大概是清理地板时把它拉到那边去的……"

贝吉面露微笑。

"是吗？"

他伸直腿，站起来，慢慢把手放在德妲的后颈轻轻揉捏，不太用力。

"你给我过来。"他说。

他把德妲带到窗边。窗帘是关上的，她完全搞不清楚他想要做什么，内心涌上一股愤懑。

突然，她的后颈受到一股下压的重量，那是贝吉在逼迫她跪下来。他跪在她旁边，然后胁迫德妲趴倒在地，并用力把她的脸抵在地毯上面。然后他问：

"那这他妈是什么？"

眼前除了地毯的纹路，德妲什么也看不见。贝吉觉察到了这点，便把她的头往上拉起。可她眼前依然只有地毯，没有别的。

"是什么啊？"她终于开口。"你到底要我看什么？"

贝吉指着一个细小的凹陷。

"你看看这个，这个！"他大吼起来，把女孩的头拉扯到右侧距离三十英寸的另一个凹陷。

"你再看看这个！"

是另一个凹陷。

"这边这个！"

然后是最后一个。

"还有这个！"

依然维持跪姿的德妲被强迫去看扶手椅椅脚在地毯上留下的每一个凹陷，并让她的脸摩擦这些痕迹。

"我不知道。"德妲喊道。"我真的不知道！"

她开始哭泣，贝吉最恨她哭了。

"那是谁？别人？有谁来过吗？是别人把椅子搬到这里的？是别人把窗帘打开来往外看？你让别人进来过吗？是这意思吗？这就是你想要出门购物的原因是吗？因为你想见到他吗？"

贝吉停止了大吼，语气开始含糊生硬，因为乌贝督拉曾说过他发出的噪音太多，乌贝督拉甚至还怀疑他对这个女孩做了什么不当的作为。

贝吉猛然放开了德妲的后颈，他时间不多，上班要迟到了。他走到玄关，穿上鞋便离开了。德妲在地毯上趴了好一会儿。当她终于抬起头，视线前正好是贝吉的钢笔。她双眼搜寻自己画图的那一本笔记本,但没能找到。"贝吉也发现这个了吗?"她站起来,心中暗思。等他晚上回家,事情就会水落石出。

中午之前,她都在客厅里来回走动。然后她离开房间,去邻居家敲门。史丹利这天不工作。她看也不看他就直接走入屋里,直接来到史丹利的卧室,史丹利尾随在她身后。德妲弯下腰,从枕头下方把棍子取出来。史丹利竖起食指,暗示她等一会。他从天花板悬挂的链条上取下一只三件式铆钉项圈,然后把它固定在德妲脖子上。他往后退一步,端详这个戴着 SM 铆钉项圈的黑衣女孩。此刻,他内心充满崇拜之忱。接着他缓缓宽衣解带,更换一个新姿势。这次他站着,双手高举过头,双眼紧闭,倾听塑料棍落在他的背部与双腿后侧的声响,性欲越来越高涨。他一动不动,直到透明的液体从那个挺举的部位顶端喷射出来,这时他才终于睁开眼,把手伸向停住不动的德妲。史丹利弯腰捡起一只饰满铆钉的手环,翻转过来,套弄他那只被精液沾湿的老二。他上下移弄手环,铆钉也上下摩擦他的肌肤。他仰望德妲,对方马上理解他的期待。她用戴黑手套的手握住手环,上下来回移动,十二下。这次,液体被鲜血染色。

德妲把塑胶棍扔回床上,开始搜索整间屋子。她在寻找一样东西,一本书,任何书都行。很快,她找到她要的,那不是一本书而是一本杂志,一本电视节目表的杂志。她随手翻到一页,展示给正在穿衣且热切地跟在她后头的史丹利。像在大声宣布什么似的,她说:"英文!"企图清楚表达自己的意思。她总觉得隔着那层掩盖嘴巴的布,自己的声音几乎难以被听清。她指了指杂志上的图片,然后再一次开口:

"英文!"

"我不懂,你想要什么?"史丹利开口问她。

德妲作势在空中写字，史丹利立马拿来一支笔递给她。杂志封底有一个女包广告。广告里，一名裸女弯下腰、用双手撑住小腿，胸前挡着那款广告包，交叉的双腿中间则写着品牌名称。德妲在包包的位置上开始涂鸦，她把广告女郎的眼睛圈起来，继续涂鸦，同时说"英文！"然后她又发现缺了什么，便在写下的每一行后面都加上一个问号。史丹利终于懂了。他从德妲手上拿走杂志，手指裸女，用英文说，"女人。"德妲跟着重复。

这天，史丹利一共高潮了两次，德妲则学会了三十六个新单词。

"这就是著名的大笨钟。"赫多·阿里夫说。

但吉多·阿卡没在听。他刚刚拿到一批海洛因，无暇他顾。毕竟走私海洛因比走私柴油好赚八倍。

他来伦敦是为了跟他的同乡谈判，那些长期住在伦敦的土耳其人。尽管他曾经与不知名村庄的村民谈判过，他始终视他们为同乡，因为他们也是库尔德母亲的乳汁养大的。但他从来没跟女人谈过生意。他对伦敦的老乡们说，他不愿携海洛因跨越保加利亚边境，他们必须从那里接手，之后他就没法参与后面的运送过程了。他们同意了，但同时表示，由于费用增加，所以他的报酬必须减少。吉多·阿卡对此非常不悦，对大笨钟自然也视而不见了，而只对属于他的建筑物感兴趣。可是，乘坐日租的船游览泰晤士河，对于赫多·阿里夫也并不是件开心事。无论如何，离家万里并不代表他们就可以假装不认识彼此。他们有许多共通点，约莫有二十万个吧，等于他俩在土耳其东南部分别管辖的人口总数。赫多·阿里夫从父亲身上学会了避免介入吉多·阿卡的事务，尽管父亲知道他会违背他的谏言，但也没有再明确表示什么。同样，吉多自己也不愿干涉辛克美教团的事务。他们共享这些人民，他们肉体、血液都归属阿雷赞族，但灵魂归属辛克美教团，这样的配置可以追溯到一百年以前。吉多负责该组织的商业事务，赫多·阿里夫则负责收集那些上山加入反叛阵营的名单。赫多·阿里夫不在乎自己的土地上飘扬哪个国家的国旗，因为他深知人民没有信仰只会变成活死人，所以就算是中国接手，辛克美教团的体系也能延续下去。在父亲耳朵还能听得见时，他总是对父亲——也就是谢赫嘉孜说："库尔德人[①]，土耳其共和国，中华人民共和国，这有什么差别？"赫多·阿里夫是在普林斯顿大学受教育的世界公民。对他而言，除了宗教，世界上没有其他界限。若有所谓的无国界穆斯林团体，他会认为自己应该去当领导人。话虽这么说，他还是会偏好某些国籍。比如说，他挺欣赏阿拉伯人大肆张扬的炫耀性格。如果他们哪天决定要把天房漆成金色，他一定是其中的主要支持者。他也热爱炫耀，曾花了五十万元买下一块五百克的石头，据说这块石头是黑石的一部分，但他其实相当怀疑。纵使如此，他仍确保每个走入书房的宾客都能看见这块石头。这是一块色泽墨黑的石头，它仿佛悬置于一个刻了世界地图的玻璃球体中间，不再是一团岩浆，而是一颗在世界中央的石头。玻璃球被架在一根铁柱上面，这是人们进入他的书房第一眼会看到的，整幅画面仿佛被放在一个极繁复的照明系统之中。赫多·阿里夫可以用遥控器替玻璃球选择颜色，他最喜欢绿色，也是伊斯兰陵墓最典型的用色。

接近滑铁卢桥时，吉多·阿卡说："或许你认识这个人。"

"谁？"赫多·阿里夫问。

[①] 库尔德人（Kurd）：库尔德人主要生活于中东地区，为西南亚库尔德斯坦地区居民。总人口约三千万，主要分布于土耳其、叙利亚、伊拉克、伊朗四国境内，少数分布在阿塞拜疆和亚美尼亚、俄罗斯山区、以色列等地，是中东人口仅次于阿拉伯、突厥和波斯民族的种族，相传是古米底亚人后裔，两千多年来一直在库尔德斯坦的山区活动，过去以游牧式生活为主，后来不断向周边地区扩散。近年来库尔德族有独立建国的声浪，但屡遭土耳其、伊拉克等国压制。

"叫做贝迪还是贝吉的，大概发音是那样。他就住这里。你知道他是做什么的吗？"

泰晤士河上与滑铁卢桥①下的其他船只全都坐满游客。许多人拿起相机，拼命将周遭的景物拍摄下来，尽管他们以后或许再也不会去看这些照片。桥上有人看见这位穿戴伊斯兰长袍与头巾的大胡子老人，正坐着豪华游艇自桥下穿行而过，马上对准老人按下快门。他一定以为这人就是中东某国的政治领袖。

桥上站在他身边的人说："别管他，我知道他是谁。快拍我们在找的人吧。"

这两个身穿风衣的男子隶属军情五处②，也就是英国对内情报局。他们获指示，被要求搜集现居市区最昂贵饭店之一——华尔道夫酒店——的吉多·阿卡的相关资讯。吉多原本与任何赴英又离开的旅客并没什么差别，但他曾造访军情五处监视数月的一些人，这使他成为最新的嫌犯，因此他现在也受到严密的监控。一名蓄着茂密的红胡子，穿着苏格兰裙的苏格兰人顶出手肘，把军情五处的干员撞开，吼道，"别挡着路！你们没看到我在这里忙吗？"然后继续使劲吹着他手中的风笛，干员们别无选择，只得让路给他。他们退回街上，正好一辆双层巴士从身前驶过，上面高扬

---

① 滑铁卢桥（Waterloo Bridge）：英国伦敦一座跨越泰晤士河的桥梁，介于黑衣修士桥（Blackfriars Bridge）与亨格福德桥（Hungerford Bridge）之间。滑铁卢桥得名于一八一五年英国获胜的滑铁卢战役。这座桥的位置在泰晤士河水脉的湾流处，普遍认为从这座桥上看到的伦敦风光比任何其他地方都要好：西面是威斯敏斯特、南岸和伦敦眼，东面是伦敦市和金丝雀码头（Canary Wharf）。
② 军情五处（MI5）：即英国安全局（Security Service），是英国的情报及国家安全机构，在内政大臣辖下作业，但不隶属英国内政部，主要负责打击严重罪案、军事分离主义、恐怖主义及间谍活动，对外的国家安全事务则由军情六处负责。军情五处的调查人员并无逮捕涉嫌者的执法权力，执行逮捕时必须与英国警察合作。

着新一季邦德电影广告。詹姆斯·邦德一身燕尾服,头发吹得像一顶机车安全帽,一群比基尼女郎倚靠在他肩上。两名探员看了看海报,又彼此对视:黑色的大衣跟仅存的头发——尽管每年越来越少——仍在猎猎风中飞舞。他们的双眼因超时工作、过度使用而遍布血丝。他们在打折季买了中国产的鞋。他们还隐约感觉到,那名正在欢快吹奏苏格兰歌谣的风笛吹奏者,此刻仍不断用恶意的眼神瞅着他们。其中一位骂了一句:"去你的詹姆斯·邦德。"两人这才慢慢走开。

此刻,赫多·阿里夫正试想着自己是否曾在哪里听过"贝吉"这个名字。不过,他需要知道更多细节。

"他跟哪个团体有关吗?"

其实,他是想问,此人来自哪个部落或来自哪个派系。更精确地说,他想知道此人效忠哪一边。

"他是你们那边的。"吉多回答道。

"感谢真主。"赫多·阿里夫点着头回应。"我听过这名字,但从哪里听来的呢?不管怎样,你为什么对他感兴趣?"

"别问……"吉多说,然后垂首望着泰晤士河脏污的河面。"总之,我们曾一起做过生意。"

赫多·阿里夫没再追问下去,也就无从知道贝吉在伦敦建立了一个小型的穆斯林踢拳组织,并且让数以百计的非穆斯林人士沾上海洛因,他说,"为服务真主,任何讨伐异教徒的行为都是被许可的。"他用这种说辞来合理化自己的行径。赫多·阿里夫没再追问下去,也就无从知道贝吉已经把所有海洛因毒品交易挣来的钱又投了进去,毕竟他不可以碰那些脏钱,而且他也研发了一种踢拳法,可以迅速踢断任何想要将海洛因卖给穆斯林的毒贩的膝盖。即便赫多·阿里夫不管吉多是否愿意,执意追问,他依然不会知悉有关贝吉的真相。吉多自己对这一切也不甚了了，他的人只跟他说，有个辛克美教团人士采取了暴力手段，他们叫他去"处理一下"。这些资讯都是从杜拉汉那儿听来的，他跟自己的三名兄弟对自己能控制四分之三流入英国市场的海洛因一事倍感自豪，他们又被唤作"伦敦的达顿兄弟①"，他们和贝吉的冲突在于后者的海洛因都是从俄国人那儿买来的。换句话说，就是那个不属于他们的剩下百分之二十五。"我们会查清楚。"吉多跟他们这样说。因此军情五处首次拍到了他的照片，这张相片是从西敏寺达顿总部对面的公寓大厦四楼窗内照的。

他们移驾至游艇的船尾，然后坐下来用餐。赫多·阿里夫说："对了，我想起来了，贝吉是乌贝督拉的儿子。他是个好孩子，负责他爸爸的家具厂。"

他没提及自己五年前曾当过他的中介，帮他买了一个十一岁大的女孩做妻子。他谨慎地继续说。

"没错，他娶了一个库鲁德勒来的女孩。现在我想起来了。不管怎样，你需要他做什么？"

吉多发现餐点没有茴香酒②，这让他有些失望。他抬头说：

"把地址给我。跟我说，他是个有用的人吗？"

赫多·阿里夫早就料想到情势会变成这样。这婊子养的吉多可能真会伤害那家伙。他迅速在脑中计算了一番，可惜结果对贝吉不利。"真主请原谅我。"他对自己说。

"不是。"

---

① 达顿兄弟（Dalton）：即达顿兄弟帮（Dalton Gang），是美国于一八九〇至一八九二年间著名的银行、火车大盗集团，其中三人为兄弟，因此被称为"达顿兄弟"。
② 茴香酒（Raki）：茴香酒，又叫"狮子奶"，土耳其国酒。

"好。"吉多答道,同时为收到对方这样的答复而心情舒畅很多。他抬头望向上方:"你刚刚提到这附近有什么大东西值得瞧瞧不是,在哪儿?"

阿里夫悄悄咒骂一声,回答道:

"刚刚已经错过了。是钟楼,大笨钟。"

就在他们要动手用餐的当口,一个女人掉在他们的长木桌上。他们往上看,发现船正行经伦敦塔桥。这女人从桥上跳了下来,直接坠落在他们租来的船上,且如愿死去。撞击力道大到让木桌裂成两半,拉西梅呈大字形,躺卧在血泊之中,手上还抱着一只小型收音机,收音机仍在播放《如果这是你的意愿》①。显然,它的质地要比人的骨肉强壮。拉西梅没有穿黑色罩袍,直到生命的尽头,她才终于褪下束缚,或许是她已没有什么需要被隐藏起来了。

翌日,军情五处干员中的一位正在阅读头条新闻。"操他的詹姆斯·邦德!"他咕哝。头版上有众多照片,以各种角度呈现吉多诧异的表情,他正好身处船上,而且身上全是自杀者的血。另一份报纸则专访了赫多·阿里夫。

"这个国家太危险了!如果这个女人直接掉在我们身上该怎么办?他们不能在桥下放一张安全网吗?他们可是从我们身上榨了税金了的!我绝对要告那些应该负责的人。真主救了我们,让我们活了下来。我只想跟我的穆斯林兄弟们说我很好,请他们不用担心。"

克西加·默罕伦的诗作写于一八四二年,题目是《地球的辛克美》,这是辛克美教团的基本教文:

---

① 如果这是你的意愿(If it be your will):加拿大歌手、诗人、小说家莱昂纳多·科恩(Leonard Cohen)的作品,带有深刻的宗教意涵。

你的审判会在你死去时终止
解除你的脆弱处境及受人忽略的结局
你可以为了自卫夺取他人的性命
但你绝不可夺取自己的

只要你存在，你便要保持
生活与心灵的平静
残酷的事、亵渎的话、与人通奸
都比不上自杀的罪恶

你不知道你的气息属于谁吗？
你不在走入地底之前天天礼拜吗？
谎言、假仁假义或欲望
都不如自杀那般背叛真主。

被叫唤时，你曾前来
所以被叫唤时，你将前去
若是叛变，取自己的绳索
你会在比煤还要黑的混沌中消逝

因此，别忘了，审判的第一个胜利
是耐心等待死期到来……

Your trial will end with your appointed death
Dismiss your feeble state and disdain finality
You may take lives in self-defense
But you must never take your own

As longs as you exist you will stay
In life and in peace of mind
Not cruelty nor blasphemy nor adultery
But suicide is the greatest sin in this world

Do you not know to whom your breath belongs?
Do you not prostrate yourself until you are underground?
Not lies nor hypocrisy nor lust
But suicide is the only betrayal of God.

As you have come when you were called
So you will go upon being called
If you rebel and cast your own rope
You will vanish in a void blacker than coal

So the first victory in your trial, do not forget
It is to be patient till your appointed death……

与所有从群众手里取得权力，继而创造出一套实质规范以管束群众的组织一样，辛克美教团认定"自杀"等同于永恒的诅咒。教团的存在与延续都须仰赖成员的支持。因此那些并非出于教义缘由、纯粹因为私人原因而造成死亡的人，全都被视为一无是处。这也是为什么教团的成员们拒绝接受拉西梅尸首的原因。她自我了结，而且在最后一刻居然露出脸庞给世人看。更难以原谅的是，她的自私行径差点害死一名高级成员，教团绝对无法忽略这一点。他们没花太多时间就想通了，所以不断以各种方式严拒拉西梅的尸体。尽管如此，乌贝督拉仍决定要荣耀自己的亡妻。由于他的支持者都离去，他便告诉自己，"我要举办一场追思祈祷。如果有必要，我就亲自主持！"众人对拉西梅自杀一事的意见，也造成他原先热络的社交生活顿时降到了冰点。

　　贝吉跟着乌贝督拉一起到医院的太平间领回拉西梅的遗体，把她葬在北伦敦的穆斯林公墓。贝吉为了取悦父亲亲自打点大小事务，从葬礼用的裹尸布到尸体净身，一律依循穆斯林的传统。葬礼后，乌贝督拉在家中再难平静。他心痛不止，甚至感觉呼吸不畅。

　　德妲请求贝吉带她参加葬礼。愤怒的贝吉狠狠甩了她一巴掌，力道大到让她跌坐在地。她哭，哭得像第一次大哭似的；她尖叫，用手掌拍打地毯。她已经没有力气承受这样的压迫了。她站起来，奔向窗，打开窗子然后呐喊道，"我会跳下去！我发誓我会跳下去！"

　　一阵静默之中，贝吉瞪着她，然后转身离去。走到门边，他停了一下，又走回客厅，站在走廊上盯着一条腿还悬在窗外的德妲，仍然一言不发，仿佛在等待她跳下去。猛然间，他庞大的身躯倒了下来，乌贝督拉出现在他的身后。老人以前所未见的粗暴力量痛殴儿子的背。贝吉转过身倒在地上，不是因为突然落下的力道或是身体的疼痛，而是因为痛打他的人是自己的父亲。他耸起双肩，低头，尽管体重超过两百磅，贝吉现在看来就像一颗小球缩在地上。

乌贝督拉哭得像个小孩，他深爱拉西梅，他的第一任妻子乳癌过世，只留下贝吉这个儿子。虽然他们的年纪相差三十六岁，他还是深爱拉西梅。他爱她的方式发自内心，如妻如子，就像他对世人的爱。或许他是促成她自杀的元凶，但他的本意是爱。乌贝督拉不知道有其他的生活方式，他也从不知道有其他对待女人的方式。他现在只能哭泣，并用颤抖的双手痛打贝吉，仿佛是贝吉把拉西梅推下了桥，而乌贝督拉只是在报仇。事实上，乌贝督拉的暴力不是针对别人，而是针对自己。

"再也不准！"他哭喊并大力喘气。"若你再碰这女孩，我会杀了你，你听懂了吗？真主为证，我一定会杀了你！你是我的儿子，但我还是会杀了你！"

他继续对儿子挥拳，直到他彻底趴倒在地上为止。贝吉迅速站起身，抱住父亲冲出公寓，德姐则紧跟在后。贝吉完全忘记有电梯，所以沿楼梯迅速往下狂奔。他紧紧抱住自己父亲，他抱他的方式是只有父子间才能见到的那种，只有亲生儿子才会知道自己的父亲已经濒死，老人过去从没像现在一样呼吸困难。

"真主！"贝吉哭喊。"喔！真主！"

他泪水盈眶，一条细细的口涎从下唇直淌到下巴。他没有注意到德姐尾随在后。他什么都看不见，只看得见门，大楼入口的双层门。他把门踢开，狂奔穿过了花园直抵停车场。德姐几乎没余裕思量，这就是五年前她抵达此地曾经走过的那扇门，这也是五年来她首次踏出大楼的这扇门。她的眼里充满泪水，她不知道为什么，或许是为了这一切，为了过去五年，为了乌贝督拉，为了拉西梅，为了自己。

有那么一会儿她看不见贝吉。她被周围的环境给迷惑了，整片天空让她的头转个不停。但她很快习惯了光线，看见丈夫在停车场，于是赶紧跑到他身边。贝吉当时正在替自己的父亲系紧安全带。德姐尝试要打开前座车门，但打不开。她不知道该怎么开车门。一瞬间，他们的眼神穿越车顶互相交会。贝吉的眼神，德姐的眼神，他们看到彼此脸上的泪水，德姐的视线聚焦：这是她第一次见到自己的丈夫哭泣。

贝吉把后座车门关上，绕过车子走到前座。德姐向后倒退两步，防卫地用双手遮住眼睛。

"进去。"贝吉说。

她睁开眼，看见车门已经打开。她坐进车里，旁边驾驶座上是正在发动引擎的贝吉。车子开上大街，后座的乌贝督拉慢慢恢复意识，开始呻吟。

"答应我，贝吉！"

"爸！看在真主的份上，别说了！"贝吉回应道。

他无法逼自己发誓再也不会打德姐，他用满是老茧的手掌敲打方向盘。

"爸！看在真主的份上……"他不断重复地喃喃，乌贝督拉也是一样坚持。

"我不能发誓！"他呜咽地说，但乌贝督拉就像没听见一样，仍旧继续强迫：

"你发誓！发誓你再也不会打她！发誓……"

话还没说完他就打住了。他的愤怒，他的生命，一切都倏忽终止。痛殴自己的儿子让他的心脏像被子弹打进肉体里般停止跳动。这颗子弹原可以穿越他的体肤，仅是穿过罢了，但他儿子却不愿让步，他不愿让子弹只是穿过……

只剩四个路口就到达医院,但乌贝督拉在第二个路口吐出最后一口气。德妲知道,他已撒手归西。

"他不动了!"她边哭喊边摇动老人毫无生气的躯体。贝吉用力踩刹车,后方一辆出租车毫无预警地撞了上来。德妲的额头撞到仪表板。贝吉跳出车外,开了后座门把父亲拉出车外。乌贝督拉趴俯在地上,像一张毯子。贝吉在车旁跪下,抱住父亲。他的声音在四周的大楼间回荡:"真主啊!"

贝吉在父亲死后隔了四十天才第一次碰德妲,他甚至没有意识到她的存在。四十天里他足不出户,甚至也意识不到自己的存在。他没进食,只喝水。当踢拳界的朋友来访,他把妻子锁进寝室,然后在客厅召开会议。晚上,他坐在房间角落用手捂着脸哭泣。

这段时间,德妲用她最近学会的英文写了一封短信,对折七次后塞到史丹利的门缝底下。信件的最后几个字是,"不要来"。

德妲无法决定,自己对贝吉的感受到底是同情还是单纯的厌恶。某天早上,她以为自己起了怜悯之心,遂走到坐在床上默默啜泣的贝吉身边。她把手放在贝吉肩上。罩袍的袖子微微上卷,她看到自己手腕的咖啡色肌肤,也看到上面的伤痕,那是贝吉的杰作。她忽然想起他对自己做的一切,于是迅速缩回手来。贝吉依然在啜泣,德妲又回到满不在乎的常态。

贝吉在第四十一天终于梳洗整齐,出门。他哀悼完了,现在是发怒的时候了。买卖海洛因挣来的钱让他可以使唤阿富汗人替他制造炸弹,他可以在尖峰时间派他们到地铁站,他要把英国这个充斥异教徒的地方搞烂,这是他整整四十天的哀悼期间做出来的计划,他的计划是搞烂英国!他要替自己的父亲报仇。他无法把这件事看成是自己所作所为的报应,他必须怪罪到其他人身上。然而,他才是世上唯一该对自己父亲的死负责的人。贝吉这方面与自己的父亲很像,乌贝督拉也是如此,他也无法攻击自己,只好攻击儿子。

史丹利替德姐开门,笑迎德姐入内。她径直走进客厅,回头便对史丹利说,"钱!"

史丹利的表情显得难堪,他说,"我一毛也没有。"

德姐摇摇头,走到窗边一指。她指着伦敦,指着所有住在这里的人。

"我……"她边说边挥手,仿佛要把鬼魂挥走似的。然后她再次指向外面,说,"他们……"假装从空中抓住什么,然后说,"钱。"

史丹利终于听懂了。他想起自己送给德姐的第一份礼物,现在他要让她做自己的主人。

"等等!"他说着跑向卧室,带了一本英语、土耳其语的双语辞典回来。德姐一看就知道这本小书是什么,她像只海豚一样蹿了过去,然后把自己想说的话摘成以下的字句:

"我……打……人……然后……钱……拿……因为……我……"她找不到自己想要的精准说词,但找到一个一样好的词汇:"女王"。

史丹利笑着说,"没错,你是我的女王。"

德姐的才智在她孤寂的生活中被埋没掉了。就像贝吉揍她那样,德姐甩了史丹利一巴掌,然后轻抚他的脸,把手放在比她高一尺的史丹利肩上,轻轻往下压。他的脸红了起来。史丹利毫不抵抗地跪下来,往上看着德姐。然而这样还不够,她更用力往下压,直到他的额头碰到地板上。史丹利的屋里没有地毯。她强迫他低头,鼻尖碰到拼木地板。然后德姐抬起左脚,踏在史丹利的脖子上,逼他趴在她脚下。

"我……"她想说话,却想不起自己想要表达的字,于是又开始翻找字典。"拿……钱……然后……给……你……"

史丹利微微动了动头，德妲马上用脚上下碾压他的脖子。尽管姿势怪异，史丹利还是找到机会褪掉裤子。他伸手到胯下然后侧过身，把硕大无毛的屁眼袒露在德妲眼前。德妲先插入一根手指，接着再插入一指。还好她还有三双手套在家里，这双很快就要弄脏了。

德妲已经五年没碰过钱。贝吉从不留钱在家里，钱包里也只放信用卡和硬币。因此除了英文之外，她最需要的就是钱。若在伦敦有更多像史丹利这样的人，她一定可以迅速赚到不少钱，她能让他们享受他们想遭遇的任何折磨、压迫与羞辱。在这方面，她懂得比别人还要多，她这辈子受到的折磨够多了。

而且，她在工作时甚至不需要脱罩袍。德妲是对的。毕竟他们在伦敦，这里也许有数千个像史丹利那样的人，每天正常上班，回家就开始想一些身边其他人永远料想不到的事。这里面有邮差、有高官，全都愿意掏空钱包，只为了能够成为十六岁黑衣女孩的奴仆，就算只有半个小时也好，就算只见到女孩黑布后的双眼也好。

德妲的第一个客户是米奇。他来史丹利家时很紧张，但这种恐惧反而让他更兴奋。德妲双手背在后头，站在客厅窗前，穿着连身黑罩袍的她看上去就像支黑棍子。她比米奇想像中还要娇小，宛如孩童的身材反而进一步激发他的绮丽想像，他想象出格列佛被小人国的小人们虐待的场景。米奇跟贝吉一样重，体重超过两百磅，但他全身都是肥肉。

德妲也兴奋不已。本来她已经习惯史丹利的身体，现在她开始试想要如何处置这一位挤进皮外套里的红发胖子。汗水不停从米奇的前额滴落，他紧张地环视屋内。德妲知道自己蒙着面纱，所以无论自己多兴奋，别人都不会发觉，然后她想起库鲁德勒，想起库鲁德勒的铁链。

米奇与史丹利并肩站在通往客厅的门前。他轻轻向德妲点了点头，他们是完美的"劳瑞和哈迪①"二人组,虽然德妲从没听说过这两个角色。她冷静地走到两人之间,看也不看他们的脸。史丹利和米奇诧异地望了望彼此。他们尾随德妲穿过走廊,进入卧室。他们见她取出从天花板垂挂下来的一条铁链,然后在那里等着他们。一个没扣上的皮带已经挂在铁链上了。她指了指米奇,他蹒跚爬向前,身躯像哈迪一样摇摇晃晃。

德妲把鞭子牢牢绑在手上,开始用长长的皮鞭抽打米奇,时间长达一个小时。米奇的双脚被铁链绑住,头上盖着史丹利肮脏的上衣,脖子被遍布铆钉的颈圈捆着。德妲注意到,米奇的手还能够自由舞动,便用铁链将他的双手绑起来。她已经越来越专业了。

很幸运,德妲能有米奇这样一只肥海豹做第一位客户,空气里不算浓烈的气息就足以让他性欲蓬勃,她也迅速掌握到他的反应和欲望展现的模式。在SM游戏中,没有人会臣服于犹豫不决的主人,没有什么比坚如钢铁的意志更让奴仆性致高昂的了。事实上,这跟现实生活一样,只是根据每天不同情境衍生出来的即兴表演,跟一个城镇终于挣脱敌人的占领一样。在这种情境下,主人展现生命形式下的所有残酷,而奴仆只是孤孤单单的个体。毕竟,所有人都被生活击退,鲜有奖赏。就是这么简单。

史丹利的卧室墙围之间回荡着痛苦与愉悦的哭喊。屋里,皮制配件和金属配件全都只是细节,让受害者得以更加深陷情境之中的细节。现实世界里有电话卡、手提箱、领带、里头放有免费香水样品的手提包、只为耍

---

① 劳瑞和哈迪(Laurel and Hardy):由瘦小的英国演员斯坦·劳瑞(Stan Laurel)与高大的美国演员奥利弗·哈迪(Oliver Hardy)组成的喜剧二人组,在一九二〇年代至一九四〇年代极为走红。他们演出的喜剧电影在美国早期好莱坞时代占有重要地位。

酷才戴的墨镜、角膜变色片、染过的头发、美发折价券、买来在家里默默减肥最后却被塞入卧室角落的运动器材。坏孩子常常被拧耳朵以至逐渐习惯，辐射稳定增加，三十年房贷买下两房的一楼公寓；四处询问贷款方案，法律规定，警棍，致癌食品，有同样效果的香烟（更别提二手烟了）以及政教领袖脸上流露灿烂诚挚的笑容时显现的陶瓷牙套。"请"与"谢谢"这些字眼与恳求以及道歉，总跟随真实世界的真实暴力。因此，一个人接受自己与生活的关系——惯常痛苦，偶有愉悦——并根据其规范来玩游戏并非不健康。有些心理学家了无新意，对参与 SM 活动的病患说：重点在于理解什么是什么。这样的倾向不只是童年经历性侵或暴力所造成的创伤后果，真相是生活本身就带有许多创伤，全部都是，全部他妈的人生都是。特别是那些表面看起来不像伤痛的，像出生。换句话说，分离忧郁症不是新手母亲才会罹患的心理疾病，尽管生活不如意，却还得继续维持存活之义务，这让生活本身呈现一种忧郁状态。

　　史丹利看着米奇和德妲，直到他忍无可忍，站起来，脱掉衣物，趴在米奇肥胖且满是刺青的背上，然后捅进他体内。德妲开始同时鞭打两人。她打米奇如此之狠，以至事后恐怕无法行走。可只见他穿起衣服，从皮夹克里掏出二十英镑丢到史丹利床上。德妲不觉得这很有趣，尽管屋内的装潢阴暗又丑陋，令她见识了这一切，但还是对这个举动感到不悦。或许她只是觉得，用那种方式把钱丢给女王缺乏敬意。她心想，从现在开始，一切都要改变。她转身面向终于慢慢恢复意识的史丹利。

　　"你叫？"

　　"史丹利。"

　　这会儿，她终于获悉自己妄想能够拯救她逃离贝吉的这名蓝眼男人的名字了。史丹利终究还是拯救了她，只是方法跟她原先设想的不同。她心想，现在开始要由史丹利收钱，我不碰钱。就像多数想象力丰富的人一样，德妲其实完全不了解金钱。

在那一头红发的"海豹"离开公寓后，她依约把其中一张十英镑钞票给了史丹利。德妲回家后细细审视另外一张钞票，她对钞票上戴着皇冠的那名女人感到相当好奇。她看过她，并曾在这张脸上呕吐过。

六天后，米奇又来了，这次他带着摄影机。他们先跟德妲说明整个计划。他们要让她跪在贝吉的祈祷台前，专心注视摊开来的《古兰经》，仔细裱框的那幅天房照片就在她的前方凸显出来。然后史丹利会穿一身乳胶紧身衣走入客厅，摄影机开始拍摄。他们全都规划好了。

德妲在祈祷台前跪了数分钟，接着她动动嘴唇，左右摇摆，假装自己在诵读经文，虽然其实不知所云。史丹利这时会走进屋内，他的手被反绑，就在距祈祷台两步之遥的地方停下脚步。德妲的双眼慢慢抬起望着他。她合上《古兰经》，站起身，同时拾起放在《古兰经》旁的那条约莫四十厘米长的橡胶马鞭子。她缓缓走到史丹利身边，拉开紧身衣上其中一条拉链，一块没割包皮的肉掉了出来。史丹利尽全力保持身体放松。德妲用鞭子轻轻扶起这块毫无生气的肉，米奇则把镜头拉近，想特写德妲的双眼。德妲摇着头并冷静地说，"不，不，不。"接着，她用双手在空中做出剪刀的手势，这个手势总共出现三次。

史丹利的肉体很快开始充血，德妲用马鞭子抽了他几下。接着，她眯起眼，看向米奇后面扶手椅上放的大字报。她把自己的台词写在一大张纸上，跟史丹利练习了数次。她的土耳其腔调让人难以辨别她到底在说些什么。

"我要把你的包皮割掉。"她说。这些字句在德妲浓重的外国腔调下显得更性感了。

从这一刻开始，无论是娅特贾的德妲或伦敦的史丹利都不再说话，只剩呻吟。一个人威胁，一个人充满恐惧地呻吟。东西方之间过往发生的事，此刻在德妲和史丹利身上重演。威胁与祈求，惩罚与奖赏，冷漠与暴力，虐待与受虐。

米奇在他拥挤的屋子里刻录光盘片时，就知道自己手中的这份影像是杰作。他是对的。一周内，长达四十四分钟、蒙面穆斯林女子替男子行割礼的影片在伦敦的地下酒吧与地下舞厅如野火燎原般疯狂地流传。都对德妲产生了无尽敬畏。米奇想起他曾对史丹利说过的一句话，于是在光盘上写道："穆斯林女人是核弹。"

尽管大家都认为片名太冗长，但米奇和史丹利侵吞了四千三百镑，德妲则只从自己的首部电影演出中分到五百英镑。这是她首次在表演世界里遭到剥削。现实生活中，她一天到晚被蒙骗却从未察觉，她一无所知。然而，五百英镑已经足够让她觉得自己是世界上最富裕的女人了。欺骗主人购买更多冰毒让史丹利充满罪恶感，因此他需要更强烈的东西来掩盖良知的抨击，他需要海洛因。

三周内，德妲便出现在米奇的另外四部电影中，史丹利则替她安排了十六名新客户。她给了他们人生中最难忘的三十分钟。她丝毫没有意识到，自己已经成为照耀伦敦暗面的星光，整个伦敦都在四处追寻、打探她的踪影。她是个神秘女郎。在街上，人们会尾随在所有蒙面女子身后，试图要找到她。他们还拟了计划，想把她给找出来。但德妲却没去想这些，盘桓在她脑中的唯一想法是带着藏在炉盖上的三千六百英镑与深锁于脑海中的英文词汇（现在已经接近四千字）隐身伦敦。她必须逃离公寓。她已准备妥当，等待时机成熟，她就会头也不回地离开，她不觉得害怕，外面还能有什么事比在她公寓里发生的一切更危险？然而她必须谨慎计划。首先，她必须终止与史丹利的合作关系。贝吉很可能会找上邻居并胁迫他吐露实情，若史丹利知道她在哪儿，那么一切就完了。要对史丹利逼供并不难，所以她不会对史丹利或米奇透露任何事。她只请他们帮一个忙，两周前，她请他们替她买了衣服还有一双鞋，仅此而已。

德妲计划从人间消失，她不觉得自己找不到地方落脚，她也必须找工作。或许会搬到英国另一个城市，或者到其他国家，总之离贝吉远远的就好。真的，哪里都可以。这段时间里，贝吉完全变了，他变得更疏远，也更沉默。他不再殴打德妲，也再没有碰过她。有时他连续几天不回家，但这样的情况反而让德妲担心起自己逃跑的时机，她最好尽快消失。

她彻夜无眠，晨祷前的两个小时，她像一条蛇般安安静静溜下床。悄悄退出房间，同时小心观察贝吉是否有任何动静。她从隔壁房间取了罩袍，套在睡衣上，走到厨房，把钞票跟字典从炉盖上取出来。然后，她望了望阴暗公寓最后一眼，开了大门溜出去，留下身后还半开的门。她绝不能发出任何声响，连电梯也不能搭。向史丹利的门看了最后一眼后，她踮起脚尖悄悄走下楼梯。然后她想起一件事，走回十二楼，打开电梯对面的消防水带箱。前一天，她才替门闩上过油，所以她知道打开时不会发出声音。她从紧紧缠绕的红色粗水带上方拉下一个袋子，她的新衣服全在里面，差点忘记带走。接着她转身离开，毫不留恋。

走完十二层楼，德妲发现自己站在大楼的大门前——她紧跟着怀抱乌贝督拉的贝吉冲出大楼时也曾走过同一道门。她花了十分钟才找出开门的方法：要先按墙上的白色按钮，才能让门自动打开。她听见门锁沉重的开锁声，便用力推开大门，迅速走出去。

她走过深绿色的步道，踏上人行道。该往哪儿走？街道看起来如此悠长。她看看右侧,再看看左侧。她见到不远处有个模糊身影,他双手放在夹克口袋里,缓缓向她走来。德妲充满恐惧。她转过身,开始往另一个方向奔跑。

这个模糊的身影在花园小径跟人行道交界处停下了脚步。他挥手呼唤她,同时抬头看着大楼,然后他踏上花园小径,走到门口,从口袋取出一张纸,用打火机确认地址和公寓号码。他在门边的保安密码锁上输入四位数的密码,铁锁发出金属开锁声,他随即拉开门。

电梯已经停在一楼,他走进去,按下十二楼的按钮。电梯门缓缓开启,感应灯自动亮起,他巡索走廊两侧的门牌,然后走近靠楼梯间的那一道门,从夹克的内袋取出一支螺丝起子。要把螺丝起子移至门锁时,他才发现门原来是开着的。他慢慢推开门,往一片漆黑的公寓里望去。他把螺丝起子收回口袋,取出枪,然后踏入公寓。他蹑手蹑脚穿过走道,经过客厅和厨房,这些地方空无一人,浴室也是空的。走到尽头,有扇关着的门。他的手伸向门把手,门在此时忽然开了。门后是贝吉,正好跟他面对面。

雷盖以迅雷不及掩耳的速度扣下板机,贝吉当场死亡。他感到害怕,至少部分如此。他会这么做是因为他曾替政府军服务,想起多年前的战斗,他差点就被勒死了。然而,等到遍寻不着德妲时,他便开始咒骂自己不该杀死唯一的讯息来源。贝吉一定知道她人在哪里,他可以满足吉多的要求,同时找到他"女儿",这个此刻已杳无觅处的寡妇"女儿"。"我很快就会找到她的",他心想,命运不会让事情就此结束。

当时,雷盖不知道接下来的日子里,其他人也会说出一样的话:命运不会让事情就此结束。他不知道,有十个人会聚在踢拳俱乐部里决议放弃计划。"贝吉死了,这件事就到此为止吧。"他们说。本来的计划是在四个最繁忙的地铁站里放置炸弹。计划告吹后,炸弹也被扔进泰晤士河底,雷盖对此一无所知。就像这些踢拳选手也不会知道,几年后,四名盖达组织的战士会把伦敦一个地铁站与一辆双层巴士炸到半天高。他们当时还不知道,二〇〇五年七月七日的那次自杀式攻击会造成五十二人罹难,七百余人受伤。

到头来是别人把英国给搞烂了,不是贝吉这个出于怨愤自我便开始幻想把伦敦炸毁的人。

德妲尽管对于目的地毫无头绪,仍然一径向前狂奔。她奔跑的模样仿佛她这辈子都在不断从贝吉身边逃跑,她不知道他已经死了,她奔跑是因为自己已经五年没有奔跑过。她越跑越快,越跑双腿越轻盈。她冲刺穿越街灯旁人行道上的灯箱,穿越空无一人的暗巷,穿越路边的铜像,这些铜像让她以为所有伦敦人都在停下来看她,她越跑越快,浑身充满过去从没感受过的——自由。

夜晚的冷冽空气刺激她双眼,让泪水盈满了眼眶,但德妲没有停。她的心脏也只有十六岁大,像在庆祝胜利,卖力地敲个不停的军乐队。她笑了,任泪水淌流到嘴唇,但没有人能分享她的喜悦。就像史丹利从前说过的,她不走也不跑,她是在滑翔,在城市的灯光下像一只彩蝶的黑影般翩然飞舞。

直到克劳奇山(Crouch Hill)路口,德妲才停了下来,不是因为她眼前有五个方向可以选择,是因为她想聆听自己心跳的声音,她的心跳声大到仿佛心脏即将从嘴里跳出来。她回头看看自己刚刚走过的路,看不见公寓,没有贝吉的身影,那些一概成为历史,全部,她全部的过去。她展开双臂,跪俯在地,仰望天空,群星匿藏在层层云后,她就像五年前那样呐喊起来。"啊啊啊啊啊啊!"但这次是欢愉的呐喊。"啊!"是快乐的呼喊!

她看见附近公寓有灯光亮起,她站起身,再次选择向这五条街道的其中一条奔去。如果可以,她每条路都想要跑上一遍,以此弥补她过去没能走的路。然而,她现在只能选择其中一条,她得选择,不是透过别人去选择,是她自己的选择。德妲对自己说:"我要走这条路。"然后她走上想走的路,转身沿左侧的第三条街再度狂奔起来。

当她发现沿路的房屋与花园越来越少,便放慢速度,脸上的笑容也像玻璃上的雾气般缓缓退去。她筋疲力尽,需要找个地方好好休息到早上,一个安全且温暖的地方。在街角,她看见一座红色电话亭,亭子四面以玻璃圈围起来,如同可以容纳她一个人的小屋子。德妲的第一个伦敦夜晚就在电话亭里度过,她物尽其用地使用了这个小小空间。

清晨,德妲感觉到有一只手在自己的肩膀上方,她迅速睁开眼睛,用双手遮住自己的脸庞。贝吉从上方俯瞰她并高举着一只手时,总是会引发她相同的反应。有时他只是伸手想拿柜里的玻璃杯,德妲也会瑟缩并往后退开,手捂着脸,远离他的视线。不过,这次没有一个巴掌甩过来。她慢慢张开手,从指缝间往外窥觑。她看到一个不到五岁的小男孩,正对着自己微笑,那笑容里有两颗门齿已经掉了。忽然间,他的母亲用力拉扯他的手腕,把他从电话亭揪出来。他们吵吵闹闹地离开了,男孩脸庞挂了两行泪水,母亲则教训着他不该与陌生人交谈。

德妲试着站起来,但因整晚蜷睡,双腿此刻已经麻木了。她花了一分钟揉开双腿,然后挣扎着站起身。踏出电话亭后,她的罩袍在微风中飞扬,超人德妲胆识过人,准备好面对最严峻的敌人——她的未来。

伏尾区(Crouch End)是伦敦的一个卫星社区,只有几路巴士通到市中心。这里的路边排列着许多被悉心照顾的老房子和花园,街道从不繁忙,沿路的墙壁覆满青苔。鲍勃·迪伦①曾经居住此区,这地方通常是无业游民带着孩子来栖身的地方。他们无法替自己建立生活,故而每天呆坐长凳上,对彼此提出尖锐的批评,或者空茫地望向街道的彼端只为了消磨时间。但在这一天,伏尾区对德妲来说是找到餐厅、更换衣服并进食的好地方。她走近坐在长凳上的一名中年人,他的金发才要开始变成灰发。他回身仰看德妲,看见对方后,他的背僵直了。他无法完全信任自己那双老化的眼睛,所以他等德妲走近一些。当她走到几乎自己的正上方时,他开始小心翼翼研究起她的双眼。他认得这双眼睛,这是他在影片情节高潮处特意暂停播放机,专注而沉迷地凝视过的那一双黑眼珠。

此刻,德妲正现身他面前,他忍不住伸出手抓住女孩的手臂。德妲把手抽回来且往后跳开了一大步,然后停下来,转身看着这名满头灰金色头发的男人。男人站起身来,高举双手,摊开的手掌像对德妲表达,"我投降"。接着他说,"对不起!但我是你的头号影迷。真的,真的抱歉。"

家里从来没有人对德妲道过歉,但她已经在史丹利的屋子里清楚了解了道歉的含义,毕竟,当时她的工作内容就是逼迫对方道歉并趴倒在她面前。她继续听这名男子说话,站在距离他一个手臂远之处。他伸出手想跟她握手。

"我叫史蒂芬。真的非常荣幸能见到你。"

德妲往下看看他瘦弱且满布皱纹的手,再看看对方的脸。她没伸手。

---

① 鲍勃·迪伦(Bob Dylan:美国民谣摇滚教父,成名于一九六〇年代,被认为是美国六十年代反叛文化的代表人物。他的抗议民谣如《风中飘荡》(Blowing in The Wind)、《暴雨将至》(A Hard Rain's a-Gonna Fall)、《变革的时代》(The Times They Are a-Changin')在彼时美国民权运动和反战抗议中被广泛传唱。他之后放弃抗议民谣,转而投入摇滚乐创作,更直接改变西方摇滚史的进程。二〇一六年获诺贝尔文学奖。

"我可以跟你说一会儿话吗?"男子问。"当然,若你有时间,我们可以到某个地方喝杯咖啡?"

德妲看起来与电影里的模样并无二致。她娇小,但看上去却又比其他所有人都高。她通常保持沉默,但看上去却像内心愤懑咒骂个不停。

"我是看你的电影知道你的。"男子说,"真的是惊艳不已啊。"

德妲认出了这个词:"电影",她在罩袍底下窃笑起来。

"拜托。"男子哀求她。"只要五分钟,转角就有家店,我保证不会耽误你太多时间。"

德妲的声音有些破碎,这是她重生后首次开口说话。

"好吧。"她终于回答。

男子像真正的绅士般行了一个欠身礼,并且伸手为德妲领路。"这边请。"

他们走入伏尾区一间最有历史的酒吧。一群退休老人呆望着穿了黑罩袍的德妲,仿佛她是个外星生物。服务生很快接待了他们,德妲乘机询问洗手间的位置。服务生用手比了比酒吧后侧,德妲便带着包包走进去。

她在洗手间里花了一点时间,检视自己在厕间窄镜里反射的模样,才脱下罩袍与睡衣,一一折好,再放入袋子。然后她穿起黑色牛仔裤(显然来自史丹利所热爱的哥特风款式)、一件铁夹钳乐队①的黑色上衣和一件黑色皮夹克。她把黑色厚胶鞋的拉链拉开,带着厌恶的眼神看着鞋,并将它

---

① 铁夹钳乐队(The Cramps):一九七六年成立于纽约的美国朋克乐队,是死亡摇滚(DeathRock)最具代表性的乐队之一。死亡摇滚是发源于美国西海岸的亚文化音乐,乐队成员装扮成阴森恐怖的怪物、殭尸、吸血鬼、骷髅头等,以增加舞台表演的渲染力,The Cramps 的主唱 Lux 曾被誉为"朋克界猫王"。

们塞入装满肮脏卫生纸的垃圾桶。然后她穿上新的红色马丁靴。

她彻底改造了自己，成了一个全新的人。她长发及腰，自由地在背后飞舞，她摸摸头发，皱了皱眉头。这件事情让她恼怒。牛仔裤或 T 恤倒是无所谓，但头发完全一览无遗——这变化实在太快，太彻底。她背起背包，拎着皮夹克，深吸一口气后打开洗手间的门。

德姐的头号影迷几乎无法相信自己的眼睛。一瞬间，许多想法在他脑海里浮现。女孩比他想象的还要美丽许多，尽管胸部比他认定的要小，脸看上去却是熟悉的。

他自己点了咖啡，德姐要求看菜单，他感到很开心。如此一来，他就能跟德姐相处超过五分钟了。德姐浏览那些她不认识的字，犹豫了一下之后，随手点了菜单上的某一道菜。她选的是"蘑菇酱牛排搭配薯条"。这真是她的幸运日，她也不知道自己为什么会这样幸运。乐队乐队乐队

"很抱歉这么说，但在我看来，我们似乎无法沟通？"

德姐正在检视自己指甲里的污垢，同时默默地赞叹自己身体暴露在外的部分；她抬起头说，"或许吧。"她对这名男人依稀有些模糊印象。

"这样问好了，我们曾经见过面吗？"

德姐没听懂。

"你从哪里来？哪个国家？"

她还是没能听懂。

"西班牙？意大利？罗马尼亚？还是其他地方？"

德姐只是愉快地笑着，她一个字也听不懂。这时，服务生端来史蒂芬的咖啡，又送来一个反映酒吧历史的旧餐垫、一张餐巾纸、一把叉子和一把牛排刀给德姐。男子继续列举一些国家名称。

"希腊？土耳其？"

忽然间，德妲好像醒了。她并不真的清楚男人到底在说些什么，但她确定自己听到"土耳其"这个字。男人知道自己发现了什么，他又一次追问，"是土耳其人？"德妲点了点头，然后他开始用土耳其语继续对话。

"对了，没错，我记得你了。你那时还只是个孩子。你跟父亲在伊斯坦布尔申请签证。"

德妲紧紧捏住牛排刀的刀柄。她知道，自己这一秒钟决定的事会有多么关键。给她过去五年生不如死的生活开启大门的那个混账，此刻就坐在自己面前。她终于认出史蒂芬的那一刻，他给她的那块巧克力的可怕味道至今还沾在她脑海里。她想象自己把牛排刀深深刺入他胸膛，或是将他遍布皱纹的纤细手腕钉在餐桌上。然而她什么也没有做，只是继续侧耳聆听。

"过了多少年？五六年吧？还真是惊人的巧合，不是吗？"

德妲点点头，强迫自己微微一笑。

"你记得我吧？"

德妲再次点头。

"你有空就过来看看我吧！"

德妲点了最后一次头，然后开始切牛排。

她会在其他时间回来报复这个男人，但现在她需要有人协助她适应伦敦的生活，此人是她唯一认识能说土耳其话的英国人，所以她不能杀他，至少暂时不行。

史蒂芬那栋半独立式的房子附有一个修剪完美的花园，园里遍植艳丽的红白玫瑰。尽管离酒吧只有几条街，德妲还是觉得所有经过的路人都在盯着她的长发看。那几秒钟，她想象自己亲手将他们的眼珠子都挖出来，这样的想象竟然让她暂时忘却了对史蒂芬的恨意。史蒂芬把绿色木门的门锁解开，领德妲进去。

这是间相当舒适的屋子，屋里干净整齐，装潢也颇具品位，看似有一个快乐家庭曾经在此生活。史蒂芬示意德妲坐到沙发上。沙发上有红、白色玫瑰的图样，就像在花园里盛开的玫瑰。德妲坐在沙发旁边的扶手椅上，她知道，如果自己坐在沙发上，史蒂芬便会坐在她身旁。不过，史蒂芬另有想法，他想让德妲看看她自己的作品。

他拿起遥控器，切转到 DVD 播放器。然后，他回头对安坐在扶手椅边缘的德妲说："当自己家，你要不要把包包放下？"见德妲将自己的包包仍紧抓在手上，他又追问了一次。她慢慢将包包放到地上，抬头时却看见自己出现在电视屏幕上，一开始她略吓了一跳，很快就漠然无感了。

影片很快便进入暴力场面，德妲看了看站在一旁的史蒂芬。根据他的表情判断，他非常专注地观赏所有的画面，他的表情展现了多种情绪。开始是嫉妒，接着是愉悦，然后是挫败，经常还会抿嘴一笑。这个老男人跟史丹利或米奇完全不同。不过，德妲倒觉得史蒂芬跟拉西梅一样满腹怨懑。德妲的目光再度回到荧幕上，却讶然看到自己的双眼正在瞪着自己，这是她冷酷眼神的定格画面。史蒂芬在她的眼睛特写画面暂停了影片，他小心翼翼地，把遥控器放在沙发上，脸上带有一抹怪异的微笑：

"你身上穿的是什么？能找到我可以穿的吗？你都怎么称呼它？"

"罩袍。"德妲回答。

他打了个响指，俯身向前踮起脚趾，再摇晃着往后躺。

"没错！"他大喊道。"就是罩袍！哪里能找到？"

无视他的惊讶，德妲用自己的马丁靴踢了踢地板上的包包。

"我这里就有一件。"

史蒂芬已经六十岁了，但他的身材却像孩童那样娇小，仿佛年轻时生过重病，造成发育停止。

"真的?"他说，几乎像要扑到德妲的包包上，但他还是克制了自己。他望着她，脸上充满好奇。

"可以让我看看吗?"

德妲在史蒂芬欺身靠近，从包包中把黑色罩袍拉出来的过程里一直保持沉默。他脸上有种过度敬畏的表情，仿佛是在捧拿一份皇室家族的圣物似的。他面对窗户照射进来的阳光，高高举起了手上的罩袍。

"太完美了!"他用英文说。然后继续用土耳其语发问。

"要怎么穿?"

四小时后，史蒂芬与德妲坐到沙发后面的餐桌那儿吃意大利面，身上穿着德妲的黑色罩袍，德妲一边说话一边急切地吃着意面，这会儿显得自在多了。

"你脸露在外面了，吃东西可以，但马上要盖起来，只有眼睛能露出来。"

"是。"史蒂芬几乎是耳语道。

"没允许别说话。"德妲大吼，这是她最后一部电影里的关键台词。史蒂芬正要开口表示同意，但他马上阻止了自己，用手掩住嘴巴，并用手势在眼睛下侧画圈，表示他的羞赧，还像个鄂图曼老鸨般娇笑起来。

"我今晚留在这里。"德妲说。

史蒂芬点头表示同意，点了又点。

"或许明天也会留在这。"她继续说。

看见史蒂芬完全奴颜婢膝的样子，德妲更大胆了。

"或许我永远不会走。你要教我英文。没错，我们明天就开始。"

然后她看看史蒂芬的空盘子，大声咆哮："你吃够了。已经超过应有的分量了。快给我起来清理桌子！"

史蒂芬忙着清理餐桌，德妲则在屋里四处察看。她在一个胡桃木橱柜前停下脚步，橱柜上有星月的图样，显然是从土耳其来的。在一组水晶威士忌杯与来自各国的纪念盘中，她看到一包骆驼牌香烟。史蒂芬正在为了戒烟而挣扎，尽管他已努力维系了好一阵子，但还是在橱柜里留下一包烟，当成战俘。德妲打开柜门，取出香烟。她把香烟抽出来并大喊，"拉西梅！"现在，史蒂芬成了拉西梅，他听到这个名字的当下就爱上了。德妲从米奇的剧本学到很多，要破坏一个人的自我认同感，第一个方法就是否定他既有的名字，这比用棍棒攻击还要有效得多。这时，奴隶被重新命名，并且是由主人来命名。一如孩童替宠物命名，或美国人、欧洲人驾临并任意将一大片陆地标志为"东方"（只因这块土地位于他们国界的东边）并强迫当地人接受这样的称呼。

史蒂芬拉着罩袍的袍角，以免绊倒自己，迅速走到使唤他拿打火机过来的德妲身边。史蒂芬奔向厨房，然后带回一盒火柴。德妲把烟放在唇间，看着史蒂芬替她点火。史蒂芬兴奋到双手不住颤抖，他笨拙地连着弄断了两根火柴，但终究顺利点燃了主人的烟。德妲在一个或许最特殊的情况下开始吸烟。

她先吸一口，咳了两下，再吸一口，这次只咳了一下，然后再也不咳了。橱柜里铺满镜子，德妲的双眼在长发下仿佛被海藻困绊住的鱼钩，定定凝望眼前的景象。她无法让视线离开自己的头发，她看了又看，一直看个不停。她把香烟捻在其中一个来自阿姆斯特丹、绘有风车图案的纪念盘上，然后走向厨房。

她看着浴室镜子里的史蒂芬，看着他的手与他手上的剪刀。她的辫子先掉落在地上，接着，他把其余的头发也都剪了下来。史蒂芬的眼神在镜中与她的眼神交会，他的眼神询问她，"是否剪够了？"但她的头发还是让她感到困扰。只要头上还有发丝，她仍然觉得自己在大众面前衣不蔽体。"全部！"她下达指令。"全都剪下来。你还得帮我剃头。"

史蒂芬把剪刀放下来，开始用刮胡刀完成任务。最后，他用毛巾将德妲光头颅上残留的刮胡膏擦拭干净。年轻女孩的双眼泛出泪水，但她决定不让史蒂芬见到她哭，毕竟，她的身份是主人，她不能在他的面前落泪。她用手在头上磨蹭了几下，镜中望向她这个人，仿佛是个完全陌生人。她忽然想，如果母亲见到她此刻的模样，她会说些什么？但她迅速制止自己继续想下去，整理好情绪，然后再点上一根烟。她可以不再望向镜子，但她无法不去感受自己赤裸裸的头顶。

那一晚，她把整包烟抽光了。每次吸吐都让她觉得好受些，像重生一样，肩膀上承着一个新生婴儿的无发头颅。她再没有丝丝细发了，所以她也不再觉得必须遮盖住自己的头。她多希望自己在多年前就把头发给剃掉。

接下来的几周，史蒂芬扮演着拉西梅的角色，德妲则成了贝吉，她通常透过拳头沟通，且他们俩鲜少外出。尽管从来不提，但其实在内心深处，两人都觉得羞耻。他们俩都间接鼓励对方在新角色中更加独立，因此他们也抱持抗拒的心态走出户外。他们去了当地的超市。跟自己的预想相比，史蒂芬更轻易融入了自己的新身份。毕竟，外人只能看见他的蓝眼珠。唯有他在超市多要一个购物袋，或他们找不到产品标示的有效期限而向店员求助时，人们才会发现他是个男人。然而，人们盯着史蒂芬看还有另一个原因，这个原因与飞机有关。更精确地说，跟撞进美国本土建筑物并导致纽约市数千人死亡的飞机有关："9.11"攻击。这就是为什么他引起旁人侧目，特别是邻居。搬进这个小区后，史蒂芬跟邻居们罕有往来。他们从一开始就厌恶"拉西梅",但是基于礼貌,他们无法表达自己的感受。毕竟,伏尾区的人并不反对同性恋或是变装癖,他们对于各式各样的人与不同生活方式都抱持开放和宽容的心态,这也是他们感到自豪的原因。他们自觉是所有人类的典范,就算史蒂芬把自己打扮成一个小女孩,他们也不会排斥他。但跟所有人一样,他们必须要有个攻击对象,而那些飞机出现的时机正好满足了这个基本需求,就在没有其他东西足以被妖魔化的时候,就在尊重与宽容已经成了社会累赘的时候,就在纯就外表污蔑他人被认定不妥的历史时刻,他们看见"拉西梅"的瞬间就决定了要厌恶她,他们的感受清清楚楚写在脸上。即便在"9.11"前,渎侮穆斯林在英国早已俨然形成一种比板球运动更受欢迎的全民运动,人人都想掺一脚。更糟的是,赢家甚至还能获得特殊奖赏,那奖赏是建立在人对斗争最原初的需求之上,此外,展现爱国心的作为还能带来额外勋章。他们既进步又充满种族歧视,谁不希望如此?

　　因此,史蒂芬决定穿上黑色罩袍的时间点,是历史上最理想的时刻。他很快就学会忽视外人的眼光,德妲则习惯了抽烟与自己的光头。她白天学习英文,晚上两人一起观赏德妲的影片,或者其他同类型的影片。除此之外,他们都保持陌生人关系。史蒂芬早就放弃自己的"钢珠"(steel balls)了。多年来,他唯一展现性欲的时机是他单独躺在床上,茫然瞪着天花板时。这样说来,德妲遇上了全伦敦甚至全英国最理想的居住情况。她有吃、有住,又能学英文还可以操控她的奴仆。她不再憎厌这个在她的人生里扮演过邪恶角色的前商务代表了。不久之后,她的复仇冲动将会在空气里消失得无影无踪。换句话说,一切都如梦似幻。然而,有一天,有人来敲门了。

　　德妲开门发现对方是史丹利,她诧异地两眼瞪大,她感觉自己失去了行动能力。对于家里有位年轻女孩感到困惑的史丹利开口问：

"你是谁？爸呢？"

"他在里面。"德妲小声回答，她几乎没办法言语。在史丹利背后，有个身穿蓝色工作服的男人抱了一叠纸箱等在门口。

"通通都搬到楼上去。"史丹利说。他仔细端详德妲，看着她身上的铁夹钳乐队上衣。他眯起眼思索了一会儿，然后只是甩甩头，径自走入屋里。

"爸！爸，你在哪儿？"

当史蒂芬在楼梯口出现，史丹利惊讶不已地转头望向德妲。他不知该说什么，不知该怎么想。哪个才是一个月前还住在隔壁的邻居？是这个眼睛与身材都相符的光头女孩，还是这个穿着黑色罩袍的人？史蒂芬开口，他很快就明白了。"为什么你没告诉我？"史丹利往前走了几步，"爸？真的是你吗？"他转身面向德妲说：

"而你？你是……"

史蒂芬走下楼，站在两人之间，看起来就像一尊他的偶像的纸板复制品。

"她是所有人的神秘情妇！"

当德妲首次在影片中登场，"神秘情妇"这四个字曾出现在画面里，这是史丹利的点子，当初就是他提议的。现在，他低头盯着面前的女孩，心想，生命真是个可憎且机缘巧合的网络。

德妲没有立刻否认"神秘情妇"这个称号，她点头表示认可，接着史丹利开始大笑，很快地，他的笑声变成了大吼。

史丹利搬回家了，搬回父亲家，入住二楼的房间，史丹利成了伏尾区又一个长不大的阴郁孩子。

克服了一开始对于父亲变身成为德妲的惊吓之后（其实那不过是史丹利发现整个事态的转变极端怪异，遂以大笑化解），史丹利跟他们说了贝吉在芬斯伯里公寓遭遇谋杀，以及后来发生的事。不过，他没提到自己被"棍子"酒吧解雇以及必须搬家的原因——他将所有钱都砸在海洛因上了。

"爸，我吓死了，"他说，"那个地方变成人间炼狱。你想想，他们把我的邻居枪杀了！"

史蒂芬摇摇头说，"那你必须留在这里，我们也没办法做什么了。"

然后他指了指德妲，继续对儿子说，"你们俩见过，对吧？"

"没错。"史丹利笑着说。他转向德妲："我们的确见过面。"他对于自己前主人的所有尊崇全都消失了，她不再披黑袍，过往的感觉像一把灰尘，被一阵风吹得无影无踪。现在，她在他眼底不过是个平凡的伦敦女孩，看起来就跟那些在路上闲逛杀时间的蠢货没什么不同。他倾听父亲的浪漫故事：他如何在伊斯坦布尔的办事处首次遇见德妲，以及他们怎么在伏尾区的一张路边长椅上戏剧性地重逢。他深信，这是命运。史丹利了解为什么德妲喜欢留在这里。在厨房里，史丹利告诉德妲，说警察正在找她。他同时也刻意将此事情告知父亲，希望父亲会把她赶走。但父亲现在已经成了"拉西梅"，他不在乎伦敦警察厅。

史丹利不介意父亲现在穿着罩袍出入，也不介意德妲把他当仆人那样呼来唤去。但他偶尔还是会想起过往的快乐时光，想起自己的母亲。然而，那些日子真的就快乐吗？首先，他的母亲并不总是待在他身边，她在史丹利八岁那年就离开。打开史蒂芬送的九周年结婚礼物后，她便起身离去。离开的半个小时前，她还感谢史蒂芬送她那串钢珠，她以为那是一条项链；五分钟后史蒂芬告诉她，"这是给我用的，不是给你。"六分钟后，史蒂芬告诉她,"我要你把这些钢珠一颗一颗塞进我身体里。"接下来的几年,她尽了一切力量想要取得史丹利的监护权,但负责他们离婚手续的法官是史蒂芬的朋友,他们在史蒂芬周末去接受鞭打的伦敦地下社团里认识。很快最终判决就出来了,结果当然是对史蒂芬有利。然后法官把钢珠塞入史蒂芬体内,当时才八岁大的史丹利从办公室门上的锁孔偷窥他们。

自此之后,史丹利整个人都变了,仿佛发生了什么奇怪的化学作用。他不再成长,身心都背负剧烈的疼痛。一如所有遭受这类生活折磨的人,史丹利活在自己的幻想里。然而,等他踏入现实的巨大坑洞且开始接触真实世界后,他才真的饱受折磨。他年纪渐长,但心性不移,痛楚则越来越沉重,他开始用海洛因来填补内心的空洞。他的毒品贩子是个十四岁的男孩,叫黑缇,本名是缇莫。史丹利过去总在芬斯伯里地铁站的入口闲逛,这样他就不必面对现实,也不会弄碎他的身体,更别提他的心了。

十四岁,这是在人类精神病学里定义的青春期阶段,这个科学分支在桌脚摇摇晃晃、东倒西歪的桌子上被传授,症状被教授形容为"不规则间歇性愤怒、不当反应及夸张行为。"那些关于青春期的书里总会述及个人习惯、个人所处的环境,述及对社会的适应。这些科学著述的作者从不认识像黑缇这样的人,而且他们也记不得自己十四岁时究竟在做些什么,一切都非常想当然。

从你出生到十五岁这期间,你会了解世界是个什么样的地方,然后知道自己被困在生与死之间。与其说它是种真实的认知,不如说是一种感触。然后你将面临人生里的第一次反弹。你竭尽所能地大声喊叫。然而,这样的喊叫,仿佛一个人在人群里发现自己皮夹被扒走,于是发出绝望的哭嚎没有什么不同。开始时,身边的人会以冷漠或轻蔑的眼神望着他,他们会对他所发出的噪音感到不耐,并指派某人去与他对话。某人会上前说:"你的皮夹遭窃又如何？我们都有皮夹遭窃的经验。但我们都没这么小题大作。"在真正科学的调解过程中，最好是指派一名有学位的人。面对大众的冷漠，这个闹事者会慢慢降低音量。他会开始接受现实，并开始透过群众来填补他周围的空缺。这叫做长大或成人。然而更精确来说，这其实是成人顺从及听话的过程。这是一种人为效应，是被捏造出来的结果。有人统计其功能性，从而设计了一套模式。成人顺从性的基本原则就是，每个个体都必须在某种形式下对整体社会有用，如此一来，社会的存在才会得到保障。更重要的是，在一个完全混沌的世界里，成人顺从性总是被精确地估算。这一切只是为了要让年轻的树弯下腰来亲吻自己的根。但十四岁孩子的夸张行径是正常的，尽管身边的人会眉头深锁并将之定义成青春期暴怒。他的眼睛被迫张开去目睹世间险恶，他也开始了解世上所有的肮脏事都跟自己有关。他把自己锁进房里，试着把自己锁在外面的世界以外。或者他试着大声尖叫，企图打倒所有的门扉、墙垣以及藩篱，就像你遇到喷火龙会有的反应一样。这些反应在你有生之年都会一直持续，换句话说，除非喷火龙消失，否则不会有所改变。然而，当然，任凭一群青少年维系天然的状态，会直接造成社会结构的崩解，因此，转变成顺从的成人被认为是人类必须要做的事。这是一种社会要求。但有些人就是坚不可摧，他们继续尖叫，直到咽下最后一口气。由于人生是个充满暴力的过程，且世界是个充满暴力的地方，人生跟世界，应该被扎实地迎头痛击一番。这就是为什么青春期反弹会让一个人猛刺六十刀，只为了杀另一个人。真正睁开眼睛的十四岁孩子会了解，每个人身边至少都有六十只嘴巴冒烟的龙。青春期尽管愚蠢，却是一个人最自由的人生阶段。

一旦他们的人生及他们所处的世界变得温顺，青春期的孩子也会慢慢冷静下来。但却非要等到这个时候不可。史丹利就属于那种还卡在十四岁状态下的傻孩子。尽管回来住在这间墙上挂满铁夹钳海报的旧房间让他显得愚蠢，但至少他在努力回报这个世界赐予他的。只是，他对地球生活一无所知。他不看新闻，也不是一个追随良知的政治活动家。史丹利的一切作为都是在对世界一无所知的情况下进行的，就像任何其他十四岁孩子一样。你为什么要知道世界上某个地方有人对学校发动炸弹攻击？不管你观点如何，这世界仍充斥烧焦肉体的臭味。你又为何需要知道世上有孩子饿死？这个世界有口臭，就是因为它永远在挨饿。孩子们会嗅到臭味，并以青春期暴怒的方式响应这个世界，直到他们的鼻子都被成人顺从性给堵住为止。史丹利会有这么一天吗？很难说。不过，现在他因为自己也不理解的绝望感，让自己受到鞭笞并开始吸食海洛因。他无法揣测绝望感的源头。跟任何十四岁的孩子一样，他无法表达自己的痛苦。他感觉到什么，却什么也不明白，因此他无法看清身边的狗屁倒灶的事。但臭味一直在，就跟其他青春期孩子一样，他以为自己疯了，于是不断寻找可以把自己的疯狂传播出去的对象。

德妲是不可多得的受害人：曾为刺激他屁眼里的神经末梢以致弄脏了黑手套的德妲。她的手套臭死了。史丹利成了第一个帮德妲注射海洛因的人。这样就扯平了，这样就将比分追平了。德妲学到人们会给予彼此痛苦与快乐。先是德妲对史丹利，接着是史丹利对德妲。先是孩子对父母，接着是父母对孩子；先是现在对未来，接着是未来对现在，自然对人类，接着是人类……先是死者对活人，接着是活人……轮回，来来回回，痛苦与快乐，直到永远，快乐，所谓甜蜜人生，操！

听到贝吉被杀时，德妲冷若冰霜。但一个小时后，她望着自己在浴室镜子里的模样开始哭起来。她停不下来。眼泪从她体内的深处涌出，泪水在她体内膨胀。"为什么?"她用颤抖的双唇自问。"为什么,为什么,为什么……"然后她慢慢冷静下来。她整理了仪容,把脸颊上的泪水擦干。悄悄问自己:

"为什么不是我自己亲手杀了他?"

然后她开始对着镜子里的自己笑。她好奇,如果贝吉看到现在的她会怎么做。他会说些什么?他会打她吗?会杀了她吗?会把她扔出窗外吗?德姐对着镜子大吼:

"你什么屁都不能做!什么都不行!我在这里!来啊,你这他妈的混账!我就在这里!你离开了,你这王八!你他妈的离开了!"

她把从努泽宁那儿学来的脏话全说了一轮。她还没机会学会新的。当贝吉的影像从镜子里消失,只留下德姐的影像时,浴室再度陷入寂静。史蒂芬则静静离开门边,悄悄穿过走道。

德姐可以在那间浴室里再待上五年,就对着镜子讲述过去五年没能说的话。但她只是望了镜子最后一眼,说了声"干!"便离开。这是她最后一次跟贝吉对话,贝吉本人缺席的一次对话。

就像所有毒虫,史丹利掌握数字比计算器还要快。他确定德姐有将近三千英镑。她依然穿着同样的上衣,表示她或许还没花掉太多存款。史丹利不太知道该如何向她提起此事。所以他决定先慢慢用掉所剩无几的海洛因,然后等待时机。

某晚,史丹利终于逮到他等待已久的机会:德姐到他的房间向他讨香烟。

"我没了。"史丹利说,"不过我有这个。"他从床边一个金属匣子里取出一包海洛因,举在空中,像摇铃般摇啊摇。德姐往前走一步,想好好看看这只安静的铃铛,她问,这是什么?十分钟后,她的疑问得到强烈的回应。此后，德妲毫无顾忌地把钱花来重复寻求同一个解答。她每天到史丹利的房里报到。听完史丹利长达两小时的长篇大论后，德妲看着针头刺入自己手臂却丝毫不感畏惧。他就像是一名业务员，颂扬着最新型的吸尘器。德妲被关押了五年，一共是六十个月，将近两千个日子，四万五千个小时。这就是四万五千个理由，四万五千个让她以好奇的眼神看着针头刺破自己肌肤的理由！她有四万五千个理由去做任何事，除了自杀。这事还不能做，她还没打算离开人世。为了弥补这五年时光，她要再多活五十，不，五百年！但她若是继续造访史丹利的房间，她恐怕得接受不出几年就要闭上眼告别世界的事实。

与此同时，她还继续上她的英文课。她命令史蒂芬不准再讲土耳其语。她还记得教科书上的文法，现在只是需要练习。她现在还处于"试驾阶段"。说到海洛因，"试驾阶段"就不一样了，它不像任何你可以试乘后拍拍屁股掉头就走的中古车。试乘海洛因的必然结果就是撞车，若驾驶人没死，他就得买下撞烂的车，得为自己撑过意外付出代价。这代价是一辈子挣扎不再重蹈覆辙。但现在，德妲还在早期阶段，她望着窗外享受风景，地平线上一片平坦，她还不会料及自己迟早要出车祸。她的钱越来越少，就某方面来说，这不是大问题，毕竟芬斯伯里地铁站的黑缇总是会帮她一把。每次她跟史丹利去找他买货时，他总给德妲一些折扣：邻居价。

后来，时间过得飞快，虽然感觉断断续续的。有时候，他们甚至都没意识到一天一天，甚至一周一周迅速飞逝，很快，障碍就开始挡在地平线上。

大家都坐下来吃晚餐了。史蒂芬脸上挂着笑容看着儿子和德妲。他不再清楚德妲到底是什么样的人。他们俩的脸色苍白，白得像北欧人。曾经在年经女孩背部的紫色眼睛现在移到她的鼻子上，她连呼吸都有些困难。史蒂芬今天煮了意大利面。坐下后，他用胜利的口吻说：

"我有个新点子。"

声音里所传达的热切令史丹利和德妲感到担心，他们互瞥了一眼。

"我们给罩袍一个本地品牌的名字，然后自己制造，好不好？当然，全都是用标准的黑色，就像我身上这件，但我们可以把商标放在胸前，这附近，像是史蒂芬……或者是……"

史蒂芬瞪着天花板继续思索着。史丹利和德妲发现他其实对他们的意见不感兴趣，然后双双低头继续盯着晚餐。他们心不在焉地把意大利面卷在叉子上，可两个人并不饿。

"可以用一个商标，对吧？如果鳄鱼牌①卖起罩袍……岂不甚妙？放个鳄鱼标志在这儿。或者是'弗雷德·佩里'② 罩袍！"

他静下来片刻，接着又继续：

"我有件重要的事要跟你们两个说。可以麻烦你们看着我吗？"

他们不甘愿地抬起头：

"我要接受手术。"

"你病了？"德妲问。

"不！"史蒂芬大吼，然后又呵呵笑起来，"当然没有。不过以某种角度

---

① 鳄鱼牌（Lacoste）：一家法国服饰品牌公司，一九三三年成立，主营服饰、鞋子、香水、皮革制品、手表、眼镜与最负盛名的 Polo 衫，绿色短吻鳄是其标志。
② 弗雷德·佩里（Fred Perry）：第一个由生产专业运动服饰发展成生产流行休闲服饰的品牌。二次大战后，因为体育市场缺乏为运动员设计的专用护腕，一位奥地利足球队员 Tibby Wegner 为首位获得网球八个大满贯赛冠军的英国选手 Fred Perry 设计了一款印有他名字的护腕，Fred Perry 将这个护腕介绍给一些网球运动员并广获好评，于是 Fred Perry 开始着手设计一系列与他同名的运动服饰。

来说，算是吧。我病了。我是个男人，但我想要拿掉这个……所以我决定要当个女人！"

史丹利打断他的话：

"但你没有那么多钱啊。"

"我当然有。"史蒂芬说。"你以为我是谁？我工作了一辈子。我不像你这样无所事事，混吃等死！还要意大利面吗？"

他们的盘子已经堆满意大利面。但这不重要。重要的是，史蒂芬说的到底是不是真话。他真的有钱？

史丹利迅速站起身来，挥舞着拳头。"你必须把钱给我！"他大吼。

史蒂芬又笑了。

"不，我一毛钱都不会给你。"

史丹利用手掐住父亲的脖子，让他和他的椅子都跌到地上。史蒂芬摔到地上，他的腿往前踢向餐桌，两盘意大利面飞到了半空中。德妲被突如其来的骚动吓了一大跳，她迅速站起来，两个盘子这时正好摔落。史蒂芬本来或许会死于心脏病或脑溢血。他的头重重撞击在地板上，但他继续边笑边嘶吼，直到狂咳不止他才停下来。他的儿子就跪在父亲身边，手掐着他的喉咙喊着：

"我要杀了你。把钱给我。我要杀了你，我是认真的……爸，我求你！拜托，把钱给我！"

站在敞开的绿色木门的另一头，德妲望着史蒂芬，给他最后的指令：

"别哭了，拉西梅！"

老人热泪盈眶。他的主人要离开了，威胁或利诱都无法挽留住她。狠狠把史丹利从椅子打到地板上也无法改变事实。儿子突如其来的暴走，结果是史丹利被史蒂芬赶出家门。史蒂芬威胁他的方式比史丹利预期的还要严峻。"我报警让他们逮捕你，如何？"史蒂芬这么问。史丹利无法忍受被警察拘禁，哪怕一晚都不行，于是他打包自己的东西，并询问德妲是否跟他一道离开。德妲带着自己最珍贵的财产——她的字典，跟着史丹利走出门。

史蒂芬用首次在长椅上相遇那天的同样方式抓住了德妲的手臂。但她甩开自己的手臂，迅速回头命令他不许再哭。

走到花园的栅栏边，德妲再次回头看史蒂芬。

"你还会回来吗？"罩袍下的男人在恳求。他的话让德妲想起了努泽宁，但这次她终于敢挥手告别了。

他们前往"棍子"酒吧。经过坎顿头酒吧时，聚集在门口的光头党[①]以为剃了头发、脚穿马丁靴的德妲是他们一伙的，大声呼唤她：

"你他妈干嘛跟那哥特玻璃人混一条道？过来！"

德妲犹豫了一下，但史丹利抓住她的手，愤怒地拉着她继续走。他对这些八〇年代法西斯余孽很不耐烦，头都懒得看一眼。他们很快抵达"棍子"酒吧，入口处有个身形高大的绿发俄国人。进去后，他们直接走进厕所，注射从黑缇那儿买来的海洛因。他们已经花掉德妲的大半积蓄。史丹利刚享受完就在外头遇见了米奇。

---

① 光头党（The Skin Heads）：光头党，是一种源自一九六〇年代英国青年劳工阶级的亚文化，之后扩展到俄罗斯及欧美地区，在时尚、音乐还有生活形态上，受到牙买加的粗鲁男孩文化（Rude Boys）与英国摩斯文化（Mods）相当程度的影响。原先光头党并没有政治倾向或种族意图，六〇年代后期，一些北英国的光头党开始发动针对南亚移民的暴力事件。七〇年代开始，媒体与大众渐渐把光头党与新纳粹主义青年组织画上等号。"光头党"这个名称就是出自他们的光头造型。

用简单的三言两语交代发生的事之后，史丹利说，"我不知道该他妈怎么办才好。"

德妲这时也加入他们的谈话。米奇没有认出她来，史丹利便替他们介绍。

"你的电影明星在这儿，你可以问问她喜不喜欢我们现在的人间地狱。"

米奇弯下腰，在昏暗的酒吧灯光下审视德妲的脸。他无法相信自己的眼睛。

"不可能！"他说。"完全不可能！"

他看了看史丹利。

"没错。"他边说边冷静地点头。

他指着德妲："她还是听不懂我们的对话，没错吧？"

德妲英文已经说得相当好了，还带点商务代表的腔调：

"抱歉，但我一直都听得懂！"

米奇大笑着把一杯啤酒送到德妲面前。她推开酒杯，环视着整个酒吧。今晚的"棍子"是个完美疯人院。易装癖、一身哥特式装扮不在乎今夕何夕的小混混、过去五十年都以同样方式把夹克挂在肩膀上的七十岁摇滚男女、用不止一把而是两把梳子每五分钟梳一次头的小阿飞、穿厚重夹克的摩斯族[①]，以及在吧台上跳舞的孤单日本女孩。DJ 正在播放德累斯顿玩偶[②]

[①] 摩斯族（Mods）：全名是 Modernism 或 Modism，源起于六〇年代英国伦敦舒活区的俱乐部，当时英国时尚文化受到多重文化影响，最大影响来自美国。五〇年代美国摇滚乐盛行时，年轻人被称为"泰迪男孩"（Teddy Boys，简称 Ted Boys），这种风尚自行演变成 Mods 的亚文化，并迅速成为第一个青少年的亚文化，之后传遍全英国。崇尚此道的年轻人被称为"摩斯族"（Mods）。

[②] 德累斯顿玩偶（Dresden Dolls）：美国波士顿情侣档组合，成立于二〇〇一年，Amanda Palmer 负责词曲创作，Brian Viglione 负责打鼓。

的《错置女孩》，阿曼达·帕尔玛①的声音注入人们耳里，让人暂时失明，这大概可以解释为何几乎所有人都闭上眼、伫立原地前后摇晃。或也因为这晚的"棍子"实在太拥挤，谁也无法真的稍微移动一下。

要确切知道这些人白天在做些什么很难，但"棍子"是他们晚上可以依偎在彼此身边的避难所。过去，他们或许会持刀互相追逐，然而这里是所有完全不同类型的梦想家的聚集地，因为他们已经濒临绝迹。他们无处可去。在一个一切变化如此迅速的世界，他们仿佛不变系数般深陷于困境。他们现在在此，是因为曾经就像他们第二个家的街道此刻只会让他们感觉自己像陌生人。现在，他们唯一的归宿是"棍子"，尽管这个空间不到一条狭窄街道的十分之一。

米奇望着德妲，"太惊人了！原来你长这样。如何，想回到电影这一行吗？"

"门都没有。"德妲咆哮起来。

德累斯顿玩偶史丹利倒是展现了几分兴趣。

"你真的觉得我们能再把她推上舞台吗？我的意思是，如果你拍几部新片，我们可以赚点钱，是吧？"

米奇啜了一小口啤酒，略作思考。

"那条路或许走不通了。我们早已把片子卖给所有会感兴趣的人了。不过如果她想，我认识几个人……他们在经营一个网站。她或许可以在他们的电影里演出。听说他们开出的价码挺不错的。"

---

① 阿曼达·帕尔玛（Amanda Palmer）：美国知名歌手，因在德累斯顿玩偶（the Dresden Dolls）中担任主唱、钢琴手、作词、作曲而受到关注。她拥有非常成功的演唱事业，同时也是伊芙琳·伊芙琳组合（Evelyn Evelyn）成员之一，是一位特立独行的音乐人。

他指着吧台前两个正在取笑日本女孩的年轻人，看上去就像大学生，两张年轻的脸庞干净到不适合在"棍子"里混。

"哪种电影？"史丹利问。

米奇回答："我不知道。"

德妲打断他们的对话。

"不！再也不要！再也不要！"

史丹利根本没听进去。他走向吧台，开始跟那里的男人交谈。几分钟后，他回来。

"他们会付三千。"他说。"你想想，三千镑！"

米奇开口问："他们拍什么？"

"纯正色情片，一男一女，经典搞法，片长大概半个小时。"

天亮时，德妲尝到了山穷水尽的滋味，也同意去做她几小时前严拒的事情。他们打了电话给拍色情片的那两个家伙。对方告诉史丹利说他们是剑桥的学生，给了他们一个地址，要他们下午过去，地点在考文特花园①区。

他们在米奇的房里剧烈震动一直到天亮。然后他们吞了几颗安定②来解除疼痛，接着跳上最早的一班地铁到芬斯伯里公园（Finsbury Park）。这天，他们做的第一件事就是把德妲口袋里剩下的钱全都掏出来付给黑缇。接着他们到地铁站兵工厂队足球礼品店的咖啡厅，走进厕所，

---

① 考文特花园（Covent Garden）：伦敦著名地标，为数众多的剧院与商店是其特色。该区原是西敏寺的地产，十六世纪因宗教改革而被没收，十七世纪成为果蔬市场，历经三百年成为供应庶民鲜果的地区。后来因都市开发，摇身一变成为市集、购物商场，保存了大量十七至十八世纪的重要建筑。。

② 安定（Valium）：中枢神经抑制剂，属于安眠药的一种。

注射海洛因。

出来时，他们问黑缇要了一些零钱来购买车票。他从他们付给他的钱里掏出几枚硬币，他们这才启程前往考文特花园。

抵达目的地后，两人找了地方坐下来休息。他们在大街长椅上坐了整整三个小时，两人不发一语。只有一次，德妲抬头看着史丹利说："我要杀了你。"史丹利回答："你最好振作一点。"

史丹利眼神空洞地望向德妲，耳朵贴住对讲机。终于有个声音从对讲机的彼端传了出来：

"三楼右手边的门，电梯坏了。"

大门开启，他们踏进大楼，走上三楼。一个短发的眼镜男从一道门后向外窥看，遍身赤裸。史丹利走进门，德妲在门前静立不动。"来啊。"史丹利说，"进来。"

德妲往前走一步，再走一步。她听到一些声音，然后看见了他们。五十一个赤裸的男人。德妲感觉有一百个人。她进门时，所有人都噤声了。德妲往后退一步，但听到身后的门被关上了。史丹利的声音随即响起。

"别这样，你知道你必须这么做。什么也别想，脑袋放空，身体放空。这一切都没有意义，懂吗？完全没有。你就去张开你的腿，然后我们拿了钱就走。"

德妲不发一语。门后那个戴眼镜的人觉得她已经准备好了，所以慢慢把她往前推。他领她穿越屋内的所有男人，走到客厅。地板铺上一层透明帆布。德妲站在原地旋转，尽力看着所有男人的脸，包括开门的那个。然后她脱下外套，所有人开始尖叫。他们很紧张，但也开始发笑。很快，他们开始拍手叫嚣，发出各种奇怪的声音。

在场的人都是剑桥大学经济系的大一学生。他们会来这里是因为他们跟法律系学生打了赌。一周前，他们一起看了三十七个法律系学生集体奸淫一名黑人女孩的影片。他们反反复复看了两次才终于把人数给算清楚，然后他们开始计划，想打破这个记录。街上的娼妓拒绝他们。到"棍子"是他们最后一招了，他们希望能够找一个够疯的女子来完成这项计划。一个亟需用钱的人，海洛因毒虫似乎是相当合适的对象。毕竟，距离《梦之安魂曲》①这部电影上映还未满一年。片中的场景对大家来说都还历历在目，他们在宿舍浴室里自慰时，还会记忆犹新地回想电影里的画面。

德妲一丝不挂。眼镜男双手放在她的肩膀上，把她往下压。她的膝盖撞到地面上的布。然后他继续推她，直到她俯面朝下，摊平身体。一名金发男就站在她上头。他往下看着德妲，像个站在桥上计划自杀的人似的恐惧地盯视着水面。接着有人推了他一把，让他也跪了下来。围观的众人拍起手来，一开始只有一双手，然后开始有两双……二十双。金发男根据拍手的节奏调整自己的心跳，宛如猎人用手扒开陷阱，他分开德妲的膝盖。拍手声停了下来。在静默的压力与众多裸体环伺之下，金发男把眼神固定在德妲的双乳。然后，他将手掌靠抵在她的肩膀上。屋里的所有人都屏息以待。男孩压低身体，趴到她身上。但这样还不够。他没办法进入她。屋里的人吵吵嚷嚷地靠近，想更仔细端详德妲这朵选择凋零而非绽放的花朵，以及面色发白的那个男孩。首先，他们热烈讨论起来，然后有人递了一只

---

① 梦之安魂曲（Raquiem for a Dream）：二〇〇〇年，由达伦·阿伦诺夫斯基（Darren Aronofsky）执导的美国电影，讲述深陷毒瘾的两母子的故事。剧情改编自小胡伯特·塞尔比（Hubert Selby, Jr.）的同名小说。影片刻画了毒品上瘾后的各种表现，如幻觉等，以及最终导致人们疾病缠身或入狱的过程。本片是二〇〇〇年戛纳电影节的特别放映片，艾伦·伯斯汀（Ellen Burstyn）因此片获奥斯卡最佳女主角提名。

盒子给金发男孩。一点点凡士林就起了极大的效用，也让万般不愿的德妲只能乖乖就范。金发男的手再次放上她的肩膀，屏住呼吸推送，进入她的身体。他解放了自己。脸上的青筋足足花了四分钟才完全褪去，对德妲而言却仿佛过了将近四年。他将沉甸甸的保险套取下来，脸上带着胜利的优越表情，像举香槟杯般将套子高高举起，以确定所有人都能看见。二十个人的震耳鼓掌声和三十个人的尖叫声不绝于耳。

前八个人做完之后，德妲开始搞不清楚他们的容貌，也渐渐失去真实感。只有闭上眼睛的黑暗时刻，她才会意识到自己到底在做什么。她想死。她无法合上眼，却也无法面对这些将斗大的汗粒滴落在她脸上的人。所以她只好死命盯着眼镜男手上的摄影机，尽管他不断四处走位。她尽了一切努力盯住镜头。毕竟，这是唯一不会喷出飞沫的东西。她像个专业的三级片女优般抬起头，眼神追着镜头的小黑框，视线绝对不愿移开它。屋里有这么多条生命，唯一不会伤害她的，只剩这个没有生命的物件而已。因此，当眼镜男意识到自己是天生的三级片导演，开始游走到德妲的视线外，企图拍摄特写镜头时，德妲对他大喊道："回来！你回来！"她身边围绕着五十二道肉墙，一个在她体内，剩下五十一个正在摩拳擦掌，准备上场。难怪她选择看向摄影机，毕竟贝吉不在场，她无法看着他。

前二十个男人完事了，她开始踢蹭陆续趴在她身上的人。她的手脚落在他们的脸、肩膀和任何所及之处。她甚至没有好好抬头看看自己的巴掌或拳头落向哪里。她的双眼依旧尾随摄影机的动向，并且开始操土耳其语咒骂所有的鬼神。

"操你妈的！操！你们这些婊子！你们在干嘛？为什么不来做些什么？我就在这里，你们又在哪？你们到底在哪？"

四十个男子完事了，她开始哭泣，并用眼神向摄影机祈求。她哭诉：

"拜托，救我！带我走！救救我……"

五十二个人都结束了，她意识全无地躺在油布上，汗水和泪水浸湿了她。史丹利摇动她，她才好不容易清醒过来。她的睫毛因为泪水而黏糊成一团，每一次呼吸，鼻孔都出现小小的气泡。她看起来就像用胶水洗了一次澡。五十二个男人把自己的体液倒入她的身体，谁知道一共有多少克的白色透明精液。总重多少？或许就是因此她才会站不起来吧。因为在她脸上、在她体内的体液太过沉重了。最后是史丹利将无法动弹的她给抱了起来。

他走进浴室，把她放到浴缸里，那动作仿佛是将她放入坟墓。他先调整水温，再替她沐浴。德妲想起拉西梅替她沐浴的情景，拉西梅的方式跟史丹利一样。然后她又想起维资尔，以及他们在拉西梅家里的对话。她想起自己躲在黄色扶手椅与墙壁之间，把手放到罩袍里时的种种幻想。幻想里，她总是被裸体的男子团团围绕，而贝吉在外头被迫看着。她想起所有幻想，种种幻想中只有一个成真了，却是绝不该成真的那一个。她的思绪飘到一个问题上：是谁决定哪些梦该成真？是做梦的人，还是害人做梦的人？

她望着正以白色大浴巾替她擦干脸颊的史丹利，问：

"你知道吗？"

史丹利沉默地继续擦干她的肩膀。她提高音量：

"你知道会有那么多人吗？"

"知道。"史丹利回答。

"为什么没告诉我？"

"告不告诉你又有什么差别？"

客厅只剩下四个穿好衣服的学生，他们正在收拾地上的帆布。其他人都离开了。还在屋子里的人脸上都带有怪异的表情，好像有口难言。一种近乎悔恨的沉重感，让他们没法抬起头。这个重量比德妲身上那些白色透明物质还要重上数千倍，颜色也深沉许多。

穿上衣服时，德妲想跟他们每个人对上眼，但她做不到。他们迅速移开眼睛，逃进自己的内心世界，装成忙着收拾帆布的模样。

史丹利从口袋里掏出一大把钞票，脸带笑意说："生命从现在开始。"德妲踏入玄关，开门，踏出门前回头看了看史丹利。

"操他妈的人生！"

三千英镑在三十二天后消失。他们住在米奇的房子里，像炼金术士一样，把钱全部变成了海洛因。三十二天里，他们关在屋里不断重复听着同一张专辑：铁夹钳乐队的专辑《脱胎换骨》（Off the Bone）。他们特别喜欢专辑里《碎石机》（The Crusher）这首歌。有天早上，德妲取出 CD 想将它折断，可折不断，她干脆打开窗子将它丢到街上，想让来来往往的车辆直接碾过去。最后，一台豪车终于把专辑碾碎了，德妲也终于安心坐了下来。随即，敲门声响起，她去应门。

来的是黑缇。尽管两人同样都被带离土耳其然后扔在伦敦，但他们的对话依然用英文进行。他们甚至不知道对方会讲土耳其语。他们从来没有机会深谈，对话一直围绕着海洛因的质量、价格、配送、吸食生涯、海洛因的使用方法、海洛因造成的死亡以及黑缇的学校生活或他在附近学校的贩卖状况。但黑缇这次似乎想多聊聊。

"你为什么把头发给剃掉？"

"迫不得已。你一向都穿运动裤吗？"

"这么穿必要时能跑得快。"

黑缇从口袋里拿出大麻烟，碾碎后撒在烟纸上，像在撒香料似的。他停下手上的动作开始笑起来。

"你知道吗，有一天，我会开一间餐厅，很酷的餐厅，会有白色桌巾什么的。这个地方会有年老的服务生，顾客还会包括皇室成员。不过这些只是门面，因为盐罐跟胡椒罐里通通会放入海洛因，或是盐罐放海洛因，胡椒罐放可卡因，大致这样。尽管桌上已经有盐罐了，有人发现机关会询问服务生，'有盐巴吗？'这时候⋯⋯服务生才会拿出真正的盐巴来。结账的时候大概是这样。橙汁鸭四十镑，红酒一百镑，盐罐一千镑。瞧，一切都摊在阳光下，谁也不用去诓谁，懂我的意思吗？我要拓展这项事业，并亲自担任厨师。你知道，我很想去念餐饮学校。我觉得这是个很棒的点子，我实在喜欢烹饪。"

他把烟点燃，深吸了一口。

"想替我工作吗？"

德妲从他手中把烟拿走，"我讨厌烹饪。"一边吞吐起来。黑缇笑了。

"我不是说那个，你这笨蛋！你可以帮我卖东西。我的意思是，帮我递送。想想，你再这样下去，最后不是变成妓女就是死在这里。这可是一份真正的工作，而且你可以抽红。如何？"

"史丹利⋯⋯"

"我操他妈的哥特屁精。那家伙来到这世上就是为了自杀的，他什么都不在乎。说到这个，你打哪儿来的？"

"我不知道。"德妲说。

"什么叫'我不知道？'你怎么会不知道？你在哪里出生？"

"一栋公寓大楼里。"

"哪里？"

"在芬斯伯里公寓。十二楼。"

"你可知道我是哪儿来的。我是土耳其人。你知道这什么意思吗？这表示，不管谁挡我的去路，我都会干掉那个人！"

"很好。"德妲说，"我想你一定能做到。"

"不相信我吗？"

他从口袋拿出一只抢眼的手机，在德妲眼前晃啊晃的。

"我只要用这个拨号码，半个小时后，这地方就会夷为平地！懂吗？谁也别想乱搞土耳其人！我们会把他们全都干掉！总之，你觉得怎样？想替我工作吗？"

"有预付薪水吗？"

"我不要你在完成任务前就像个行尸走肉。今天是试用日，看看你能不能当上'本月最佳员工'。傍晚你就能拿到钱。"

"我对土耳其略知一二。"德妲说，"你从哪边来的？"

黑缇笑了。

"你怎么可能知道？又不是在讨论度假村。我来自娅特贾！有听过吗？没错！"

德妲完全笑不出来。

"你什么时候来到这里？"

"我有个妹妹，她死了。我当时才九岁，我们是那时候搬来的，其实，整个娅特贾都来了，我的很多亲戚都在这里。你听过野狼战士吗？他们上星期还因为在地铁站揍了一个库尔德男孩上了新闻。但其实是对方挑起的！他们恨我们！你只要说你来自娅特贾，他们就知道你是土耳其人，然后就会马上找到你。他们会说，你是库尔德人。总之，整个派系都跟我有关系。你知道吗？我猜我妈是库尔德人，还是那类的。可是我哪知？总之这很复杂。你要是问我,我还宁愿当个牙买加人。这你可别跟别人说。不觉得他们很酷吗?他们现在在诺丁山有个庆典。我觉得他们很棒,永远沉着冷静,但需要打架的时候也绝不含糊。没错,就是那样,我该生下来就当个牙买加人的。干!我真希望娅特贾属于牙买加。要是那样就好。"

德妲只对黑缇讲的部分内容感兴趣。

"你妹妹当时生病了吗?"

"不是,是发生一个他妈的意外。她上学第一天就从床上掉下来,从上铺。至少他们是这样说的,我记不太清楚了。我只知道她掉下来,在学校里脑袋开花了!那群婊子!他们连确保一个小女孩的安危都做不到!你可知道她当时才几岁?"

德妲用麻痹的双唇回答:

"六岁……"

"你怎么知道?"

"我猜的……"

"那群婊子!"

德妲依然觉得自己该为那名小女童的死亡负责。黑缇的出现似乎是种报应。无论是谁决定让她的哪些梦成真,现在,她所杀害的女孩的胞兄被带到她眼前。她可以全盘托出,站出来喊:"是我逼你妹妹睡那张床的!是我害死她的!"但她什么也没说。无论谁把黑缇带到她眼前,一切都太迟。迟了三十二天。对于她这辈子犯下以及未来将会犯下的罪恶的复仇,已经全部发生过了。五十二个裸男已经替所有事情报过仇。如今早已无仇可报。因此她继续保持沉默。像战船上早已定罪的囚犯,像是跟冉·阿让①一样沉

---

① 冉·阿让(Jean Val Jean):雨果的小说《悲惨世界》的主人翁。

默的珂赛特①。

史丹利在前门昏睡了一阵子,黑缇必须从他身上跨过去才能出门。他张开了眼睛,含糊地说:

"我不是哥特,我只是个屁精!"

黑缇下午带着一只运动包来了。"拿着。"他边说边取出一张纸给德妲。

"地址在这儿。他们会给你一个信封。别马上打开。离开之后再打开。"

他等着德妲看地址。

"你要把信封带到这个地址。就这样。清楚了吗?"

的确很清楚了。黑缇拿了一些现金,交给德妲。

"搭计程车。"

然后他靠过去,在德妲耳边细语,同时指着史丹利。

"叫他忘了我说的那些关于牙买加的事,好吗?你也是。"

第一站是诺丁山。出租车无法开到更近的地方了。每年,特立尼达人、多巴哥人和牙买加人都会在诺丁山举办嘉年华会。现在正好不热闹,该区域的街道全被封路了。德妲下车,再次检查了下地址。数百人狂饮啤酒,沿街道步行移动,看来似乎没有人能停下来替她指引一下方向。于是德妲决定跟着群众一起走,随她越来越靠近会场,鼓声也越来越响亮,前方有一支穿红色上衣的游行队伍正在竭力敲击大鼓。德妲尽力挤到人行道的边缘,站在警察的封锁线边等待鼓队通过。接着眼前出现一辆敞篷巴士,巴士上有台硕大的喇叭正以巨大的音量播放西印度音乐,一群上身真空的女郎在巴士后方跟着音乐扭动肢体。德妲笑了。

---

① 珂赛特(Cosette):雨果的小说《悲惨世界》里的主要女性角色。

车尾的演员向群众扔掷彩带,每隔一阵子,女郎们便会停下舞步,狂野地摆臀。她们身上穿了彩色的比基尼裤,有些甚至在腰间挂上巨大的羽毛,好让她们看起来像孔雀。观众对她们的舞蹈不如肢体那样感兴趣。观众多半是男人,有一些则是女同志。这是一场眼睛的盛筵,人人都能饱餐一顿。

德妲想起自己还有任务在身,开始焦躁不安起来。她强行穿过人群,转入第一条开放的街道。音乐声在这条街上仍然震耳欲聋。一支雷鬼乐队正在露天舞台上演奏,群众则纷纷随着音乐起舞,大麻烟的烟雾在他们头顶盘旋,像一朵压得很低的云。德妲踏入群众之中,看见一名男警和一名女警眼神空洞地在观望四周,仿佛他们唯一愿意执行的任务只有替某人协查地址。德妲已经不再感到害怕了,她把地址交给女警,靠近对方耳边大吼,但因为这里的声音太大,连自己的声音都几乎听不到。肢体语言是仅剩的选项,女警指着对街,伸出两根手指头,表示左手边的第二条街。

这条街相对安静得多,两侧各有一排两层楼高的连栋别墅,德妲很轻松就辨认出各家的门牌号码。整条街道空荡荡的,仿佛被人给遗弃了。她注意到一群人排在前面一栋屋子门前,少说有十来个,每个人都很有耐心排在队伍当中。德妲靠近才发现,这里就是她要找的地方。她想,他们不可能就这样卖毒品。她是对的:这些人并不是来排队购买可卡因或海洛因。

德妲忽略排队的人群,直接穿过前门并把写着地址的纸卡交给站在门内的牙买加人。对方马上就会意过来,知道她有东西要交托。"进来。"他说,同时也乐意告诉德妲外面排了长长队伍的缘由。

"'乍'些人只是等着要上厕所。一人一英镑。不错吧?不错……'塔闷'就像动物一样狂饮'懒'后就无处可去。每年我们'折'样赚来的钱比'窝闷'卖的炸鸡还要多。而且你知道怎么做到吗?一个洞,'窝闷'只需要租给'塔闷'一个洞！"①

他们登上一条窄仄的楼梯，进到一个房间，里头有三个牙买加人与一只快要打起盹来的斗牛犬。他们只是听着音乐，偶尔随旋律摇头晃脑，一边抬起头来看看屋顶，看看彼此，或只是看着前方发呆。音乐的速度不快也不慢。屋子里的播放器正播着斯卡②之王：德斯蒙德·德克尔③的歌《粗鲁男孩列车》（Rude Boy Train）。音乐从屋子四个角落的喇叭里倾泻而出。

前门的那位牙买加人跑去楼下继续看顾他的"暴利"事业了。黑色的斗牛犬一度抬起头来看过她，随即又低头打起瞌睡，屋里剩下的牙买加人似乎对德妲不感兴趣，她只好自己先开口：

"黑缇派我来的，你们有个信封要交给我。"她把黑缇的包包放在两张皮椅之间的一张矮茶几上。几个牙买加人慵倦地抬起头，望望眼前的光头女孩，还是兀自随音乐摇晃脑袋。其中有一个人开口："好久没有光头党来访了。"

另一个接着说：

"我们很久没揍光头党了。"

第三个人说：

"鲍勃，上！"

看见德妲吓得往后跳到门边，三个男子放声大笑，斗牛犬鲍勃开始狂吠起来。其中一人起身，说："别担心，我们不像你们有狂犬病。"然后他从咖啡桌拿了袋子，拉开拉链。德妲心里盘算了一下，她必须弄清楚那些光头党到底在搞什么。牙买加人从黑缇的袋子里取出三块约莫半公斤重的

---

① 原文中以错误的拼音表现牙买加人不标准的英文发音。
② 斯卡（Ska）：五〇年代发源于牙买加，曾在美国及欧洲掀起旋风狂潮的一种音乐。
③ 德斯蒙德·德克尔（Desmond Dekker）：牙买加知名的斯卡与雷鬼奇才。

方块。他看看其他人问:"有人想试试?"只有鲍勃回应他。牙买加人弯腰靠近德妲,发辫在腰间摇晃起来,他说:"你在这边等着。"他拿着三块方块离开房间。另外两人依然随音乐摇头晃脑。德妲不觉得担心。她很确定,对方一定会带着海洛因回来。至少她这么衷心期待。另一个牙买加人忽然抬头,说:

"'喇'个'难'的是谁?"

"哪个?"另一人回答。

"'喇'个刚刚坐在'喇'边的。刚离开的。你认识'塔'吗?"

"不认识。"

"'喇'为什么'塔'会在这里,老兄?"

"'窝'不知道,'窝'以为'塔'是你朋友。"

"'窝'不认识'塔'啊!"

"兄弟,他看起来就像老爱①。"

他们双双抬起头来,其中一人说:

"黑缇派你来,对吧?货呢?把货拿出来给'窝闷'瞧瞧吧。"

德妲的脑袋瞬间停止运转。

"我才刚刚拿给你啊,被你的朋友带走了……"

"'窝闷'不认识'喇'个人喔。不过你认识'塔',对吧?不然你为什么把袋子交给'塔'?你一定认识'塔'。不管啦,把东西给'窝闷',给'窝闷'检查。"

德妲的心此刻冻结了。

"你在说什么?我把东西给了那个人,他还问,有没有人要试试看……

---

① 老爱(the irie):指爱尔兰人。

你们真的不认识他吗？"

"不认识。"两人异口同声。

德姐全身都僵住了。她感觉额头上正在积聚豆大的汗珠。她抱头哭泣，"我该怎么办才好？"两个牙买加人互瞄了一眼，他们无法继续伪装下去，于是忍不住放声大笑。

"你一定是光头党的。"其中一人说。

另一人接着说：

"怎么有人会这么笨？"

德姐想掐死他们，但她只是倒在一张扶手椅上，然后向他们要了一根烟。其中一人笑着将烟递给她。点烟时，她脸上僵硬的表情才稍稍软化下来，很快，她就加入他们的行列一起谑笑。德斯蒙德·德克尔的歌曲旋律塞满整个屋子，尽管只有短短几秒，他们还是似乎打从心底感觉愉快。他们时不时在屋内起舞，其中一人开始模仿："我该怎么办才好？"然后他们再次共同放声大笑，一次一次重复刚刚发生的情景，每一次都笑得乐不可支，直到他们的朋友带着三块海洛因砖回来才停止。

"没问题了。"那个拉斯塔①一边说，一边将一个信封交给德姐。她站起来，将东西接在手里。其他人也起身道别。德姐拍了拍鲍勃这只跟它的名字一样温驯的狗，然后走出房间。走到一楼时，她看见那名看门的牙买加人。有一位女士刚从厕所里走出来，他回头笑着对德姐说："你要上厕所吗？小姐有特价。"德姐道了谢并离开屋子。她穿过门外的长龙，折返嘉年

---

① 拉斯塔（Rasta）：Rastafarian 的简称，是一种非洲宗教，教义强调平等、寻根、简约。经由雷鬼音乐传到世界各地，绿、黄、红三色代表 Rasta 精神，其中最为人知的是不吃猪肉、听雷鬼乐。Rasta 也被广泛地用以称呼雷鬼乐的乐迷。

华会现场,并招来一辆计程车返回切尔西区①。她把黑缇卡片上的第二个地址交给司机。过了几条街,他们在一栋十层楼的大楼前停下来,德妲下车,在门牌上找到公寓号码并按了电铃。一个含糊的声音透过对讲机传了出来,"是谁?"

"黑缇的包裹……"

话声未落,尖锐的金属摩擦声便打断她,德妲把门推开。在前往八楼的电梯中,她回想起刚刚的牙买加人和刚刚发生的那些事,忍不住笑起来,按下三十三号公寓的门铃时她还没有止住笑意。

雷盖把门打开。德妲的眼睛因为惊讶而瞪得老大。脸上的笑容瞬间消失得无影无踪。

雷盖揪住德妲的衣领将她拉入屋内,把门甩上。"有人跟踪你吗?"他用诡异的英文腔问。

"没、没有。"德妲结结巴巴回应。她发现对方手上握着一把枪。

德妲站在"父亲"面前,这个手上沾满血迹的人证明了此事。她心想:只要自己保持冷静,不会有事的,就把信封交给他然后离开就是了。她努力挣扎了一番,让自己保持镇定。雷盖没能认出她来,过去十六年,他跟"女儿"相处的时间不超过五天。上次见到她是五年前,但现在的德妲早已将头发剃掉。德妲想,他没认出我。其实他不知道的事情不只这一件,他也不知道两人还有个共通点:可卡因。

贝吉被杀的一周后,吉多致电给雷盖,叫他租一处新住处,准备好一年份的食物好好躲着。"在听到我的消息前不要离开房子。"他这样下了指

---

① 切尔西区(Chelsea):位于英国伦敦西部,地处泰晤士河北岸。

令。他们内部有个警察告知吉多,军情五处正在追查杜拉汉兄弟。他对这件事的唯一建议是"隐姓埋名"。

雷盖完全遵照嘱咐。但他无法完全摆脱过去,特别是自己犯罪的历史。雷盖不喜欢监狱,就像他不喜欢来到伦敦的前三个月在乌贝督拉的家具厂门口被困守卫亭里,在里头难以呼吸。因此,某天早上,他跟其他警卫一起离开家,好像要去上班似的。但他们转头潜入地下,像是奔向崭新的自由世界。从来没有真的好好学习英文的文法基础,但雷盖很快就召集到了自己的同伙,他熟谙地下世界的法则,他们被称为"野狼战士",由娅特贾来的亲戚孩子组成。最初几周,贝吉跟乌贝督拉试图找出雷盖,但他们知道他是个森林骑兵,而且这次不只是隐身于山林。他人在伦敦。在一个伦敦这样的城市里,想抓到一个骑兵是不可能的。他们永远无法找到他。因此只剩一件事可做,由乌贝督拉亲手执行:他对这个人下了诅咒,一个恶毒的诅咒。

尽管被关在监狱度过多年,现在又被困在切尔西区的房子里无所事事,徒然空瞪着墙壁咒骂自己的命运,但雷盖依然持续担任野狼战士的领袖,并毫不犹豫地将所有收入投资在可卡因上。他总在抽可卡因前说,"若我不能出门看看世界,我就要把世界带进来。"可卡因的作用会让他说出"真主很好,但操他的一堆规矩"这类的话。在毒品世界里,他曾遇见弑兄杀妻的人,他也遇见过认不出自己骨肉的人。毒品世界让人彼此反目成仇。海洛因上瘾的人不在乎别人。他们自己是宇宙的中心,而且他们能找到跟宇宙里的星球一样多的理由来合理化自己的行径。雷盖过去总说,"愿真主保佑他们。"但他现在不这么说了。五个月来,他都不这么说。事实上,过去五年他都一直这样窝着。他已经没了兄弟或妻子,他现在面临的悲剧是认不出自己的孩子。他完全不知道自己的女儿自从上次见面后便过着退休商务代表的生活。他甚至记不起她的模样。

他放开德妲的皮夹克，走进客厅，用土耳其语念念有词。

"像你顶着这样的蠢头，怎么会知道有没有被跟踪呢？"

德妲踏入公寓然后停住，她手中握住信封，等待。雷盖从客厅里呼唤她：

"过来！"

德妲不愿走入客厅。她只想送达信件并且离开。雷盖站在客厅中间，用枪柄搔搔额头。客厅里除了电视和沙发以外空无一物。他用枪指了指沙发。

"坐。"

德妲把信封递给他。

"这是给你的……"

雷盖拿枪贴着德妲的脸。

"我说坐下。"

德妲感到一阵恶心：在她短短人生中，经历过穷困与剥削，经历过跟牙买加人一起抽大麻，以及多年后再次见到手持武器的父亲。这一切让她难以承受，她的声音开始颤抖起来，"我只是来送这个信封……拜托……"

雷盖近前抓住德妲的耳朵，毕竟她没有头发能让人抓。剧痛让她不得不弯下腰，差点就痛倒在沙发上。这里无处可逃。雷盖放开了双手，她马上护住耳朵，仿佛想取得平衡似的。疼痛的感觉仿佛耳朵被摘掉了，但他做的其实就跟任何其他父亲捏孩子耳朵一样，他的叫骂声也像普通父亲一样：

"我叫你做什么，你就做。我叫你坐下，你就坐。我叫你站，你就站。你听着，听，仔细听清楚。把衣服脱掉。"

泪水迅速涌上德妲的眼眶，这次她用土耳其语大吼，让雷盖闭嘴。

"我是德妲。德妲，你的女儿啊！我是你的女儿啊！"

在那一秒钟，雷盖愣住了，四肢一阵麻痹，他用土耳其语怒斥：

"你他妈怎么会知道我妈妈的名字？"然后他给了德妲一拳，力道大得让她摔倒在沙发上，身躯蜷缩成一团，大口地呼吸，就像受伤的动物，濒死的小狗。她的脑袋一片空白。再一次，她又弄错了万花筒的方向。

"不要浪费时间哭。"雷盖说。"我反正要干你。你不就是为此而来吗？那个小鬼没跟你提吗？缇莫……"

她放弃说服父亲自己的真实身份。德妲大哭不止，"缇莫是谁？"

"自称黑缇的那个混蛋。"雷盖边笑边说。"我跟他要了女人，而他把你送来了。先把信封给我。"

她想，所以黑缇是知情的。他知道我杀了他妹妹。他把我送来这儿是为了报复。

德妲一直紧紧抓着信封，这时她才站起来，把信封丢到雷盖脸上，信封撞到他的肩膀掉到地上。雷盖露出笑容，他弯腰把信封捡起来，打开封口，取出一叠厚厚的钞票，仔细地算着张数，眼睛像点钞机的灯号一样闪烁。

"脱光。别再制造麻烦了！"

他拍了拍女儿的双乳，血红的双眼饥渴地流露出笑意，宛如血盆大口。

"还是你事先需要些什么？一剂破伤风吗？"

"爸。"德妲哀求着，"爸，你不记得我了吗？看在真主的分上……"

他再次看着她的双眼。

"你这怪物，好大胆子在真主面前说出这个名字！你瞧瞧自己，妈的！如果你的父母看见你这副模样，他们会羞愧而死！"

他揪着她穿过走廊，同时继续训斥她。他打开卧室的门把德妲扔到床上。

"窗边有些东西。你需要什么就用什么，我回来时你准备好就是了。"他在身后把门锁上，钥匙丢进口袋。然后他走回客厅，把枪塞回裤子口袋。接着他拿起电视机上的手机开始拨号。电话一接通他便开始吼叫。

"你这愚蠢的混账东西！竟然从街上捡了一个毒虫送来给我，你这烂货！你以为自己很厉害，可以帮我找女人是吗？而且你竟然替我找一个有精神病的婊子！而且还是个他妈的土耳其人！"

他吼到自己都累了，不得不暂停下来喘口气。黑缇逮到机会，迅速插嘴。

"我怎么知道？那女孩，她就是要去找你的……"

雷盖把电话砸在墙上，冲出客厅。终于，他开始认真思考整件事，以至在玄关被自己绊倒，又急急忙忙爬起来。

"德妲！"他边哭边猛力敲打卧室门，同时用另一只手从口袋捞出钥匙。开锁的时候，他的双手不停颤抖。

德妲一动也不动地躺在床上，手臂有紫色瘀青，上头挂着一支针管。雷盖冲过去摇晃她的肩膀。

"德妲！喔，德妲！"

德妲睁开眼睛，小声呢喃。雷盖靠到她唇边，听到他这辈子永远无法忘记的话：

"爸，你就尽情干我吧。"这些话飘入他的耳朵，在他脑中像一尾蛇缠绕。雷盖把女儿拥在怀中低泣，用力让她靠倚在自己的胸膛，自己瞪着天花板。他哭得快要喘不过气来，哭声频率跟审判日出现的杂音一样锥心刺骨。雷盖的哭声大到盖过英国特种部队和军情五处冲进他公寓时砸坏大门的声音。

　　警方把他从德妲身上拉开，从他的裤袋里搜出枪，在地板上给他戴上手铐，雷盖的尖叫声没有停止过。他一直在尖叫，但声音破碎：

　　"原谅我，喔，原谅我，拜托原谅我！"

　　军情五处只需要他用手机再拨一通电话便能确认他的位置。雷盖拨打了那通电话，只是为了大骂黑缇。

　　一名警官测了测德妲的脉搏，并叫来救护车。

　　雷盖被拖出公寓，他的声音仍在走廊上回荡：

　　"德妲！"

　　雷盖差点就干了自己的女儿，那个在出生后四天就被妻子沙妮耶抛弃的孩子。即使捂住耳朵，他依然听得到德妲在他耳畔说的那句话。他的眼前尽是她的光头与手臂上的紫色瘀青。监狱墙上的裂痕写满了那个句子。他在牢房里走动，她的鬼魂也时时跟随着他。他倾诉自己过去这一辈子，试图想要解释自己为了什么抛下她。他不断回到相同的那句话——"我没其他选择。"每说一次，他便向她请求原谅一次。但德妲的鬼魂从来不原谅他。那些话不断在他耳边盘旋：

　　"爸，你就尽情干我吧……"

　　他试着用床架的铁角割下自己的耳朵。

　　雷盖一逮到机会就上吊自杀了，身后只留下一行字在牢房的壁面上，清晰可见：

　　"愿真主保佑我们不受最糟的残害。"

这是他在世上唯一值得铭谢的事。至少他没有奸淫自己的女儿，这样就够了。因此，在离开人世时，他的双眼平静地合上。对于此事，他的心中充满感激。

昏迷了三天后，德妲在圣玛丽医院的加护病房醒来。她往上看着床边铁钩上挂着的药瓶，看着药水像沙漏里的沙般往下滴。

她以为身边没人，直到一名护士弯下腰，轻轻叫唤她的名字。德妲抬起头，看见一名丰满的红发女人正在对她微笑。

"小姑娘醒啦？早啊。"她说完，指了指摇晃的绳子尾端的一个按钮，就在德妲无法动弹的手臂附近：

"如果你需要什么，按一下这个钮就行了。我去找医生过来。你别乱跑。"

德妲继续望着"沙漏"，开始计算滴落的药滴，脑袋一片空白。护士再次出现时，身边跟着一名年轻男人，男人的手上抓着一个写字板。

"觉得如何呀？"他笑着问。

"大概还好吧。"

医师把写字板交给护士，从上衣口袋拿出一支笔形电筒检查德妲的眼睛。

"你说'大概'，不过我倒觉得你状况很好。你记得发生什么事吗？"

"大概是我搞砸了吧……"

"的确可以这么说。"医师笑着说。

"好，你记得自己用了什么吗？"

"海洛因……"

"不，你注射了大量可卡因，分量大到足够让你昏迷三天。但你运气好，你的心脏两度停止跳动，你理解我说的吗？"

他翻阅他的病历资料：

"德妲，这名字很好听。你是哪儿人？"

"土耳其。"

"很好……听着，等一下警察会来问你一些问题，好吗？"

德妲点点头。

"好，我晚点再过来。"他说完一边转身离开，但又忽然站住笑了起来。

"对了！没错！费特希耶①！我去年暑假去了那儿一趟。真是美丽的国家，你可真是个幸运的女孩。"

两名军情五处警官站在病床两侧，一人往上仰看着，说：

"听着，我们唯一的要求是请你上法庭作证。仅止于此，没别的。我们不会调查你的私人生活，而且我们会尽力让你留在英国。或许你没意识，但你现在是非法居留。你只要把你知道的事告诉法官就行了。"

"可是我什么都不知道啊。"德妲说。

"但你知道贝吉，是吧？"警官问道。"带你来到这里却把你锁在公寓里的人。"

"知道……"她轻声回答。

"那就好，你只要说明在那个屋子里发生了什么事。当然还有你父亲的事，我们也需要你谈谈这部分。"

---

① 费特希耶（Fethiye）：土耳其著名旅行目的地，在夏季尤其受欢迎。过去十年间，费特希耶磁石般吸引着英国游客，除了气候和自然美景，便宜的消费和当地人的热情好客都吸引着英国观光客前往度假。二〇〇七年，《泰晤士报》和《卫报》票选该镇为"世界最佳旅行目的地"。目前超过七千名英国公民长期定居在费特希耶，每年夏天约有六十万英国游客游览该镇。

"但我只见过他一次。"德妲说。她的声音比刚才大了一些。

"德妲,我们来这里是为了抓到所有在你来到伦敦之后伤害过你的人。"

谎言连篇。过去五年间,从杜拉汉兄弟到吉多·阿卡的所有人都被他们追踪,从教团领袖赫多·阿里夫到贝吉的踢拳会员。而且如果他们能自己决定,他们会通过土耳其把谢赫嘉孜本人从他客居的地方引渡到伦敦接受审判。不过,伦敦总部的人目前暂时忙于这次戏剧性的新案子。有什么会比一个年轻女子十一岁被迫离开土耳其家乡却不断遭遇磨难更有戏剧性呢?一个最终落得跟一个伦敦虐待狂同居又替毒虫工作的女孩。而且一开始全是她父亲一手安排的。德妲现在成了位于伦敦的土耳其地下世界的插销。法庭上的说法是,她与伦敦毒枭合作的伊斯兰极端派系有所关联。透过这样的说法,警方希望可以一石多鸟。所有相关人士都被列入嫌疑犯名单上,他们的银行账户也遭到搜查,其中有几名要判终身监禁。为了达到这个目的,军情五处的干员詹姆斯·邦德做了真正的詹姆斯·邦德本人绝不会做的事:欺骗一个十六岁大的女孩。而德妲毫不怀疑地全盘相信了。

德妲先被送至布莱顿①的一间私人戒毒所。疗程五周之后,军情五处的人把她带回伦敦。皇庭大楼(Queens Court)——在多数国家称为最高法院——恰如其名地展现出诱惑感,它被一层霭霭白雪所覆盖。德妲很快发现,尽管这个建筑有许多名字,却仍不减其魅力。

在历史悠久的建筑中,德妲走入充满过去的法庭,站到法官的面前。她的身份受到证人计划的严密保护,如此,赫多·阿里夫永远不会知道是谁在法律之前作证控诉他的罪行。

"他们在土耳其的一个村庄替我拍了照,寄给在伦敦的赫多·阿里夫。

---

① 布莱顿(Brighton):英格兰东南部东萨塞克斯郡的海滨市镇。

他负责挑选女孩,他挑中了我。他也挑选了我必须嫁的人。这全是拉西梅告诉我的,你知道,那个从塔桥跳下去的女人……"

德妲很乐意尽其所能地将记忆全盘托出。她连黑缇的事情也说了。

"我向他购买海洛因,他是野狼战士成员,总是跟库尔德人有冲突。他在雷盖,我父亲手下做事,还说他想成为牙买加人。"

他们不太关心牙买加人这件事。但无论他们想不想听,德妲只管喋喋不休地把记忆里的点点滴滴全部说出来,甚至谈及维资尔在公寓十一楼上宗教课时唾沫横飞的景象。不过她绝口不提史蒂芬、史丹利或米奇。说来奇怪,只是隐约感觉他们是解救她的功臣。其实,她对史丹利充满厌恶,却又不足以送他入监服刑。在她眼中,他已经过着被海洛因囚禁的日子了。她想得没错,接下来六年中,他被毒瘾筑起的高墙拘禁,整日面对街头生活的残酷。父亲死后,史丹利回到终于属于他的老房子,不久便因过量注射海洛因而身亡,他身边的高墙也就此轰然倒塌。史蒂芬入土时仍穿着罩袍,这在遗嘱里有明确指示。只有米奇最终改变了自己的命运,先是回到加州老家与一名男子结婚[①]很快又离婚,后来遇见了现任妻子,婚后两人以拍摄纪录片为业,作品多半追溯他旅居他国时穆斯林遭遇的困境。米奇曾在领奖时说:

"我不知道她现在人在哪里,但有一名穆斯林女孩一直是我的灵感来源,我对她深怀感激。"

丝毫没顾及以后可能招致的恶名,德妲不小心在作证时提到了米奇的一部电影,只是因为内容过于古怪荒诞,法官将之归咎于多年重度用药所造成的幻想。由于没人相信她的故事,德妲于是换了话题。忆及五十二名

---

① 同性婚姻在美国加州合法。

剑桥学生的事件时，法官只说："不用讲这些，别说了。"此时已近午餐时间，德妲终于明白，这些人永远不会相信她的故事。

被问及有没有任何补充事项时，德妲提起父亲。

"他恐怕已经不在人世。他自杀了。"

她带着浅浅的微笑说："母亲总是说，'他们总有一天会杀了他的，这是真主的旨意。'我现在终于可以跟她说，她的梦想成真了。"

布莱顿戒毒中心到市中心有十站路。主大楼矗立在青翠的绿草地上，绿地面积占地甚广，几乎跟以前去过的寄宿学校校园一样宽阔。戒毒中心叫做"希望"。

德妲读着花园闸门上的标识名称，想起世界上满怀希望生活着的人们。德妲心想，那些路过戒毒中心大门的人，就算一天只经过一次，只要看到这个字也感到心情愉悦吧。她微笑了起来，但笑容很短暂，下次出现，已经是康复计划的第十二周了。

海洛因成瘾者的治疗计划长达八十五天。这个痛苦的旅程主要是把上瘾者限制在同一处所，等待体内毒素彻底排除干净。一名成瘾者完全康复需要三个人协助：能使用中度镇静剂协助病患对抗身体痛楚的心理医师，协助病患重建心灵平静的治疗师，以及在病患身边如影随形提供成瘾者所需支持以免他或她自杀或伤害他人的护士或陪护。

在戒毒中心，心理医师跟治疗师合作照顾十二名病患，陪护的数量则根据季节有所改变。瘾君子多半在秋季入住。因状况所迫，毒虫在夏天多半会露宿街头，他们唯一的顾虑是嘴唇会在太阳西下时干涸。当天气转凉，他们才会拖着身躯走进戒毒中心，在第一场秋雨前安顿妥当。

戒毒中心的陪护与戒毒中的瘾君子人数相当，而且全是义工。志愿无偿从事这项工作的人，不是想替自己赎罪，就是认为自己已获赦免。跟海洛因成瘾者共度十二周需要超人的毅力。治疗过程中，戒毒人休息，陪护才能休息。所谓超人的毅力表示，必须跟紧另一个人，像空气般黏在对方身旁。陪伴者跟戒毒人并肩走动时宛如空气，他们永远随伺在侧，从不出口怨责。他们要确保戒毒人性命无虞，在她跌倒时扶她，替她擦眼泪，即使对方满口脏话也不能放在心上。陪护必须在戒毒人捶桌时握住他的手腕，在他口涎流淌或胡言乱语时面露一贯的微笑替他拭净下巴。若戒毒人威胁陪护的性命，除了等待医院两名院长的其中一人介入外，他们什么也不能做。他们的工作繁重，且必须无所不在。跟空气一模一样。"希望"的行政人员称他们为"圣者"，这样形容简单明了——戒毒成功后对这些多半是退休护士的女士们说"你真像空气"，绝对会让她们心碎的。

　　安，德妲的陪护。她上次照顾戒毒人已经是四年前的事了，离开"希望"后，她想都没想过要再回来。可德妲突然出现，人手不足，"希望"不得不向安求援，她断然回绝，说自己尽管只有五十三岁，但心力交瘁无法再承受这份工作，并立刻挂了电话。她瞪着话机长达四分钟，思考过去的四年，然后回电给"希望"，询问戒毒人目前进展到第几周。她对自己承诺，若戒毒人还在第一周，她就拒绝。第一周是最痛苦，眼看着戒毒人关在房间里痛苦地撑过第一周并且得不断地造访医师，就像世界末日。但戒毒所表示，戒毒人已经进入第二周。她无法回绝，安表示翌日前往报到。隔天，她果然如期出现，甚至提前到达。德妲已经熬过急性停药的折磨，只是两眼空洞地望向前方，安则微笑回应她。安是退而不休的最佳证明，永远不会放弃义工的工作。

　　"你好，我是安。接下来的十二周我会陪伴你。你名字是？"
　　"滚开！"德妲头也没抬。

乐见对方至少有所回应，安说："好，但是我不会走远。现在开始，我是你的监护人，所以我会留在这里。如果你需要什么，只要抬头就能找到我。"她往后退两步，站定。这是她在中心多年总结出来的策略，一个能把戒毒人心里仅存的人性诱发出来的策略，目的是希望这点人性会让彼此碰撞出火花。

德妲坐在公园长凳上啃指甲，安就站在两公尺外，双手交叉在腹部，直挺挺地站在草地上，姿势像个站哨的哨兵。过去，她曾以同样的姿势站立长达四个小时，她称之为"邀约之姿"。维持这个姿势的时间里（当护士时她也常这么无止境地站着做事），她常常抛下肉体之躯，任思绪飘逸，回忆自己做护士的那段时光。就这么云游了好一会儿，很快发现德妲的人性胜出了，仅仅十分钟。德妲无法忍受安用这样不舒服的姿势站在她旁边，她招呼说：

"德妲，我叫德妲。过来坐下吧，别站在那里了。"

"谢谢。"安微笑坐了下来。接着是她向所有戒毒人提出的第一个问题。她在一本小册子里记下所有的答案，尽一切努力更了解他们。

"可以跟我谈谈你使用海洛因的历史吗？"

德妲转身反问：

"为什么？你也想试试？"

安笑了。

"喔，没有，我只是在想那是什么感觉。"

德妲站起身来快步离开，安紧跟在后。一百步后，德妲停下脚步，靠近安身边耳语：

"你看过烟火吧？"

安又靠近些，说：

"当然。"

"像烟火这样绽放。"德妲伸出手,把手指往外展开。

"我知道,五彩缤纷,我也好喜欢看烟火。"安说。

"吸了海洛因就是那样……"

安打断她的话:

"所以吸了海洛因你会看到烟火?"

"不。"德妲接过了话,"你自己就是烟火!"

安已经好久没听到有人会这么栩栩如生地形容一种感受。稍后,她将这段话记录在笔记本里。她永远都没忘记这样的形容,这个无比动人的比喻。

"好美的说法,你知道吗,你该去当个作家。"

"哈,对噢!"德妲语带讥讽地回应,脸上一副爱笑不笑的表情。

"为什么不?书写只不过是另一种表达方式,你目前还在学吗?"

"没有。"

"你想上学吗?"

德妲想起娅特贾的翡西梅。

"大概吧,我不知道。"

德妲转身看着安。

"我看过你的档案,你还年轻,相信我,你想做什么都可以。你的大半人生都还在前面。"

德妲思考了一会儿,安也是。德妲接着开口,安则静静地倾听。

"我已经死了。你懂吗?死了!我只不过是还没被埋起来,如此而已。"

安笑了。

"对死掉的人来说,你似乎用掉太多空气了。"

德妲不发一语,她觉得这个女人无法了解她身上发生过的那些事,所以她走开了。她觉得昏昏沉沉,戒毒所最近开始使用新的纳曲酮①疗法。她回头发问:"你的名字怎么拼?"安知道戒毒人有时候会忽然改变话题,便毫不迟疑地拼出自己的名字。德妲也迅速回应:

"我的母语中,'母亲'也是这么拼的。""我知道。"安回答。

"你怎么知道的?"话音刚落,她顿感一阵不适,早餐唯一吃进肚子里的一点草莓优格从她嘴边流下来。她正在服用纳曲酮,副作用包括视觉受损、晕眩、倦怠与恶心。德妲几乎无法消化任何食物,就连自己的胃酸都压不下去。药物把她的身体清洗干净,也把她曾遭遇过的那些折磨及生理痛楚全都冲刷掉。

法庭上最后一次作证之后,德妲返回希望戒毒所,开始第十周的疗程。她偶尔会出席集体治疗,从不与人互动。她尽可能避免参与讨论,总是如坐针毡地等待结束,因为心里觉得自己无话可说。反正,现场也没有人能够理解她。她觉得只有安,只有安懂她,尽管只懂一点点。安能理解她内心的折磨,她的悔恨,了解她有多么厌恶生命多么想死,就像安也曾在自己的人生中有过同样的感受。安能够用准确的字眼让德妲的表达变得完整。德妲已经那么多年没有真正爱过谁,她无法解释自己对安的感觉,她爱安,却不明所以。

安早就接受这个事实:她不可能想象出德妲遭遇到的苦难及其带来的巨大负荷。她从德妲身上看到一股缓慢流动的瀑布,安只想在瀑布底下冲洗下自己疲惫的双手,而这对她来说,是爱。

---

① 纳曲酮(Naltrexone):环丙甲羟二羟吗啡酮,一种麻醉性拮抗药剂。

"看到那棵树了吗？"安指着一棵百年梧桐，树根从地底往上窜。她停了一秒，然后笑道，"看起来真像是喇叭裤的裤管。"德妲差点就笑了出来，但她迅速忍住了。在她内心晦暗的深处浮游着一股忧惧，她担心一旦流露出正面情绪，自己会遭受惩罚。她担心安离开后，自己会受惩。她担心自己一旦痊愈，安就会消失。因此，她只是点点头。安注意到德妲异常沉默，于是勾着德妲的手臂，小声说：

"你知道吗？我对你的头发一直很好奇。"

德妲用手摸了摸头。

"会想念你的头发吗？"安问。

"我不知道，我害怕头发。"

两人沉默了好一会儿，安确认了自己对这个女孩的爱，就像她确认了自己即将提议的事：

"你知道我们该怎么做吗？我们应该现在去你的房间，然后把我的头发也剪掉。你也是。我们俩都把头给剃光。"

"你疯啦？"德妲说。

"当然没有。"安笑着回答。"头发会再长，但这次你要把头发留长。我们一起，好吗？"

"我知道这个伎俩！"德妲说。"这跟我们刚见面时，你故意站在我旁边等待一样，你只是想要诱发我的同情心。"

"不是的，亲爱的孩子，绝不是那样。而且那也不是什么伎俩。无论如何，你觉得好不好？想不想从光头晋升为嬉皮呢？"

德妲觉得自己仿佛回到了十岁的时候，只想着自己和自己是否快乐。她想：如果安也把头发剪掉，她在我头发长出来前就无法离开我了，所以我不会被她抛下。

"就这么说定了！走吧。你准备好了？"

安装出害怕的表情，假装惊讶得用手捂住嘴，"喔，不……"

"来不及了。"德妲边说边抓住安头上的一撮金发，大声地喊，"全部剪光！"

当希望戒毒所的所有人——治疗师、心理医师、两个壮硕的保安、厨房里的三位女工、四个清洁妇和每月都来检查戒毒所的六名董事会成员——见到"圣者"安剃了光头，他们都以为她在多年尽心服务后终于失去了理智。但当她跟德妲并肩走在花园里，她的眼神充满笑意，表明她绝对没有发疯。她们俩甚至对于顶上无毛有种诡异的骄傲感，她们互相揉搓对方的光头，像两个被白血病之苦困扰的病童，共度化疗过程却不惧死亡。两天后，一名治疗师从市区带了几副墨镜回来。安带上她的那副，再把另一副交给德妲说，"我们可以拍照寄给杂志社了，我们看起来很性感呢！"

第十二周的第五天，她们静静地坐着，背靠着其中一棵"喇叭裤管树"。

"注意到了吗？"安问。

"注意到什么？"

"你比从前坚强多了。我看过许多人，跟你状况差不多，却永远没办法做出你现在能做的事情。你是我在这里见过最勇敢的人。你知道，这在你回到现实生活时将代表什么吗？"

"我不知道。"德妲说，她的手上下抚摸着头顶树枝上伸出的黑刺。

"我知道。跟我说说，你离开这儿后计划做些什么？"

德妲在法庭上的证词比军情五处干员期待的内容还多，这也对法官起了戏剧性的效果。他给德妲的不是居留证，而是永久公民权。她将以一名英国籍女性的身份继续接下来的人生。可惜军情五处太早行动。在七个月的审判过程中，仅仅九名野狼战士的成员（全是青少年，包括黑缇在内）以及少数贝吉旗下的踢拳选手被定罪。原定从土耳其引渡吉多·阿卡的计划因为他逃到伊朗而作罢。至于赫多·阿里夫则注定要让世人知道他被控诉的罪行，每次电视访问，他总会重复一样的台词：

"这个虚假的审判跟我毫无关系。这是对于所有伊斯兰追随者的攻击行为，而且终将失败。"

杜拉汉兄弟则计划将西敏寺的基地转移到都柏林去，忙着谈条件，但发现英国人想逮捕他们的赫多·阿里夫，就又跟英国人谈了另一套条件。可惜，赫多·阿里夫的办公室不久后遭到袭击，赫多·阿里夫躲到玻璃地球仪后面，中了八枪，但还是挺了过来。他相信碎裂的地球仪里面那块灰色的神圣黑石救了他的性命。三年后，他心脏病发死亡，当时他趴在一名十三岁女孩的身上，女孩的照片美得令人难以抗拒。而他本来计划三天之后宣布自己为新的先知。

杜拉汉兄弟为操纵爱尔兰政治尽了一切努力，一旦所有努力均告徒劳，他们便开始内斗，连最低阶的步兵也在彼此猜忌。其中一名兄弟遭到新兴的爱尔兰解放军部队枪击，因为他刚获得两千支格洛克手枪。他没死，只是他的头颅得终生带着一颗子弹度过，这颗子弹使他无法记起自己的名字，无法站立，无法移动手指或眨眼。

因而整个案件最好的结果是德妲获得了英国公民身份。许多国家，包括美国在内，都认为公民身份可以通过网络上的乐透活动来发放。其实，以那种像送礼般的方式给出的身份从来就不是真正快乐的来源。你能从不知为何要滞留在英国的移民脸上看出这一点，也能从多数美国人听闻自己无法逃离的悲惨生活居然在网络上被当成大奖送出时显露的惊讶表情中看出端倪。

发现德妲沉默不语的安问：
"离开后你要做什么？"
德妲回答的口气里带着爱意的羞涩：
"我会很想你。"
"还有其他的吗？"
"我会找到你住的地方。"
"然后？"
"我要睡在你的花园里。"
"然后？"
"不，我就只是站在那里。我要站在你门口，头低低的，双手交叉，像是一个无助的孩子。"
"好吧，然后呢？"
"然后你忍受不了，会让我进门。"
"好，那你说，你要像那样在门外等多久？"
"你忍心让我等多久？"

安点了点头，双眼满是泪水。她把手放在德妲的肩膀上。
"我们要一起完成这件事。"说完便抱住了德妲。

两人落下泪水。于是，安得到一个女儿，德妲则得到一个母亲。就在这个时刻，沙妮耶的心脏忽然感觉一阵刺痛，她不知所以，只当是自己照顾牲畜太辛劳，是料理那些家务跟牲畜造成的。

德姐的脸被安捧在两手之间，她露出了十二个星期来的第一枚微笑。

德姐穿好衣服，走出房间，终于甩脱了海洛因的魔掌。这是待在希望戒毒所的最后一天，她沿着楼梯往一楼走去，踏出前往正确方向的第一步。沿着回旋阶梯向下走时，德姐见到下方的人群。她觉得自己就像一个神秘而美丽的女孩，受邀前来参加舞会却迟到了，他们都以傲慢的目光看着她。尽管戒毒人的眼神充满妒意，医师与治疗师的眼里却闪烁着几许无助感。他们看过无数盛大的欢送场面，也见过无数戒毒人在完成第一周疗程后便跌回原来的生活。不过，希望总能战胜一切，所以他们现在依然要庆祝，他们带着微笑祝福德姐。有些人拍拍她的背，有些人则拥抱她。当然，当初若不是化学家莱特①企图开发新的止痛药而将数种酸性物质加入吗啡之中并意外发明了海洛因，那大家就不会在此相遇了。那时还没有这个叫"希望"的地方。然而，海洛因还是出现了，而且无法抹去。若有人能乘时光机返回过去，阻止莱特进行他的实验那该多好。发现药物的过程并不艰辛：当时在一八七四年的伦敦圣玛丽医院。德姐就是在这里两度死而复生，海洛因在这医院的三楼被发明，现在，每年有七千位海洛因成瘾患者被送到二楼，躺在病床上跟死神拔河。

---

① 莱特（C. R Wright）：一八七四年，任职伦敦圣玛丽医院的化学家莱特首次合成海洛因。他将吗啡与醋酸酐（Acetic Anhydride）加热，得到二乙醯吗啡。该化合物之后被送到英国曼城欧文斯学院（Owens College）进行研究。该学院把海洛因注射到犬类及白兔体内，实验动物出现惊恐、嗜睡、瞳孔放大、流大量口水、呕吐、呼吸加速然后减缓等迹象，莱特就此终止对该药物的研究。

身穿白色制服、手拿满布裂痕的皮包并戴着墨镜的安在花园等待德妲。看见她走出来,安一展笑颜并对她挥了挥手。这不是告别。德妲往前走了十步,安也往前踏出一步。她们在身体接触到彼此时才停了下来。德妲从口袋里取出墨镜戴上,这对"蓝调姊妹"① 经过前门上的希望标志,迈大步走了出去。

一辆灰色喜悦②停在前门五十尺外,两名军情五处干员目送着德妲和安一起坐进出租车。

其中一人问,"现在怎么办?"

"静观其变。"另一人回答。

坐在后座的年轻金发女子把头靠向前座两人,说:

"爸,要是她指控我们该怎么办?你知道,她在法庭上的确提到了我们。要是她再来一遍该怎么办呢?"

司机的视线紧盯大门上的希望标志,他回答:

"别担心,这个案子已经结案了。"

司机一直盯着那个希望标志,或许因为这个他才会如此乐观。一切不都是从希望开始的吗?思考着德妲在法庭上所说的话,干员本以为可以破获一个儿童色情组织。他跑到考文特花园那个五十二名男性与一名女性共同拍摄影片的地址,在公寓里找到一台摄影机以及掌镜的眼镜男。看影片时,他以为自己心脏停跳了,就像心脏被用力砸到门上似的。他的儿子,自己加班工作来替他负担剑桥学费的儿子,居然是侵犯德妲那五十二名男孩里的第一位。无论儿子怎么坚持他们不知她的年纪,身为父亲永远无法

---

① 蓝调姊妹(Blues Sisters):知名女子乐队,成员全为女性,出场总是全员戴着墨镜。
② 灰色喜悦(SEAT):西班牙汽车品牌,二〇〇三年纳入福斯集团旗下。

原谅此事，他甚至考虑过要展开法律行动制裁自己的骨肉。

　　但在第一次检查犯罪现场的当天，他跟他的搭档摧毁了摄影机和记忆卡。他们制止了德妲在审判期间对这件事陈述过多。但疑忧未除：他们不知道掌镜男还有个多管闲事的弟弟，他已经从记忆卡复制了该影片并电邮给了所有朋友。军情五处干员后来才听闻此事，这时离儿子和五十一名同学的毕业日只剩一周了，这个丑闻使他们被迫离开学校。整件事情在那个弟弟把影片带到剑桥校园跟一些一年级学生分享时被揭发出来。他被校园警卫抓到，一名行径激烈的女权主义教授拒绝让这个丑闻被压下来，而学校当局则努力防止整个事件传遍校园各角落。幸好，丑闻终告一段落，最后的决议是："我们不会开除你们的学籍，但你们必须自行休学。"因此，该年度经济系毕业典礼的出席人数比预期要少了许多。

　　不过，目前来说，干员坐在自己的灰色喜悦里，眼望着大门上的希望标志，显然心情相当不错。我们都太容易被表面迷惑，再没有什么会比弹性面对生活更重要了。

　　最终，军情五处并不只是离开德妲的生活，他们根本就是逃走了。

　　她们抵达了安在北伦敦纽伯里公园的一层楼屋子。

　　"我们到了。"安说，"这是我家。"

　　房子正面的窗子又大又亮，让明媚的阳光洒进屋内。窗帘和前门都是白色的。低矮的尖桩篱栅从后门延伸到人行道，围住后院。房子的建筑风格很简朴，像是被放大数千倍的娃娃屋。德妲深深着迷。不是因为这个房子在哪方面显露了奢华，而是因为这是她首次踏入一个真正的家。

　　她们走进屋，打开窗，呼吸新鲜的空气。屋内有三个卧室跟一个客厅，安牵着德妲的手带她走进一间小卧室。

"这是你的。"

里头有张单人床跟一个小衣柜。德妲转身抱住安。

"谢谢。"她轻声说道。

安和德妲一起坐在后院的躺椅上，在夕阳下喝茶。

"我亲爱的孩子。"安说。"你说说，你想什么时候开始上学？"

德妲把手上的茶放在矮桌上，取下脸上的墨镜，搓了搓下巴说，"我想我先休息十年再来想这件事吧。"十年飞也似的过去了。

爱丁堡大学的大花园人满为患。大家来到这里庆祝英国文学系的毕业典礼，英文系已经有两百多年历史了，成立之初是世上第一个大学等级的英国文学系所。在这栋历史性建筑的走廊上有块巨大的铜板，上头刻了一千多个名字。每个学年结束，该年毕业班的前五名毕业生姓名便能荣登这块铜板。以安的姓氏作为自己的姓，德妲现在成了该名单上最后一个名字。

十八岁生日那天，德妲收到一份官方文件。了解文件内容后，她忍不住放声大哭，泪水把收养文件上的签名弄糊了。签了名后，她便正式脱离沙妮耶，即将跟新母亲展开新的生活。法庭确认信在三个月后寄来。德妲再次庆祝了自己的十八岁，这次蛋糕上有两支蜡烛。对安来说，德妲是在戒毒所出生的，沙妮耶的女儿或许已经十八岁，但作为安的女儿她才两岁。很快，两岁大的德妲即将站到讲台发表演说，她是该年前五名学生中成就最高的。安坐在她旁边，调整她的黑色长发。

"你让我好骄傲。"安说。

"如果我告诉你我的论文题目，不知你是不是还会这么骄傲？"德妲笑着回应。

"能有多糟?"安问她。

"《唐纳蒂安·阿尔丰斯·弗朗索瓦①对英国文学的影响》。"

"那是谁?"

"萨德侯爵!"

---

① 唐纳蒂安·阿尔丰斯·弗朗索瓦(Donatien Alphonse Francois):法国贵族,一系列色情和哲学书籍的作者,因色情幻想写作和由此导致的社会丑闻而出名。鉴于作品中涉及大量性虐待情节,弗朗索瓦被认为是变态文学的创始者。以他姓氏命名的"萨德主义(Sadism)"是性虐待的另一个称呼,后与同以被虐心理著称的奥地利作家马索赫(Masoch)齐名,萨德主义(Sadism)与马索赫主义(Masochism)合称为"SM",即是现今"性虐待"的代名词。

德达

DERDA

"德达？"艾沙问。

"我爸有个朋友叫这个名字。"

"所以呢？什么意思？"

"我怎么知道？"

"你问你爸啊。"

"他被关了。"德达一边回答一边站起身,把身上的灰尘拍掉。艾沙兴奋到忘记本来在做的事。

"他干了什么？"他继续追问。

"他杀了他的朋友。"

但艾沙没听进去,只是眼神空洞地瞪着德达。两人听见车子的声音,双双转向声音的来源,然后看了看彼此。艾沙跳起身跑了起来,德达紧跟在后。但德达对墓园没那么熟悉,很快就跟丢了。他沿墓园的小路四处乱走,先抵达广场的接水池,赢了这场竞赛,艾沙对此无可奈何。他是新来的,对输了这场赛跑感到羞愧。艾沙只能坐在一旁看着德达把塑料水桶装满水,走近停好的推车旁。

德达从没见过这些人,但他很熟悉他们驻足的这个坟墓。大部分小费都是在这里拿到的。几乎每天有人来坟前诵读《古兰经》,读完毕,他们一定会留点东西给他。果然,有个人在坟前诵读《古兰经》,一位老人。他穿着长袍,跟其他人一样。但这次他带来一个年纪跟德达相当的女孩。她以前来过这里吗？德达想。他不认识她。他走到老人面前，高举水桶。

"叔叔，需要我在坟上倒水吗？"

他已经习以为常，这恐怕是他第一千次听到这样的声音。诵读者轻声快速的声音中明显透着悲伤，德达懂这种语言，也更明白自己必须坚持。坚持是必要条件，要从这种人手中得到钱的先决条件就是坚持。他耐心等着，眼睛都不眨一下。老人终于以些微的声音变化给了他等待已久的答案。德达冲到坟头，跟在拔杂草的小女孩身后，往地上倒水。他们沿着坟头移步，等到他填满坟前的水盆，女孩把沾满泥土的手伸了过来。德达看着水从桶子里流出来淋在女孩的手上。"谢谢。"她说。，听起来更像呢喃。德达还想说些什么，但刚要开口，他的腿被扫飞，重重摔在坟墓旁的路边土堆上。

尘土落下，他见到一个巨人般壮硕的男人从上方俯视着他。我做了什么？他想大喊，但忍住了。他从口袋里抽出刀，想刺入巨人的膝盖，但他没动。老人咆哮了两句，巨人便从口袋里取出一些零钱。钱对巨人来说毫无意义，对德达却是及时雨，他已经整整一天没有进食了。但他知道，蓄胡的巨人是什么也不会给他的，特别是因为那个女孩。转身离开时，他看见女孩的脸，像要对他说些什么，几乎像是乞求他解救似的。或许这只是德达饿过头才有的幻想。

艾沙远远见证了整件事情的过程，他跑向德达。他跑输了，也错失了客户，所以他想报复。

"你做错了。"

"什么？"

"你不该那么靠近那个女孩，那些人不喜欢这样。"

"让他们去死吧！"德达说。

他迅速离开,越走越快,走到墓园的深处,直直走入树丛越来越深的林荫下。艾沙跟在后头大喊:

"你要去哪里?"

德达停下脚步,回头看看。"回家。"他说。"你也该回去。没人会这么晚来这里,没必要再这样等下去。"

艾沙在原处站了几秒,望着德达的背影在黑暗中消失。他一只手塞进口袋,另一只手抓着空桶走出墓园大门,水桶一路撞击着他的膝盖。至于德达,则沿着走在墙边的阴影里,他的家就在这堵墙的另一面。墙的一面是他家,另一面是墓园。这是他父亲的理想。"这样比较好盖。"他说,"已经有一面墙盖好了,我们只要再盖三面加一片屋顶就够了。一个甜蜜的家。"母亲尽一切努力阻止此事,但父亲仍希望将其仅有的资产发挥到极致。有些人把这种房子称作寮屋①——夜间自建的违法住宅,但母亲一直嚷嚷这房子"活像口棺材"。她在这幢屋子里一直被禁锢到癌症过世的那一天,也就是昨天。她只是二十万名眼癌患者中的一个,或许就是每天瞪着这面墙瞪出来的。癌症让她忘了怎么好好凝望,忘了自己的名字,甚至忘了怎么缓缓呼吸。她唯一没忘记的是怎么说这幢房子"活像口棺材"。即便在她瞎了以后,只要一摸到石墙的纹路,就像亲眼见到这道墙似的。

她死在自己的地垫上,德达随侍在侧。她把自己的孩子叫到身边后才咽下最后一口气,"过来",德达靠了过去,然后她就咽气了,仿佛在说"过来瞧瞧人是怎么死去的"。德达不得不目睹死亡的经过,还哭了好一会儿,但他很快振作起来。他想跑去隔壁邻居家用力砸门,直到把门板砸坏为止。可他刚跨出一步就停了下来,他想起费孜——从孤儿院逃出来的费

---

① 寮屋(gecekondu):土耳其语里意为"一夜搭建而成",泛指违法建造的木屋群落。

孜。费孜一逃出孤儿院就开始在墓园里讨生活。"不要告诉别人，但……"他还记得故事开头。"你要知道，那可是十个人一起搞一个人，还说这事没结束，他们还要再干一次，我吓得再没进过厕所只能在衣柜后面藏几个袋子，半夜就在袋子里拉屎。"陈述者是这样脆弱、怯懦，恐怖故事也就说到这里结束了。德达自忖，"要是……要是他们发现母亲死了会怎么做？也一定会把我送进孤儿院吧。"父亲正坐监服刑，与其坐着担惊受怕，德达反而很快就有了计划。反正，没有人知道母亲过世，况且也没必要让谁知道。我可以把她带到墓园埋葬！要是屋子的地板没有铺水泥，他甚至可以就地处理，在家里埋了母亲。但这个巨大的埋尸坑可不是只靠一把铲子就能处理的。

他抓紧墙面一个约莫手掌大小的凹洞，攀上墙，跳到墙的另一侧，然后沿墙面往前走，一路拨开无花果树盘绕的枝条，拐过转角，来到自家门前，再从口袋里取出钥匙。他正想将钥匙插入门锁，却猛然嗅到一股令人作呕的臭味。开门后，他才发现臭味的源头就在眼前——母亲的遗体正在腐烂。他必须赶紧想法子将尸体弄到墙的另一边，且事不宜迟，要迅速地埋入他能找到的第一片松土之下。不过，德达母亲的体重足足是他的两倍，即便此刻正在腐烂，八十公斤还是八十公斤，单是将她从垫子上滚到地面，就得耗费好大一番工夫。昨晚，他把母亲推到地板上，自己溜到她床上睡。他没哭太久，毕竟母亲已经卧病八个月，期间没有上过医院，没有见过医生。她是在他眼前慢慢死去的，德达早已习以为常。母亲生前几次都要他做好准备，"一旦我发生什么事，你叫邻居来帮忙，"她说。"他们没一个好东西，但还是得跟他们说，他们也该跟你爸说，让他知道这件事，然后就叫他们把我葬在这附近，不用把我送回村里了。还有啊，跟他们说，我希望真主诅咒他们所有人！"

　　丈夫入监后，没有谁来探望过他们。即便知道她卧病，他们仍不愿意走个二十步过来探望。德达在墓园攒钱，实在无法支应所有的生活，但刚好够他们活下来。换句话说，他们被遗弃了。他们只剩自己，只能自己求生。"全是你爸的错，"母亲这么说，"因为他，大家都不正眼瞧我们！"生病前，母亲在市场卖茴萝。墓园守卫——亚辛——从亲戚那儿弄来茴萝给母亲营生，之后，亲戚开始"要女人不要钱"，她便放弃茴萝，同时也放弃了生意。德达的父亲服刑六年了，正如德达对艾沙提到的，父亲的罪行是杀了自己的挚友，自己的手足：阿拉伯人德达。一开始，他俩在斗鸡场相遇，两人在同一只公鸡身上下注，遗憾的这只公鸡的表现不佳。他们对于输掉了口袋里仅剩的库鲁①感到十分愤怒，两人同时决定要杀了那只胜利的公鸡和它的主人。两人都躲在暗处守候，就在举办斗鸡的仓库后方，无视彼此，一个等在左侧转角，另一人等在右侧。公鸡的主人带着胜利的公鸡从仓库后门离开，登上货车。两人同时扑到他身上。一团混乱中，对方逃脱了，他俩的刀子却同时刺入彼此的大腿。刀子刺得并不太深，但两人醉得很厉害，双双倒地不起。等饲主带着公鸡逃走，他俩才从地上爬起来，想要弄清楚发生了什么事。当他们发现没什么事需要弄清楚时，就都笑了起来，然后彼此倚靠，把对方当成拐杖，相携着去喝酒。医院无法赊账，但阿拉伯人德达却知道一间能将赊欠的酒账记于簿册，然后继续送上拉克酒②的小酒馆。

　　"我们现在就是兄弟了！"据仓库后面的住户回忆，一切都从这句宣示

---

① 库鲁（Kuruş）：土耳其子货币，一百库鲁等于一里拉。
② 拉克酒（rakı）：土耳其和巴尔干地区畅销的茴香开胃酒。

开始。此后，他们开始了合作，努力脱贫。作为"抢劫"这一古老犯罪传统的代表人物，他们在相同的暗影底下潜伏，伺机跳到最可能皮夹饱饱的过路人身上。"抢劫"，代表用过剩的暴力换取少许金钱。"抢劫"，代表跳到可能携带武器的人面前，这些人或许本就阮囊羞涩。"抢劫"，代表闭上眼跳出去，心里祈求交上好运。早期，"抢劫"这种老派作风只有蠢蛋或小屁孩才甘愿冒险尝试。某个醉醺醺的深夜，在努力填补世上这一愚蠢劫匪的配额数年后，德达的父亲与阿拉伯人德达决定返回墓园，在路上再干最后一票后金盆洗手。犯案过程中，德达的父亲忆起自己跟那名年迈的受害人是旧识。多年前某个假日，他曾拜访过对方，亲吻了这位受害人的手。他对阿拉伯同伙喊："没事，让他走吧。"但阿拉伯人德达不愿罢休，他咒骂老人并开始拳打脚踢。两人中较清醒的那一位对准另一位罪犯的心脏狠狠刺了一刀。最后，德达的父亲成了唯一站着的人，他拔出沾满鲜血的刀刃，四下环顾，只见老人在地上绝望地挣扎。接着，他某个目击证人跑了过来，呆立于两个尸体之间——一个死于刀伤，一个死于心脏病——，他这才开始在心里算计自己该往何处逃。他没发现自己身边早有六个大汗淋漓的年轻人围上来，他们刚刚在人工草皮上比赛，以一比八输给对手，揍德达的父亲对他们来说会是最好的泄恨手段，于是，拳头此起彼落，直到警察抵达现场才停下来。谁会相信德达的父亲居然为了解救一个年老的邻居而杀了自己同伙呢？他受到法律的制裁，同时也被墓园一带邻人看轻。这就是德达背负的诅咒，当年父亲喝得烂醉，为他取了这个名字：德达。

　　德达看着家中属于墓园的那堵墙，若有所思。他的思绪停留在关于自己该如何在衣柜后方藏袋子，然后在黑暗的宿舍里用它来拉屎这些事上，还有费孜说的，"他们会在二十个不同的地方逮住你，然后在其中一个地方操你"。

他认为自己需要一把刀，大刀子，随后又放弃了这个念头。这不是一件需要一把刀子来处理的事，他告诉自己。或许需要一把锯子，但又马上放弃了这个念头。应该是一把斧头，错不了，他想："我要用斧头把母亲肢解，然后可以一块一块埋葬她。"

但这把斧头从哪儿来，这件事没那么容易。他先询问邻居："我妈妈要用。"他没说谎，但谁家里都没有一把斧头。就算有，他们也会关上大门，躲在屋里不吭一声。"要斧头干嘛？你妈还没痊愈？你那混账父亲还活着吗？去跟你妈说，他赎完罪之前什么都甭想！"他始终都用一样的方式响应：点头。剩最后一个能探询的人：亚辛，墓园的守卫。德达狂奔，他在墓园旁的木制警卫室门前用手背抹拭额头上的汗。他不知该如何敲门，所以大喊："亚辛兄弟！"他站在门前等着，见到亚辛从窗口探出头。他本来在午睡，刚醒过来，下床气还没有消。在这个世界上，没有任何一件事值得打断他的睡眠。

"干嘛？"

"兄弟，你有斧头吗？"

"要斧头做什么？孩子。"

仿佛这世上没有"有"或"没有"这种简单回答似的。

德达精确地复述了用过无数次的说辞，当然，如果母亲还能说话，她恐怕也会这样说

"要把我家附近那几棵树的树枝砍下来，不然没办法穿过花园了……"

亚辛试着理解德达到底在说什么，很快便发现自己根本无心倾听这孩子的要求，所以他一口回绝："我没斧头！"说完把头缩回警卫室。德达对着空荡荡的窗口看了几秒，然后奔过墓园，一路奔至街底，冲入五金行，又马上退了出来。在展示窗前，人行道上，一排铁桶里有他需要的东西：

斧头。他再次踏入店里。

"斧头多少钱?"

埋头于满是螺丝的抽屉里的老人回道:"价钱都标在上头了。"德达再次走出店门,拿了一把斧头,看了看握把上的标价。他反复端详,反复端详,接着拔腿狂奔,手上牢牢抓着那把斧头,在对街的人行道上狂奔。他不需要跑回墓园大门,墓园外墙几乎每十公尺就有一段围墙坍塌,像一波一波巨浪。他跃过坍陷的水泥巨浪,然后继续跑,沿途跳过好几个墓碑。

回到家时,他已上气不接下气。蠕虫从母亲张开的嘴角往外爬,窜入她的鼻孔。他感觉一阵作呕,但强忍住,强迫自己保持冷静,即便呕吐物已经直冲上喉头。"也就这样了,不能再让那感觉往上冲。"他打了几个嗝,但没呕出来。他从床垫扯下床单,将母亲盖好,让她泛白的眼珠无法目睹随后发生的事。然后站起身,保持双肩等高,用两手抓紧斧头,高举过头。他闭上眼睛。"妈,我不去孤儿院!"他边砸下斧头边嘶喊。然后睁眼,对准颈项砍下一斧,斧头却落在母亲的胸口。斧头深深卡在胸骨间。肮脏的床单迅速变了色。赭红色。他用脚踩住胸部,再挥一斧。然后又一斧。连续四个小时,他不断挥舞斧头,不停喊着,"我不去!"

床单下有十处明显是坏疽色泽的肉块露了出来。碎裂的床单落在地上,仿佛肉块间的桥梁。他一而再地敲击这些桥梁,企图把这些肉块清楚砍成十块。纵或如此,仍然有些碎块黏在一起。他深呼吸,再以流畅的动作将床单扯下来。他慢慢睁开眼睛,看着支离破碎的母亲。此刻,他无法再克制,刚刚涌上喉头的呕吐物瞬间倾泻而出。地面上的东西全都沾上了他的呕吐物。

他往自己头上浇了三大桶水。为了唤醒自己,也为了将自己冲洗干净。挨近那些散落地上、曾是母亲身躯的十副尸块时,他感觉到体内的血液冷得像要结冰似的。他拿来一把刀割开肉块上头的布料，布料缓缓落下，像在拆封礼物。每打开一包，母亲裸露的血肉便和着血水与骨头袒露出来。这是德达首次见识女性的裸体。今天，他先肢解了母亲，再割下母亲身上的衣服。

他把床单撕成长条，用来包裹母亲的尸块，包妥后再一块一块叠放在前门旁，然后抓了三个空水桶走出家门。此刻，户外沐浴在夜色中，太阳已经撤守，为了去照亮别的地方。他把一只桶放到墓园的喷水池下，等待水桶装满水。这时，他听到一个声音：

"德达！"

他环顾四周，没有一丝人影。突然，有枝条从树丛中伸展而出，吓得他半死，其实走出来的是艾沙，身上背了一只装满水的水桶。德达惊魂未定，以为自己透过一副拿反的望远镜望到的一个倒转的世界。所有人事都那么遥远，连距离最近的也一样。两人间只有一步之遥，可艾沙看上去仍然很遥远。

"流出来了。"他指了指德达的水桶说。如他没在意水桶而是仔细端详德达，便会发现德达的眼神变了。艾沙没看见他眼中噙泪，眼里所见只有一团漆黑。德达假装擦汗，用手背把脸上的泪水擦掉，接着回过神来，用一只脚把装满的水桶踢到一旁，再将一只空桶放在水池下方。这时，他忽然想起艾沙还在旁边。他静静地望了他好一会儿，但艾沙什么都没有察觉。

"都这时间了，你在这儿做什么？"

"被我爸赶出来看了。"艾沙回他。

"赶去哪？"

"什么叫'赶去哪'？"

"你爸把你'赶去哪'啊?"

"他没有说。他只说,'给我滚出去'。我只好出来四处晃晃。"

"你做了什么?"

"我说我要休学。"

德达感觉到水流到自己脚边。他弯下腰,看见第二口水桶里的水不断地溢出,于是赶紧把第三口桶子换过去。

"为什么?"

"你也不上学啊,自己都这么说!"艾沙说。

"我们不一样,"德达说,"我从来没上过学啊。你该几年级了?"

"四年级。"

"好,那你就只剩一年,很快就过去了,对吧?"

艾沙笑了。

"过去?接下去还要念中学和大学呢。"

他止住了笑。

"为什么你没上学?你爸妈没叫你去吗?"

"没有。"德达回答,"我在等。"

"等什么?"

"等上大学,我要从大学开始念。"

艾沙弄不清德达是不是认真的,他的理解力就像黑暗里的视线一样有限。两个人突然都笑了起来,就像过去他们一起扛着桶子时那样。笑声渐歇,慢慢陷入沉默,一如正被关闭的接水口。

"来吧,帮帮忙。"德达说。他拉着水桶的提把缓缓往前走。艾沙接过了第三口桶子,紧跟在后头,要能提着水桶越墙而过可不是件容易的事。德达停了下来说,"我要在墙上打个洞,这样我就能自由进出了,我真受够了这样跳上跳下的。"

"我们有一把斧头。"艾沙说。"我爸的。或许我们可以去拿来,在这堵墙上打个洞。"

此时,他们已经来到墙的另一侧,两人手撑在膝盖上,气喘吁吁。喘气的间歇,德达问:

"你说有斧头?"

等艾沙离开墓园屋,德达才进屋。他从乳胶海绵床垫剥下一些碎块,试着用它们刷洗水泥地面上的血渍。等到手边的床垫碎块无法再吸入更多水分时,他便把它丢进身边的垃圾袋,然后再剥下另一块。这个过程耗去了大半个床垫,另一半则被他拿来继续擦拭剩余的血渍。结束后,尽管已经见不到血,但恶臭已渗透到包裹腐尸的布料,飘散在屋子的每个角落,再无法清除。德达感到精疲力尽。这个十岁大、同时又只有一岁大的男孩,用尽了体内所有力量和天真无邪。这时他脱掉上衣,卷成一团枕在头下,然后躺在水泥地上。他侧身,膝盖弯起顶住自己的胃。过了一会儿,突然意识自己并非蜷缩在母亲的子宫里,便又将腿伸展开来,陷入沉沉的睡眠。

他知道自己捡起来的第一块是母亲的左脚,也是包裹起来的最后一块,所以排放在尸堆的最上面,透过房子两个书包大小的窗口探望出去,窗外呈现淡蓝色,恰是太阳色泽与夜色交叠的一刻。他离开屋子,跃过围墙,带着一块尸块和一只锅盖走向墓园。前方二十尺处,有十二个坟墓排成一列,是最靠近墓园围墙的一列。毫无疑问,有朝一日,靠墙这二十尺空地也会遍布坟冢,不过目前死神离德达居住的房子还剩这一段距离。从他站的位置望去,德达只见到成群的大理石墓碑。大理石板上写了亡者的名字,标记了墓主离开人世之后遗体的安身之处。

  墓园清真寺的早祷透过喇叭,穿越枝干,在风中传送。德达充满恐惧,他知道自己快没时间了,觉得自己应该做点标记来标示尸块分别埋放的地点,但他没时间多思考,淡蓝色的世界已逐渐裹了上来。幸好,他很快发现可以用墓碑作标记。这里有一块块大理石板,墓碑的一侧是深埋于土下的墓主棺木,他可以在另一侧将母亲的尸块埋藏在土底。他走到面墙最靠左侧的那座坟,在墓碑旁疯狂挖掘,两手紧抓锅盖,不停掘土,挖了约莫一只手臂那么深的坑之后将母亲的左脚丢进去,然后用锅盖将刚刚挖出来的土推上,不露痕迹。他站起来,后退两步,想确认是否看得出有人曾在此处动过手脚,然后他又抬头看看墓碑上的铭文,上面全是字母和数字,看了几秒便了无兴趣。无论他看到什么,德达横竖是无法读写的。他转身开始狂奔,不多久便跑到墙角,像夜行动物般纵身跃过墙面,若无其事地悄悄溜入家门,就像昆虫入侵住宅一样。

  同一天早上,他穿梭墙里墙外共八次,四进四出。他知道天色全亮后,在墓园里讨生活的那群孩子会陆续出现,他不能冒险再挖更多的坑,今天到此为止。母亲的半个身躯分别埋在左边数过来五座坟地的角落,另一半则堆在前门的门后。德达没走两步就倒了下去,任肮脏的锅盖落在地面,他弓起手来当枕头。不是入睡,而是昏倒,他已整整两日没吃东西了。

  梦境里,他是孤儿,但其实他从来没有见过孤儿院。他不知孤儿院在哪儿,也不知孤儿院院长什么模样,他的信息来源只有费孜的转述。床、衣柜、厕所以及会揍人的大孩子,还有无预警就逮住你脖子或膝盖的那些手。在那个梦境里,他一秒钟也没能停下来,只有不停在床与衣柜之间跑动,他跑过一张张床,跑过一只只衣柜,然而,被活逮且被海扁一顿的威胁仍在后头紧追不舍。他只回头一次,想看清背后的利爪距离他多远,就在这一秒,他重重地撞上了东西。他倒卧在地,想抬起头来看看自己到底撞上了什么,然后他见到自己的母亲正在俯视着他。她双眼红肿,就像她死前最后几周的模样。她站着,朝下方端详倒卧在她脚跟的儿子,然后她的嘴张开,两只虫子自她的唇边爬了出来。德达试着站起身,但手掌好像被粘在地面上。他被迫目睹虫子从母亲的脸颊掉落下来。接着他的身躯如一把折叠刀般弹开,自己也倏忽惊醒过来。

他试着站起来,但头晕目眩的感觉让他无法站稳。尽管饿得看不清前方,他仍慢慢撑住身体,摇摇晃晃地走向门板。他拿了钥匙,走出家门,三公尺开外,八岁大的苏雷雅正坐在石头上,手里拿了一根棒棒糖。德达呆若木鸡地望着她。苏雷雅比实际年龄还要娇小,她不知道该如何是好,于是哭了起来。德达全然不理会她的哭声,他把浓郁黏稠的糖果塞入自己的嘴里,一边望向苏雷雅,一边慢慢咀嚼起来。然后,他终于听见了。他先看见苏雷雅的泪水,接着又听到苏雷雅的母亲尖声叫道:

"你这畜生,想跟你爸一样吗?"

她只要往前走四步就能到他身前,但她刻意走了五步来强化这一巴掌的冲击力。这巴掌着着实实打醒了德达。

"你妈在哪儿?"她大吼,然后转身瞪着房子喊:

"哈娃!出来瞧瞧你这不成材的儿子都做了些什么!"

她一手抓着苏雷雅手肘,然后用脚踢倒蹲坐在地上的德达。幸好她穿了拖鞋,所以踢不快也踢不痛。

"她不在这里!"德达终于找到空档开口。"我妈不在!"

"什么叫作她'不在'?"

她停下动作，把苏雷雅拉到自己腿前。

"她去了医院，"德达还没想过如果别人问起母亲自己该怎么响应。"她住院了。"

就在这一刻，她对德达产生了怜悯之心。一定有人做过破涕为笑的记录，那就像一粒种子在空气里翱翔，从憎恨到怜惜的这段旅程，其实只需短短一秒。

"那你怎么办？"

德达站起身来，跟所有孩子一样用手拍掉身上的尘土，那些飞舞着飘落，遍布墓园旁住宅区之间的尘土。土地上只要有生命，便有死亡。死亡之土无时不飘散于空气之中，他不希望任何人被感染了死亡气息。

"我两头跑。她快好了，他们说她很快能出院。"

"你有吃的或者其他需要吗？"对方问。她的手仍摇晃着怀中呜咽的苏雷雅，但她的耐心早已告罄，她轻拍女孩的脸颊，并喝叱道："你，给我闭上嘴！"

"有一些，但撑不了太久了。"德达回答。

"晚上过来吧。我给你弄点吃的。"

德达大声响应"好"，但心里想"今晚"？今晚恐怕还不够快，现在离日落时分还有好几个钟头。看着苏雷雅与她的母亲走远后，德达走入屋里，他决心找一份工作，他得赚点钱。有了钱，他才能买面包，甚至买些奶酪什么的，或许还能想买什么就买什么。同时他也意识到自己忘了带上工具：水桶与刷子，所以他又走回家。他觉得身体十分虚弱，边走边晃。显然，一支糖果棒远远不够，头仍晕眩不已。

扫墓的孩子们聚在中央接水池边的树荫下笑闹。男孩坐在坟墓的大理石边缘,互相嬉闹。死者家属留下来的花朵多半被女孩拔去了刺,插在头发上。有些孩子还不到学龄;有些从来没机会上学;有些放学后才会过来墓园,他们都没空写回家作业。人人都有非工作不可的理由,但这里并不是工业园区,也不是能让他们四处兜售小包面纸的繁荣街区。这里就只有这座墓园,几千平方米的墓园就是他们的世界。

  在乡下,人们会火化亡者,然后仰望天空追思。如果这样,他们连五库鲁都挣不到。在他们出生的城市,活着的人会前往墓园——往生者最后被看见的地方——只为了追悼。亲属站在坟前擤几把鼻涕,给点零钱,让人刷洗坟墓前的大理石碑,这就是这群孩子面对的局面。他们带着塑料刷和一桶桶的清水整装待发,他们是投机分子,他们清楚怎么伺机观察伫立坟前追忆亡者的访客,并在他们悲戚脆弱时现身,他们知道该在哪一刻站上前,伸出小手,从怜悯树上摘取铜板。

  这项事业是生命附属产业,就像存在于生死界间的环扣,是活人和死人之间额外的沟通夹层。人们期待用钱向这些孩子换得亡者平静安息的祈祷,尽管孩子们都不到一百五十公分高,可雪亮的眼睛眨啊眨,像是在世亲友的唯一期待,期待逝者死后无法安息,无论他们生前是否平静。人们常在死亡后才真正苏醒,眼睛瞪得老大像护身符。对这些人而言,根本就没有什么所谓"安息",特别是这些人横竖再也没得睡了。然而不管是谁,两尺底下的状况与地面上迥然不同。下面的世界是:虫,细菌以及大量腐肉。地面上却是幻想:"爸,安息吧。"、"好好睡去,我的爱人。"以及没完没了的祷告。

  如此一来,没人感觉自己荒谬。他们似乎认为,自己在逝者面前的倾诉是真挚诚恳的,不过死去的人既不知道也不在乎这些事。"来吧,浇点水,把杂草拔一拔。"人性的幻想倾向让墓园永保纯净无瑕,这些孩子就是这个幻想世界里的彼得潘，他们彼此神似，让人无法分辨谁是哥哥谁是弟弟。在成人眼中，他们好像会一直维持原样，不会长大。

有人说，孩子面对过死亡才算真正成长，此种论调对这个墓园来说毫无意义。若要意识到死亡才能够成长，仰赖扫墓维生的孩子们又该当如何？六岁大的孩子难道会期待长大？能让苏雷雅长高到足以越墙而过吗？长大多少？其实他们与死去的人并无二致。他们不会再成长，他们不会再改变。若他们是死去的人，地下世界便是地上世界的镜像。人人都会死，仅仅如此，但真相并非如此。孩子们在自己扫过的墓地上睡觉，却什么事也没发生，尽管夕阳西下，他们开始玩起捉迷藏也仍然不会发生任何事。他们不会有任何感受，他们不会想念任何事物，更不会察觉有什么不对劲。他们是最早发现这件事的一群人，若说有什么被忽略或出了错，或许就是他们的毫无感受。

无论如何，他们就是不觉得这座墓园和这些坟墓有什么重要。他们不怕往生者复活，不怕鬼，他们只怕假日坏天气，他们唯一恐惧是节日下雨。因为人们往往会在假日涌入墓园，但这种天气他们会想，"啊！墓园遍布泥泞。"所以懒得前往那个被唤为"墓园"的幻想世界。此外，他们也不关心死者，不关心任何生死攸关的事。因此，他们把那些被遗忘在浸满泪水的土地上的花朵夹入耳际，他们比赛谁能打破脚不踮地一次跃过两个墓座的记录。

年纪最大的孩子已经十二岁，最小的才六岁。他们跟那些还在母亲怀中看墓园恐怖电影的孩子相距约莫数千光年。墓园的围墙永远在他们背后。或许未来，墙内与墙外的人会再相见。有的是老师，有的是校工。有的是法官，有的是书记员。有的是医生，有的是血液销售员。有的是检察官，有的是撒谎的证人。有的是建筑师，有的是工人。有的是钢琴家，有的是钢琴搬运工。有的当上国会议员,有的在市集上摆摊卖芝麻圈①。有的成了别人情妇,有的成了龟孙子。谁会变成谁?有任何研究成果吗?有任何学术报告吗?有人整合数据以推论扫墓童工与未来职涯的关系吗?更且,这些孩子知道"职业"一词是什么意思吗?反正他们没得选。简单来说,如果有人打六岁开始从死人身上挣钱,未来还能干什么?针对最后这一问题,德达自有筹谋。

"我要去寻找被埋没的宝藏。有宝藏被埋在此地,只是没人知道确切位置。"

其他人静静听着,这话实在太有魅惑力了。

"什么宝藏?"

德达露齿而笑,仿佛他知道这世间一切秘密。

"等你大一些就知道了。"

发问的孩子小德达两岁。他叫雷孜,若有人测验他的智商,他的家人会被召集起来告知,这孩子是个天才。不过,雷孜从没能上学,他靠阅读墓碑碑面的铭文自学,也会加减算数。他能够牢记所有碑面上的人名、出生日和往生日,他把一切都记了起来却不自知。现在,他一边倾听德达说话,快速运转的脑袋却同时把在方才听到的那个句子里的字数加到自己将要说出口的数字上。

"没错,但……"

"来了!来了!"

---

① 芝麻圈(simit):土耳其传统食物,是形状类似甜甜圈的芝麻麦包圈,口感酥脆有嚼劲,并有浓郁的小麦香气。在土耳其的每个城市都能见到红色小推车,贩卖土耳其最常见到的国民美食simit。simit 的口感扎实,不包内馅;形状有大有小,小一点的 simit 三个卖一里拉,大一点的一个一里拉。

雷孜脑海中的算式被抛诸脑后。四辆车驶入墓园大门，头一辆车见到孩子们便大声提醒后面的车，孩子们迅速跳开，许多孩子拔腿狂奔。本来，雷孜可以把话说完，但他也跟其他人一样需要钱。他站起身，尾随别的孩子跑起来，努力想把脑中的数字甩脱掉。现在，数字暂时消失了，不过，若他短短几年之间持续做现在的这份工作，他的才华恐将蒸发殆尽，他也会变成一个平凡庸碌的人。无论如何，这都不是会让人害怕的事，他尚不清楚这点。而且，就算他希望自己的脑袋能停止运算，他也无法自主将它喊停。现在他仍在思索，到底宝藏是藏在墓园七千两百二十六个墓碑的哪一座下方。

接着，他在脑中逐一回想每个墓碑。或许正因如此，他才没有见到眼前的景物。他撞上一个家族墓园的大理石墙，然后跌倒在地，手肘上鲜血淌个不停，他抬头大喊：

"嘿，等等我！"

谁都听见了，但谁都没有停下脚步。

"哈西贝，我们还能做些什么？"女人说道，她想不出其他的话，尽管自己也在落泪，她仍用手搂住哈西贝的肩，所有悲痛仿佛都堆叠在一块儿，像山崩一样冲向她的心坎。她无法自我克制，只是一径低垂着头，仿佛太阳再也不会升起了。其实，离世的并非她的亲生女儿，她从没见过这个往生的女孩，一次也没有，但被她搂着肩的女人所感受到的情绪同时也冲击了她的心，最明显的是她感受到的爱。或许不是她自己的孩子，但她的确深爱自己的丈夫，所以，她把这份爱转移出去。她想，这个女孩曾在那么偏远的地方为国服务，为了国家的下一代服务，才二十六岁大，却自杀了。她在一个教师协会的活动场合遇见这位母亲，活动是为那些偏远地区服务的教师家眷举办的。她俩很快就对彼此产生了好感，一见如故。这是自然的事，她们心爱的人都被送到同一间学校。一个是女儿，一个是丈夫。一个是叶心，一个是聂资。一个是新进教师，一个是副校长。一个是被捉的鹌鹑，一个是逮住她的猫。

叶心发现自己的人生目标就是死，于是，如同许多人一样，她成功让自己成为一副待下葬的遗体。无法以信纸表达的，她选择以手枪来阐述，退役上校父亲的那把老旧手枪。她浑身粉碎。手枪的老主人现在用双手扶住大理石墓碑，亲吻它。在学校试图自残后，叶心被解除任务并遣送回伊斯坦布尔，头几天她一言不发，接下来几天却笑个不停。最后她自杀了。

现在她躺在崭新的墓穴里，伫立在上方两公尺的人对她的经历漠不关心。如果可以，或许她会选择死而复生。聂资的妻子将手机递给叶心的母亲，后者接过来，将它俯贴耳际。"请节哀，我的朋友。"聂资优雅巧妙地展现了友谊之举：透过电话传达其哀悼之意。

如果可以，叶心会在那个当下睁开眼，睁开到眼睑的极限。她会用指甲撕破裹尸布，像土拨鼠奋力挖掘铺盖她上面的土，直到她突破地面为止，然后她会从母亲手上抢过电话，如果可以，她会张开嘴尖声地喊："操你的，你这混蛋！"

可惜，这些叶心全都做不到了，她连一根睫毛都无法动弹。这是她被埋葬后的第二十六天，或许睫毛已经掉光。哈西贝不知道还能说些什么，只说了声"谢谢"，然后便把手机递还给聂资的妻子。她挂上电话，然后再次拥着哈西贝，两个人又哭成一团。

德达在一旁等待两人冷静下来，等待她们恢复理性。不过，该把手伸向哪一位？伸向老人？还是两个女人的其中一人？他想：要是他们给我巧克力而不是现金，我一定会把东西丢回他们脸上。墓园访客中，最大的负面力量就是这些：巧克力或糖果。他们会把手探入口袋，取出先前特别准备的三、四颗糖果，递给这些扫墓孩子，然后说，"拿去吧，孩子。"

最先停止啜泣的是聂资的妻子，尽管这女人对叶心的母亲来说仿佛家人，但对叶心而言却依然是陌生人。她的丈夫——聂资——却恰恰相反。因此，她的泪水最先停下来。德达马上把握机会，伸出手。看这孩子蓬头垢面的模样，聂资的妻子打开包包，取出零钱夹，里头空空如也，她被迫取出纸钞。当然，她只取了面额最低的一张。本来她只想拿一张，但两张钞票却粘在一起掉了出来。虽然懊悔不已，但都太迟了。

稍后，她返家便对儿子说："忽然间，我们不得不掏钱给陌生孩子。无论如何，希望它变成福报。"她的儿子还在念大学，比叶心小五岁。

德达一拿到钱就开始狂奔，奔离墓园，直冲最近的转角商店。他买了一个夹炒肉的三明治，当场狼吞虎咽吃掉了。他一共买了三份，一份接一份，全都吃完，几乎像是想用食物噎死自己。他从冰箱取出一瓶汽水，拉开拉环，一口气全倒进自己胃里，一饮而尽后，他才慢慢恢复理智，填饱肚子后，第一个念头是家里还有母亲的剩余尸块得掩埋，此刻它们仍藏在门板后方，还有五块，他默默告诉自己，"入夜后就得着手处理。"他把钱付给店家，转身离开，却又马上回头再次走进店。

"给我一包烟。"

"哪一种？"店主问。

"最便宜那种。"德达回答，"还要一盒火柴。"

就这样，他用掉自己口袋里剩余的钱，开始养成抽烟的习惯，这年他十一岁。

艾沙在墓园入口逮到德达，他已无法再克制哪怕一秒钟。

"被埋的宝藏！就在我的新墓园里！"

他或许是世上最倒霉的孩子了，因为他家从这个城市最大墓园旁搬到第二大墓园旁，艾沙依然在扫墓。扫墓时，他总会想起那座被他抛诸脑后的旧墓园，他想忘掉它，遗忘最简单方法就是专注在某件新事物上，至少他是这么想的。

"而且有人为了抢宝藏死了。"

德达默默走开。尽管对方没有响应，艾沙仍喋喋不休。

"我们的墓园很大。比这里大。总之，有两兄弟，他们彼此仇恨。他们都有自己的帮派，我属于弟弟那边。他体格不壮，但次次干架都能占上风，反正两个帮派都有自己的地盘，大家都在自己地盘上活动，从来不跟另一边瞎混。有点像这儿，毕竟谁也不能占据一座墓然后就不离开。后来开始传出关于宝藏的流言，但传闻说宝藏被埋在对方地盘的地底下，不在我们地盘。我们偷溜过去，到处挖，但一无所获。隔天，我们的人找到一座奇怪的墓，但没人知道那到底是什么。他们想，这一定就是藏宝处了吧。怎么把宝藏挖出来呢？毕竟是在他们的地盘，所以我们决定动手，要干架就干架，我们就是要把宝藏给带走。我们去对方地盘，发现他们其中一个人就睡在那座墓地上守卫。他年纪较小，躺在墓上睡着了，我们把他唤醒，他吓死了。'不，不要。'他哀求我们，我们当然不理他。'你也帮我们挖！'于是他也动手挖了起来，后来……"

"干。"德达接过了话，故事从艾沙口中迅速流泻而出，却被德达嘴里吐出的这个字撞得支离破碎。

"谁管这些啊？后来你们找到宝藏没？没有嘛！没有那就闭嘴！"

艾沙的脸僵住了，就像一片墓园里随处可见的大理石板。他的青筋浮凸在肌肤上，仿佛大理石下有绿色石纹穿梭其间。他当下便理解了一个过去无人能够向他解释清楚的真相。对某些人来说，死亡是永久持续的状态，但对其他人而言，死不过是眼里的小小沙粒。艾沙看看周遭的墓碑，侥幸地想，还好，还好这些人都离开人世了。那天，他确信人性泯灭，而其实这也是人的权利之一。直到死前，他再也不信任任何事，或许是因为这缘故，后来他才成为墓碑雕刻师。前往墓园的路上，他走入一间雕刻工厂，进去是学徒，出来是师傅。一切都跟那天他的话被德达打断有关，都因为德达没能让他说完自己的人生故事，或许这就是为什么艾沙耗尽了余生都只愿意跟大理石说话，如果当初能把故事说完，该多好。或许他就能讲给学校的孩子听，他们总是那么专心致志地聆听老师说话，但他们从未听到他的故事。担任学徒的最后一段时间，他刻了一块自己的墓碑，藏在角落里，他时不时会走过去，对着这块墓碑喃喃自语，他会对墓碑讲述那个当初被德达打断的故事，一讲再讲。然后，他离开了人世，是每天吸入过量的粉尘造成的。某一天他睡醒，接着他就过世了。他的故事呢？谁在乎？特别在他过世且被下葬了以后就更没人去理会了。

他们肩并肩，静静走到广场。谁也猜不透对方在想什么，就算猜上一千遍也猜不透，没人猜得到德达的坏心情，没人猜到艾沙未说完的故事。把母亲肢解后，德达想说的话都卡在喉咙，说不出来。他自问，我怎么知道会变成这样？为祈求原谅，他从口袋取出香烟，抽出一根。

"点根烟吧。"

艾沙没有拒绝，仿佛他已等上一辈子，就为了这根烟。他迅速接过烟，以发现了火似的热情将烟点燃，并且开始以老烟枪的方式吞云吐雾。不过，这其实是他第一次抽烟。谁知道，这天还有多少孩子开始抽烟呢？这世上有这么多孩子。

德达向前走了几步，用脚尖踢起一粒小石子。小石子飞溅起来，撞上艾沙的手臂，艾沙马上接着往前踢。他们边走边踢石头，仿佛这是世界杯足球赛。小石子有时会被踢离马路，跳上人行道，但他们依旧追逐它。谁知道，这天还有多少孩子在踢小石子呢？谁又知道，多少人觉得自己就像给人踢着跑的小石子？

早祷词在家家户户的屋顶上缓缓流泻，缓缓穿入德达耳中。他睁开眼，瞪着大大的黑眼珠望向天花板。他直挺起身，鼻子因周遭难闻的气味而皱缩起来。他快来不及了，起床真辛苦。他肚子太饱，昨夜，苏雷雅的母亲给了他一盘饭。若不加快速度，他肯定无法把剩下的五块尸块都埋妥。

他将前四块尸块埋入同一列墓碑旁，太阳正照耀在树梢，高挂天边，让他的颈背感觉刺痒。

"就剩一块了。"他深吸一口气，奔到墙边那一排坟墓旁，臂下挟着母亲的右手，这是用床单包裹的第一块尸肉。他倒卧墓碑旁，然后向四周顾盼，突然看到远方有人影。紧张之余，他竟忘了手上有"铲"——也就是他的锅盖，竟开始用双手挖掘。土层太硬，怎么挖也挖不出一个稍微深点的坑洞。他端详母亲的手——这只被包了七层布料的手，他以为，不必继续往下探挖便能将手塞入挖妥的小坑洞里，所以他把外面的布料扯开，扔到一旁。裸露在外的手像着了火般滚烫，瞬间掉落地面上。他忍不住仰望天空，再环顾四周，这时他刻意将目光放远，望向前方墓碑的边缘，看看刚刚见到的那个人是否离开了，但他谁都没见到。他想：应该离开了，谁又知道来的是谁？

他将母亲的手塞入坑洞，再把刚刚挖掘出来的土推回去，盖在上方，然后站起来往前走。他走得很快,穿过整齐排列的墓碑,也就是这排坟墓的后侧,安息着他母亲的一块一块遗体。事实上,更精确来说,由于这些墓主全都躺向另一个方向,所以,其实德达是从背后穿越这些墓碑,从墓碑的另一面走过。艾沙刚当学徒时曾告诉德达,墓碑的另一面叫作"见证面"①。

很快,他便开始担心自己没将母亲的手埋到足够深的地方,他一边疾走,一边回头往后窥看。他只想确认手臂已经好好埋入地底,却猛然撞上什么跌坐在地。他抬起头,发现自己撞上的是一个男人,一个穿长袍、蓄胡的男人。德达认识清真寺的教长,不过这男人不是他。这人叫泰涯,这是他们初次见面。

泰涯静静望着德达站起身,仿佛这是他此生见过最有趣的画面,即便世界末日他也不会稍移自己的目光。他望着男孩拍打身上的沙尘,这次,男孩不只拍掉充满死亡气息的尘土,同时也在咀嚼一颗跳到嘴里的心。他一边清理,一边思考,"这人看到我做了什么吗?"他不敢抬起头,他无法跟这个男人四目相对。他将眼神固定在自己身上,试着让对方以为自己还在处理身上的尘土。这时,泰涯终于开口。德达目光垂敛地听着,心中惊慌不已。

"下次要小心啊。"

然后他靠到一边,迅速离开了。德达回过头望,男人已不见踪影。他那句话是什么意思?要我小心什么?什么意思?德达凝然伫立。脚下踩的尘土像变成了一片沼泽,他站在原地无法动弹。然后,沼泽慢慢干枯,他终于踏出一步。他对自己说:"不会的。那可能吗?你在一个庞大的墓园撞

---

① 见证面(Şahide):土耳其语,意为"见证"。

上一个人。他会说什么？当然，他会叫你小心。"他笑了，确定自己的恐惧毫无来由。他甩了甩头，在心底嘲笑自己愚蠢。"如果他撞见我将一只手埋在那儿，他铁定会跑来逮住我。他会揪住我的衣领，把我拖到警察面前。谁会看到这种事却说：'下次要小心？'"他又笑了出来，边笑边往外走。走没多久，他又停下脚步回头望了望坟墓。

他想死。泰涯正站在他刚刚埋手的地方，回头望向他。他失去任何希望了，只能回头往前快步离去。他的脚步越来越快，最后甚至跑了起来。如果他有听到后面有任何声响，他一定会设法跑得更快，但后头始终悄无声息。

他一路跑到墓园的入口，然后停下来喘气。他不断甩头，"没事的。"他说，"没什么好怕的！"然后又强迫自己笑。

"这么大清早，你笑什么啊？喏，去给我买点面包回来。"

亚辛的手从警卫室窗口探出来，德达拿着钱，笑着问："零钱给我吗？"

"就留着吧，孩子，就留着。"亚辛说。

再一次，他的起床气未消，饥肠辘辘让他情绪败坏，必须将钱交给德达也让他心情不佳。起床才短短不到两分钟，他就已经被抢劫，他甚至还滴水未沾呢。去他妈的零钱，去他妈的德达！

"混蛋。"说着他又躺回床上。他没有多加思索，只想着：再多睡一会儿，等他回来。然后便又沉入梦乡。

"还要别的吗？"他没有回应店主，其实他根本没听对方说话。他的心思再度回到那团自母亲手上取下并扔到一旁的布料。那人见到了吗？他是因为这样才在那里停下脚步的吗？

他像一枚导弹冲出了店家。他比火箭小，但比导弹还敏捷。此处距他的目的地至少还要过十个弯。他飞奔穿过整座墓园，直到接近最靠墙的那排坟墓。他没有预先想过自己来这儿该做什么，但到了现场却发现一个意外惊喜，穿长袍的男人就伫立在自己埋手的坟墓边。

他停下脚步，躲到视线所及的第一棵树干后方，从树干的侧枝探出头来窥探。但这样视线不够好，这棵树到男人的距离少说有十五排坟墓，约莫四十公尺。他觉得自己不该靠这个男人太近，但又要能从某个角度清楚看见对方。考虑再三，他决定最适合的安全距离是相隔二十座坟墓。他迅速扫视四周的林木，检视相互盘绕的树丛，他得向前躲进前面那些树丛，从那儿才能看得清楚。

他像只松鼠般奔窜，边跑边跳，疾步趋近。每跑过五棵树，他都先躲在树后查看局势。最后，他跳入一团绿丛，然后屏住呼吸。从树丛的数量与密度来看，这里看上去就像一棵拥有三个根系的大树。

他的背紧靠树干，从树干后以左眼穿越树丛的缝隙，往外窥伺，光是如此便已耗尽他所有的勇气，无论如何，他都得看见那个男人的动作。

那个男人靠在坟墓底座，将一只白色大信封埋入坟墓四周大理石边缘的夹缝，墓前有两朵红玫瑰在同一个花枝上绽放。他丈量了一下，将信封埋在离玫瑰五个手掌以外的位置，略靠近坟边给鸟儿喝水的水盆。接着他用手把土整平，环顾四周。德达露在外头的眼睛迅速藏回树干后方，他能听见自己的心怦怦跳着，激烈到就像要从胸口跳出来似的。他再次迅速蹲回树根旁，哪怕回头再望一眼也不敢了。

他待在原地，约莫半小时一动不动，仿佛自己脚下生根，成为树的一部分，只有头发像树叶随着微风起舞。他弯曲的膝盖顶着下巴，双臂环抱双腿，凝然不动。

直到觉得自己等得够久，他才慢慢站起身，缓缓向前方移动，然后把头探出去，看男人是否已经离去。寂静。他走出树丛，眼睛扫视前方三十步以外的距离。忽然，他感觉得自己的后颈被一个拳头重击，痛得他不得不弯下腰来。

"混蛋，不是叫你去买面包？这兔崽子！"

这是他生命中首次挨亚辛一顿揍却很开心。那天早上，亚辛没吃早餐就出门，这让他心情差到只想狠狠地揍一顿德达。

挨了三拳，他才得以站起身，跑出墓园，取回遗忘在店家柜台上的面包。他将面包从警卫室的窗口递进去。亚辛说："窗子没关，你伸手进去，放桌上。"德达按照指示去做，穿过窗帘，将面包放到窗边的桌面，然后继续跑。他必须找到那条沾满血渍的裹布，把它扔掉。

情况就跟早上一模一样，墓碑前有一个男人，但不是早上那一位。这人接近六十岁，穿了短袖衬衫，戴着眼镜。他环顾四周，理了理领带。

德达再次藏匿在同一个地方，用同一双眼睛，看见了同一只白色信封。他看见男人从地下将信封扯出来，再将一只黄色信封埋回去。

男人再次以土覆盖信封，再次环顾四周，然后离开，一路走向墓园入口。他不像长袍男人那样步履缓慢，而是行色匆匆，不到一分钟便完成任务，动身离开。德达看见他的脸，不像他见过的人，他身材纤瘦，发色和肤色都淡，布满皱纹的脸上毫无表情，让人猜不透他的心思。

德达等他走出视线之外才走出树丛，直直奔向墓穴。他来到坟墓背后，跪在地上找寻裹布。终于找到了。他深深叹了一口气，没被逮到让他忍不住笑了出来。他取出火柴盒，点亮一根火柴，纤细的火柴棒绽放出火花，他抓住布料一角，手往外伸开，让布料离身体远远的，然后再用火点燃布料的另一端。顷刻,火焰吞噬了裹布,他提着裹布直到非放手不可,接着把火踩熄,黑色灰烬随风飞散,那块沾了血的布从此不再存在了。

然后他走向坟墓,接近墓边的那只信封时,他在墓碑的边缘四处查探。周遭放眼望去杳无人迹,他迅速伸手到地底扯出了信封,封口用胶带黏住,幸好附近商店也卖同一款胶带,必要时他能够重新封整它。他小心翼翼,缓缓打开封口,完全没有破坏到信封。

他很快发现,眼前的景象如同一场梦。信封里有叠厚厚的钞票。德达颤抖着双手,慢慢取出五张钞票,塞入自己口袋。然后,他又取出其中五张,只要信封的封口没合上,他就无法克制自己。他担心自己拿得太多,所以赶紧封住封口,并用指甲压紧胶带,将信封放回原位,然后拨土盖好。他觉得自己必须逃走,马上拔腿狂奔,他必须加快速度,越跑越快,冲出墓园大门,一路跑到雾灰街的巴士站牌下。他害怕会遇到那个留下信封的男人,或是撞见前一位穿长袍的男人。他不停往两侧及后侧张望,一秒也不敢懈怠,看上去就像只追逐自己尾巴的小狗,慌张又疲惫。坐在候车亭长椅上的老妇人忍不住开口问:

"你怎么了,孩子?像个男人,好好坐下来吧!"说完指了指旁边的空座位,但德达心有旁骛,坐立不安,直到巴士到站为止。

他终于从第三辆巴士下车,下车地点的站名跟路边一幢大楼的标识一致。他走到门前,人们唤此站为"监狱"。

"我要在监狱下车。"

他走到门口守卫跟前。"我有东西要给我父亲,我妈叫我来的。"士兵用力捶了捶身后沉重的铁门,几秒后,一名狱卒自门后探出头。

"什么事？"

"给我爸的。"德达说。"我有东西要交给我爸，是我妈叫我拿来的。"

"是什么东西？"

他把口袋里掏出五张钞票交给对方，其他几张还留在口袋里。狱卒看了他手上的钞票，迅速点算了一下。

"你爸是谁？"他问。

德达报出了那个他五岁以后再没见过的男人的姓名，他甚至连他面容都忘了。

"好。"狱卒回答，透过门缝依然只能见到狱卒的头，但他的手很快从里头伸出来，将钱收下。关门时，他又听见孩子的声音，停了下来。

"我爸状况如何？他还好吗？"

"孩子，这里是监狱。你觉得有人待在这里会'好'吗？"说完话便消失在门后。

这些话穿过孩子的耳朵，在他的眼眸里幻化为一团乌云。眼见德达的泪水即将夺眶而出，守卫赶忙说："别听他的，你爸没事，别担心。"德达噙住眼泪，抬头望着守卫：

"他没事，对吧？拜托你告诉他，妈死了。"说完便转身离开。

他相信，狱中的父亲对他的爱足以让他避免被送往孤儿院，他无法向任何人透露自己的秘密，德达最大的秘密会让他无法继续过完余生。他的秘密是：他肢解了自己的母亲，并把尸体一块一块埋到地下。从他走路的模样，手插口袋里的模样，垂首的模样，踏出每一步时脚步拖沓的模样，慢慢前进仿佛漫无目的的模样，或仓促疾行仿佛一切都来不及的模样，又或从他满身汗水与孤独相伴的模样，一切都能一目了然。或许，对街行人或路经的车辆无法理解他变成这副德性的理由，但只消瞧瞧他的脸，人们很容易便会注意到那恐怖的神情，目送他离开的那个宪兵守卫就注意到了，或许因为如此，他才会摇头喃喃："真他妈见鬼的人生，操！"

口信进了守卫耳里，钞票进了狱卒口袋，它们双双被取走，然后被遗忘，哪一个都没能抵达它们的目的地，但德达在归途上默默说："等着瞧吧，爸，等着瞧我给你带了多少钱！"三天里，他都躲在那个被当成信箱使用的坟边，寸步不离。然而，再也没有人出现，再也没有谁过来留下任何新的信封。

第四天，终于发生了他期待已久的事，他终于见到那名穿长袍的男人。不过，这次他直接走过上次使用过的那一座坟，站到右侧的另一座墓碑前方。躲在树后的德达想，如果自己没记错，这座墓底下也埋了母亲的另一块尸肉：肢解下来的右腿膝盖至脚踝的部分。

长袍男人把一只白信封埋入地底便直视着前方离开了。德达一秒也没浪费，迅速跑到墓旁，打开白色大信封，试想，有什么比金钱更有价值？里面只有一叠纸。是一些文件和几帧照片，上面涂满笔记。照片上是一群穿长袍的蓄胡男人，其中几个缠了头巾的人头被红笔圈了起来，但德达看不懂上头的字。如果他识字，他会发现上面的名字包括"谢赫嘉孜"和"赫多·阿里夫"。就算他识字，他也无法理解文件内容，毕竟，他从没听说英国情报局或辛克美教团的旅英成员。事实上，就算他读完每一份文件，他依然什么都不明白。他拿在手里的这叠纸不是钞票，而是情报局的信息资源。就算他知道那个穿越墓园大门、来到这排坟前的眼镜男人在办事处的职位，他也不会了解这一切到底是怎么回事。因为，毋庸置疑，史蒂芬的名片只写着商务代表，不会写出他其实是情报局派驻伊斯坦布尔的干员。

情报局的行话里，他跟泰涯所使用的交换技巧叫作死亡包裹[①]。这是一种收授人无需直接面对面接触的对象交换方式。他们不像从前需要使用保险箱或类似物品，他们仍需要某种信号来告知对方某个情报点是空点或者确实已有传递对象埋入。史蒂芬选择前往墓园路上的一盏路灯，更明确说，是一根路灯灯杆。每次留下信封，他就会在灯杆上系两种脚踏车锁链里的其中一个。锁链有两种颜色，一蓝一红。车锁在史蒂芬和泰涯之间来回交换，这样便能确保对象传递的安全性。最安全的交换场所就是鲜少有人出没的墓园，墓园没有一般的路人，因为这里的眼睛大都深埋于地底。不过，或许史蒂芬选择墓园是因为自己固有的黑色浪漫风格，毕竟这种信物交换被称为死亡包裹。

泰涯成为叛徒的理由很简单，一切都归咎于多年前谢赫嘉孜说的一句话。"你们搞清楚，赫多·阿里夫是我的唯一接班人。"此前，泰涯已效忠谢赫嘉孜多年，他十八岁那年就曾在特兰·色拉蒂发动的飞弹攻击中舍身保护谢赫嘉孜性命，并因此昏迷了七日。后来，他更见证了谢赫嘉孜和特兰·色拉蒂握手言和，他们亲吻彼此的脸颊，同意将整个区域一分为二。从此，就如同他的精神导师所言，他再没有理由哭泣了。史蒂芬经验老到，知道怎么从嘴巴里的成千上万颗牙中寻获蛀坏的那颗，更知道怎么拔除它。最后，泰涯接受了史蒂芬的提议。总之，自从多年前明确指定了接班人以后，泰涯便一直在等待机会，他的作为并不完全是背叛，只是取得相应的报酬，且全以现金计算。当然，德达不可能知悉这些事。

他把纸放回白色信封，再把信封藏回原位，不这么做恐怕会被泰涯逮

[①] 死亡包裹（dead drop）：或通称为"秘密情报点"。

到。但德达从父亲身上继承了小偷的敏锐直觉，再加上一些奇异的潜意识，此刻，他决定取走一半文件。他将那些文件塞入上衣，用裤腰带固定文件的下面两角，然后迅速埋妥剩余的纸张便急忙跑走。他心里想，这些文件如果真的值几个钱，他就再也不必忙扫墓的活了。不过他也对自己说：今天别从黄色信封里取钱。对他而言，一天偷了两样东西已经足够。

接下来五天，他用口袋里的五张钞票买东西吃，买烟抽。他甚至忘了晚上去敲苏雷雅家门讨饭。他将白色信封里偷来的文件藏在地面床垫的枕头套里。每晚，他躺在枕头上做梦，梦见自己变成了有钱人。不久，他才发现，自己其实不知道这些文件能够卖给谁。"没关系。"德达说，"总会找到法子。"然后，他不断梦到自己成为职业窃贼，几次睡睡醒醒，他才终于像个孩子般陷入沉眠。

德达入睡时，史蒂芬坐在代表处的安全屋①，正在键盘上敲打密电。他打的每个字都加了密，透过机器成为纸带上的一连串小小孔洞。黄色电报纸条从机器输出口吐出，仿佛一条自洞穴缓缓爬出的蛇，缠卷在一块儿。完成电报后，他仔细检视纸带，仿佛在结账柜台前确认自己拿到的收据。他用拇指和食指数出八个数字，再将纸带置入信封，粘好封口，等待情报局的信差来取件。他们每个月都从伦敦过来两趟，当然每次都以外交护照出入境。对情报机构而言，信差就像从前的信鸽。不过，史蒂芬这人就是这样，他老派到宁愿亲手写信。曾有一款特别为撰写密电设计的计算机程序被安装到他的计算机上，当知道该程序无法使用时，他莫名窃喜。他一边在心中默想密电的措词，一边轻抚从机器口吐出来的黄色纸带。信的开头是：安全屋

---

① 安全屋（safe room）：指情报人员、秘密警察使用的房间，可避免受到监视或监听的房间。

必须监控辛克美成员——贝吉

后面写着：

据您指令，对先前犯下谋杀罪之劳工及其女儿之签证要求进行监控，我确信，更多有关乌贝督拉及其子贝吉之完整后续数据终会对我们的任务有所帮助。据我最新取得的情资显示，贝吉已变成一名具有暴力倾向的狂热分子。至于乌贝督拉跟赫多·阿里夫之间的关系，实乃建立于不可动摇之忠诚。职是之故，我以为，欲策动他叛变之想法是错误的。总之，据我分析，他乃是一名潜在圣战士，我要求尽速针对贝吉进行严密监控。

直到清晨，史蒂芬才返回他位于贝伊奥卢①的住所。他知道自己无法入睡，于是再度翻开托马斯·爱德华·劳伦斯②的《智慧七柱》③。这或许是第一千次了，他边翻读，边思索自己为何如此钦慕这位"阿拉伯的劳伦斯"。这或许是他第一万次这样思忖了。他想，可能是因为他也担任过间谍？可能是因为他跟自己一样，也是个受虐狂？如此揣想这两个可能的理由，他面露微笑，抚摸书皮的布料，来回地抚摸。史蒂芬坐进沙发，像劳

---

① 贝伊奥卢（Beyoglu）：位于土耳其伊斯坦布尔，金角湾以北，与君士坦丁堡相望。中世纪称为佩拉，是热那亚和威尼斯商人的基地。目前是伊斯坦布尔最活跃的艺术、娱乐和夜生活中心。
② 托马斯·爱德华·劳伦斯（Thomas Edward Lawrence）：又称"阿拉伯的劳伦斯"，本为英国军官，因一九一六年至一九一八年在阿拉伯起义中任英国联络官而闻名。他得以成为公众偶像，部分缘于美国旅行家兼记者洛维尔·汤玛斯所撰写的报告文学的流行。许多阿拉伯人将他视为民间英雄，许多英国人亦将他认定为伟大的战争英雄。
③ 《智慧七柱》（Seven Pillars of Wisdom）：托马斯·爱德华·劳伦斯的自传体作品，记录他在沙漠中的战争回忆，被公认为"英语文学中最伟大的现代史诗"，丘吉尔曾评论此书"跻身英语文学最伟大的作品，在战争与冒险的描述上无可超越"。

伦斯一样穿得像个阿拉伯谢赫①，他对这套大马士革裁缝替他缝制的白色布料感到很满意。

电话铃声响起时，他已约莫读了二十页。他接电话的态度也像极了阿拉伯谢赫，尽管时间已经是凌晨四点。

"爸！"

史蒂芬直接将电话挂掉。他不在乎这是自己四年来首度听见儿子的声音。电话铃声又响起，连续响了三次，仿佛是附近邻居的电话一样，史蒂芬又翻过了一页，再抬头一声不吭地盯着电话，目光像是来自远方。

德达穿过墓园入口时，太阳正要下山，他停在警卫室门口。

"亚辛兄弟！"

"你大呼小叫什么呢，孩子？"

他伫立原地，亚辛就站在他的背后。德达把手上装在黑色盒子里的巴拉玛琴②递给他。

"那人修好它了，就像你说的。"

亚辛一边取琴，一边问："钱够吗？"

"够。"

"有找钱吗？"

"你之前说过，我能留下零钱。我为你的事跑了整整一天。我已经……"

---

① 阿拉伯谢赫（Arab sheik）：阿拉伯酋长。"Sheik"一词在阿拉伯国家中泛指家长、村长、族长或酋长。

② 巴拉玛琴（Baglamam）：一种土耳其民间特有的弦乐器。

"好啦孩子，没事的。"亚辛回道。

然后他走回警卫室，关上门，坐在沙发床上，把盒子的拉链拉开，将琴取出来。两天前，他酩酊大醉后跌撞到墙壁上，当时手上正好拿着这把巴拉玛琴，琴把就在他撞墙时应声断裂。

"若伤到琴的主体，那就没得救了。"修琴师告诉德达，说完一边将新的琴把安装上去，就是现在被亚辛紧紧握住的那只琴把。亚辛本想触碰琴弦，但忽然停下了动作。"抱歉。"他小声喃喃，巴拉玛琴于是谅解了亚辛，悠扬的乐音从警卫室传了出来：《我自做的，我自找的》，德达听过这首曲子。亚辛确实无人可以怪罪，向来如此。然而，德达的确已经开始对某人感到愤愤不已：亚辛。他都嚷道："竟叫我一大清早就出去跑腿！"接着他开始思索，今日是否有人来过墓地。他想知道，今天有没有谁特地造访他连续一周来整日躲藏在树后窥看的那座坟。想知道答案，方法只有一个：亲自过去瞧瞧。

他走到最靠墙的那排坟墓，伫立着思考了半晌。他看看第一只信封被埋入的位置，然后再看了看右侧的坟，也就是第二只信封的匿藏处，然后再转头看看更右侧的那座坟。他们习惯自左向右移动吗？他自问。"意思是，他们打算动用一整排坟墓吗？没错。"他告诉自己，"肯定如此。"他心里想："他们必须不断移动匿藏东西的地方，以免有人发现那个规律。不过，他们铁定只沿着这一排，自左到右。"

他对自己的理论充满信心，遂走到墓边，站在墓前，把手指伸入墓穴边缘的土底下，他一边把土挖松，一边不停试探、寻找，直到手指头勾到了硬物，这次可不是信封，他将手伸得更深，直到够到一只疑似匣盒的东西，便用力将它拉出来。眼前出现一个白色匣盒。此刻，全世界应该再也找不到像德达这样兴奋的孩子了，谁知道盒里有什么宝物？或许里面的钱多到塞不进信封呢!

他迅速环顾周围,然后打开匣盒,一打开他便后悔了,极度后悔,却无法把匣盖盖回原位。就在他将匣盒和匣盖扣好之际,一时手滑,里面的东西全都掉到地上。德达自己也几乎跌坐在地。匣盒,匣盖,以及母亲的左手全都滑入土里。好吧,应该说是母亲左手仅剩的部分:一点点肉末和一些骨头。德达知道,这是母亲的左手,因为是自己亲手将它埋入坟底的。他不停吞咽口水,以避免呕吐,他深深吸气,以防心脏阻塞,然后他以上衣的一角轻手轻脚地将那只手放回匣盒,把匣盖盖在上头。他往墓穴的另一侧走了四步,跪下找寻之前挖的坑。他无需另觅,只消低头,那个坑就在自己的双膝之间。

有人发现母亲的左手,并将它放入这个白色匣盒里,然后再埋入墓穴底。谁呢?德达并不知道泰涯的姓名,他只能不断对自己说:"他果然看到了!那男人一定看到我了。那天早上,他正好撞见我在干的事,所以才叫我小心。小心,否则会被逮到!"

他是对的。

史蒂芬的指示:

"将信封里的文件列表写清楚,列表也一并放入信封。这样才就能确认里头该有哪些东西。"

史蒂芬善用此类基本预防措施,事先告知泰涯关于文件缺失一事。因此,泰涯也列了可能看见他埋藏信封的人员名单。清单上的人只有一个:那个悄悄在墓边埋东西的孩子。泰涯前往那个曾见到德达跪俯挖掘的地点,眼前的尸块让泰涯这样刚强的战士也无法承受,他迅速将此事抛诸脑后,并且备妥了只有一个饵的钓线。一个钩,一个饵,一条鱼。他不打算追着这孩子到处跑,谁知道他打哪儿来,又会跑哪儿去。他打算一次就逮住他的猎物,他只需要决定自己要用哪一座坟当陷阱,这孩子偷文件的坟?或干脆假装一切正常,放在右手边本来计划使用的坟?这是一场赌博,结果有两种可能。泰涯决定把赌注下在这个孩子的聪明才智上,相信他已经观察了好一阵子。他用匣盒代替文件,埋在下一座坟底。

这是个完美的饵。德达思索,"在对的地点、用了对的方法,绝对不可能是别人。一定是那个穿长袍的人!如果是别人,恐怕早就有大批警力出现,他们在我踏进墓园时就会将我抓起来。但没有,有的只是这个白色匣盒,这个被埋藏起来的东西。"德达几乎大吼道:"我该怎么办?"

"我他妈惨了!"

他看看手上的匣盒。他得先解决此事,此乃当务之急。

他奔至墙角,尽力挖出一个极深的坑,再将匣盒丢进去,然后迅速将土盖好,接着站起来头也不回地跑开。这次,他不想记住掩埋的位置,他已经不再在乎自己是否仍记得母亲被埋在哪儿。记得那些埋尸地点对他有任何好处吗?反正他不会到各个埋尸地点为她诵读《古兰经》首章①。"去他的。"他对自己说,"去他的。"现在该怎么办?这些人的目的是什么?他想,"一定是为了钱!"

"操,他们要钱,他们想将钱取回。但我全都花光了,我把钱全给花光了。等等,文件还在,我可以还他们,他们或许就会原谅我,或许把文件还给他们之后,他们就不会再纠缠我了。但是,如果他们仍不放过我呢?"

当晚,他带了一只盒子来到前一天那个地点,将文件包在自己的枕头

---

① 法提哈(Fatiha):《古兰经》的首章,名《法提哈》,是提纲挈领式的简短祷词,被置于全经卷之首,多以长章居先,中章次之,短章在后。

套里，埋入土里，然后尽力抚平地面。他一夜没能合眼，独自在漆黑的屋子里待着，手里紧握一把刀，他彻夜等待，眼睛连眨都不眨一下。就这样，直到早晨的唤拜文①像一首催眠曲，伴随他缓缓入眠。

醒后，他赤脚走出屋子，翻过围墙，跑到坟墓边开始挖土。他挖了又挖，不断地挖，把墓穴的土不断掘出，让沙土飞溅得到处都是。他一边挥去沙尘一边笑，因为他终于确定：他们将文件拿走了。他们终于走了！一定是那个穿了长袍的人来过，取走了文件。或许他永远不会再回来。德达沉着脸对自己说："钱呢？要是他们回来讨钱呢？可没那么多事吧？如果，如果那个穿长袍的男人真的回来讨钱？那我可就真的惨了。"德达不断跟自己对话。他打从心底感觉恐惧。"他会杀了我。我无法把钱偿还给他，就算取了我的命也是徒劳。就算给我几个月时间，我也没办法将那笔钱筹出来。他妈的！"德达大喊，"操！"

从这天开始，德达彻底变成了一名隐修士。而他正一天天成长，恐惧本身并不痛苦，等待才是最可怕的。一如有人曾写过的，等待恐惧比恐惧本身还要糟糕。

"怎样？"艾沙说。"在等人吗？"

"没有。"德达说。

---

① 唤拜文（Ezan）：在伊斯兰国家，靠近清真寺，一天会有五次唤拜文广播，分别在凌晨、早上、下午、向晚、午夜。每一次音调会有些许不同，早上还会加一句：祈祷胜于睡眠。唤拜听起来就像唱歌，其实是特殊的经文朗诵。需要经过特别训练的人才有办法这样诵读《古兰经》。唤拜是为了提醒教徒放下手边的工作，准备做礼拜。大约在唤拜结束后二十分钟，信徒们会开始在清真寺内外一同礼拜。

他的口气缺乏说服力。他不停环视四周，伸长脖子，想看清树后的情况。他不断站起来又坐下，站起来又坐下。这种情况已经持续了整整一个月。

"你为何不停东张西望？"

"关你屁事？"德达大声叱喝，但他很快就后悔了。

"我想跟你说件事，但这是秘密。"

"好啊。"艾沙回应，"你说吧。"

"如果你在附近看到一个穿长袍的男人，告诉我。"

艾沙指着德达后面说："那儿就一个。"

德达跳了起来，向自己背后张望，那是乌贝督拉的兄弟——雅库，他穿了一身长袍，站在一座像陵墓般的墓座前，正展开双臂在祈祷。德达转身面对艾沙。

"不是那个！没错，他也穿长袍，可你知道他会在哪吗？知道我们那道围墙吧，我家那一面的围墙？那边，那排靠墙的坟墓，看到了吗？最后一排，知道吗？如果你在那儿见到一个穿长袍的男人，你一定得跟我说。如果我在家就来我家里叫我。总之，不管我在哪里，你一定要找到我，然后告诉我。看在真主的份上，这事非常重要。"

艾沙笑了。

"好啦，但为什么？这就是你的秘密吗？"

"听着，我最近替那个男人做了些活儿。我帮他扫墓，但他没给我钱，我辱骂了他，结果被他狠狠揍了一顿。了解了吗？要是真被他给逮住，他一定还会再修理我。我当时骂他骂得狠啊。"

"真的？"艾沙问。"你以为他没别的事好做，成天就忙着找你？他很可能早忘了，不会回来了啦！"

"如安拉旨意，此事是真的！"德达再次肯定，然后跪俯在地，用手遮挡阳光，查探下周遭环境后才坐回坟边，背靠在墓碑上，一边接过艾沙递来的香烟。

"总之，有人在后面那一带走动，你就得告诉我，知道吗？"

艾沙替德达点烟，"当然，别担心。"他说着，又点燃自己手上的烟，说：

"在我看来，你完全没有害怕的必要。"

艾沙吸了五口烟，然后问，"你知道费孜，对吧？从孤儿院跑出来的那个小孩？"德达点点头。

"我今天遇到他，他怪怪的。你知道，他总是背着那只袋子。你可知道里面装了什么？他给我看过，是一只洋娃娃，就是女娃儿玩的那种，那洋娃娃还穿了一件洋装，然后，费孜把娃娃的衣服脱下来，就跟真的女人一样有胸部、有屁股，跟大人一样，知道吗？反正，他说他逃出孤儿院就是为了这个娃娃。叫什么来着？芭铂，芭芭，哎呀那类的，芭比，对吧叫芭比。知道原因吗？里头的人看见他抚摸娃娃就干了费孜，懂吗？"

德达仍忙着观察四周，他把烟蒂摁在墓碑上捻熄，然后问：

"没错啦，但他干嘛为了一个娃娃挨揍？何不干脆丢了它？丢了就不会被打了，是吧？"

"等等，跟你说。"艾沙回道。"你可知道那娃娃是谁给的？猜猜看。"

"我怎么可能知道？"

"老兄，那是总理给的！"

"操！"德达惊呼。

"我发誓，真的。他去了他住的那个镇，那个村，管它什么的，总之总理就是去了，居民也跟着跑去，那时他还小，总理在派送玩具，所有小孩都为了玩具在推搡，又推又拉。费孜在地上发现了一只娃娃，开始时，他还不明白那是什么，后来，他渐渐发现自己无法将这个娃娃丢掉或是给别人。我的意思是，应该可以说它是总理给的，对吧？镇上那些小孩看到他和这个女孩儿玩的东西，对吧？他们就忍不住去摸，费孜当然无能为力，后来他们开始摸费孜，然后他……"

德达转身望向艾沙。

"等等，我的天，你做了什么？"

艾沙终于响应了他，以问题回答问题。

"你不想吗？"

"你搞你自己吧。"德达说。"我从他那边能要到什么？"

"弄点面包给他，费孜就会……"

"不可能。"德达说。

"所有人都这样做，费孜说的，连足球场上那些小孩也来。不过，你真该看看那只娃娃，完全就像一个真的女人，费孜用他的手……"

"老兄，我操你！"德达再次咒骂，他觉得一切都恶心透顶，不是因为费孜为了面包替艾沙干的好事，而是因为自己居然轻信了费孜说的关于孤儿院的事，或许那些事都是真的，或许他们真的在厕所里干了费孜，但德达从没打算要带着一只芭比娃娃到处闲逛。有那么一会儿，他觉得自己白费工夫，居然毫无来由就对孤儿院心生恐惧。这样一来，他将母亲肢解又分批埋尸根本就毫无意义了。他无来由地从长袍男人那儿偷来了钱，还为此事惹了一身腥，全都因为费孜，全都因为那只蠢娃娃，全都是因为他拿到一只娃娃然后就疯了。

"我要操爆费孜！"德达大声宣告，他自己也没有意识到自己声音有多大，艾沙转头看着他的眼睛，马上更正了自己的说法。

"拜托，不是你想的那样。"

"起来！起来！"

他本来躺在柏树荫下，睡在两个已经挖好却仍在等待墓主的墓穴里。德达睁开眼，见到艾沙从上面俯瞰自己。

"什么事？"

"有人在你说的那排坟墓那边，是女人。"

德达迅速跳了起来。出于习惯，他一股脑地拔腿跟上艾沙同时，还不忘先抓了塑料桶和刷子。他的心脏快从嘴里跳出来了，但他努力闭紧双唇，把心压回去。当他靠得够近，近到足够看清站在一座坟墓前的女人时，他知道，自己必须开口说些什么。

"好了，你可以走了。"

"你确定？"艾沙开口问。

"是。"德达回答。"回去工作吧。"

艾沙离开了，留下德达躲在平常偷窥的树丛间。他一边观察这个女人，一边像风拂下的树叶般颤抖。女人伫立在他埋葬母亲左胸及肋骨的地点，当时，他费了好一番工夫才砍断那些部位。女人凝然不动，愣愣地盯着大理石板。德达猜，她或许只是一般访客，看上去好像要落泪。她摸了摸坟墓的大理石边缘，然后用手遮住嘴。德达几乎被说服了，这个女人并不是他等待的恐惧来源，就在他正要缓缓离开隐身处时，他看到一个让他差点昏倒的景象。他揉了揉眼睛，拨开眼前的叶丛。他亲眼见到女人从包包取出了一只白色信封，放入墓穴边缘底下。"操！"他脑海中的尖叫声不停回荡着。

女人在墓穴边缘徒手挖了一个坑，挖到足以埋下信封的深度后，抬头看了看四周。德达迅速把头缩回树丛。该怎么办？他不断自问。我该怎么办？我该怎么办？我该怎么办？然后，他忽然有了一个想法，"何不上前跟她说说话？何不跟她解释这一切？告诉她我无法偿还那些钱，然后跪倒在她的脚跟前道歉？何不向她乞求原谅？或许这样便会劝服她，她便会回去跟那名长袍男人谈谈。对，就是如此！"他告诉自己，"这样一定可行，我已经厌倦生活在恐惧之中，我早已不在乎会发生什么事。"

德达像罪犯走上刑场般离开了树丛的掩蔽。尽管无辜，他仍昂首步向法律的制裁。每踏一步，他的恐惧就减一分。他终于走到女人背后，深吸了口气，说：

"抱歉。"

女子才刚用土将坑洞里的信封覆盖好，她回头望望身后的小孩，表情像从梦境中醒过来。

"拿走文件的人是我，我还拿了些钱，我已经把文件放回了，但我没钱。拜托，请原谅，我什么都愿意替你做。"

德达说话时，女人从上到下掂量他，从脚下的鞋、头顶的头发、手上的水桶和刷子，到他的眼睛、牙齿。女人看起来像被自己的思绪带到远处，又像是看着这个男孩看到失神。她没有要说话的意思，德达继续说。

"拜托，看在真主的份上！"

女子摇摇头，指了指墓碑。德达一时不明白，便问了一个脑中最早出现的问题。

"你要我把墓碑清理干净？"

女子再次指着坟墓，点点头。德达不用再问了。

"好！"他回应。"给我一分钟，我得去装些水过来。"

他竭力狂奔。整件事能如此轻易获得解决，让他开心极了。只要将坟墓清理干净，就能偿还自己的罪行。他跑到广场水池边，等水桶装满，便一边大口喘气，一边又马不停蹄地折返，跑回原地。他没有走通往墓园入口的大路，而是抄捷径。在经过前一刻藏身的树丛时，他呆站住了，女人已经消失，他四处张望，想寻她的踪影，但什么也没看到，于是他只好往墓园入口的方向跑，如果她正好要离开，他一定能够追上她。他必须追上她，跟她好好谈谈，确认下共识，确定一切会没事。他已经不再畏惧。经过水池时，他将水桶丢下，装满水的桶子太沉了，会拖慢他的速度，他双腿跨大步，以最快的速度奔至墓园入口，入口处没有人，没有女人的踪影，没有任何人的踪影。他走出入口，往大街的两侧察探，女人好像凭空消失在空气里了，或许她迅疾坐上了车，车开走了？他心里思忖，但已毫无头绪，彻底困惑了。现在只能确定一件事，他绝不会去碰那只埋在墓穴边缘的信封。他不知道自己该怎么做，不知道对方期待他有什么反应，他甚至不确定自己跟那女人是否已有共识。

"她指着坟墓。"德达大声地说，试图记住她那时的模样，并仿效起她的动作。

"她这样做，像这样指了指，然后我问，要清扫吗？她点了点头……就这样，对吧？"

这是他们那场对话里的极致了，一切简洁扼要，相当确实：他们会"清除"他的罪行，前提是德达把墓扫打理干净。他笑了，拔腿奔跑，只是经过水池时慢下脚步，抓紧水桶，然后一路奔跑到墓前，环顾四周。他感觉有人正在监视自己，他们一定在看他是否履践了协议的内容。他开始一点一点将水倒在墓碑上，然后抬头望向远方。

他想大喊，"看！我在这里按你的吩咐做了！"他非常认真地执行任务，一片一片拾起四周树梢落下的枯叶。浇水，用刷子把墓碑上的泥尘刷洗掉，他竭尽所能，带着虔敬完成了任务。他十分认真，勤奋且谨小慎微。他想，这必定是某个重要人物的坟墓，否则怎么可能只需清理这座坟，就了结了自己欠的债呢？

清理坟墓时，德达感觉到更趋显著的独立意识，他正在克服自己内心的恐惧，喉头的结慢慢解开来，脸上紧绷的表情慢慢趋缓，变成一个笑容。长时间以来，他首次觉得舒坦，甚至觉得有些愉快。

清晨的阳光溜进他的眼皮底下，他微笑着醒来。梦中，他见到了自己的父亲，尽管现实生活中他已遗忘父亲的面容，梦境却让他确定对方就是父亲，梦中的父亲已经出狱，两人一起吃早餐。德达起床穿衣，吃掉昨日剩的面包和一些奶酪，提着水桶和刷子，走出大门，左转，沿屋子的外墙走，一路走到墓园。他弯下腰，穿过多年前凿开来的墙洞，走入墓园。往生者人数多了许多，现在，坟墓离围墙更近了。他在墓碑之间穿梭，走到新的水池边，装好水桶，走回那座墓碑前，停下脚步，开始清理坟墓，对他来说，这是在进行神圣的祭祀。他完全不知道信封是否仍在原处，况且他也不想知道。他只是在做对方要他做的事：让坟墓保持干净明亮。

确定一切洁净无瑕后，他的手滑过墓碑，脸上崭露微笑，然后他看着脚下的石子路，脚下的碎石盖着母亲的左胸骨与心脏。这条小径这排坟墓前一路延伸，下面覆盖了母亲所有被掩埋的身躯。他弯下腰，轻抚着墓碑喃喃道：

"明天见。"

这年，德达十六岁。

"嘿，最近还好吗？"雷孜开口。

"还不错，等了很久？"德达回问。

"不会，走吧！"

他们走出墓园。巴士正在靠站，他们快步追上，跳上两级台阶，紧紧抓住皮制把手。他们面对面站在巴士车厢里，雷孜先开口，他在这年纪其实算是天才。

"薪水不错，但工作有些辛苦。"

"没关系。"德达回应。

"他们有点，哎，你懂吧，别强迫自己或太坚持什么。"

"不可能啊老兄，我还能怎样？我还能像个混蛋吗？只要他们肯给钱，我才不在乎，我什么都不在乎。"

"还有。"雷孜说，"如果能讨他们欢心，他们也会给你一个书报摊，那样你就能赚得更多。"

"你做什么？"

"我负责机器，在仓库。"

雇主见雷孜自如地操作复杂的机械，很快就认可了他的才能。

"我暂时只要运货，对吧？"德达追问。

"没错。你从仓库取货，搬上卡车，然后把货物送到书报摊。来吧，就这儿下车。"

他们下了巴士，沿大街边的阴暗小巷往前走，在一幢三层楼建筑前停下脚步。雷孜一把抓住正快步走向前门的德达。"不是那边，这边。"雷孜指了指楼侧的这个小楼梯，它可以将他们带到地下室。他们往下走到楼梯间，雷孜敲了敲面前的铁栅，里面传出一阵粗野、含糊的嚷声。

"谁啊？"

"雷孜。"

门开了,印刷油墨的浓郁气味直冲鼻腔。在气味直往外冲的同时,雷孜和德达已经走进地下室。一名戴着眼镜的男人站在打开的门边上,看上去年纪轻轻却已初现老态,仿佛岁月在某一天一下子都落在他肩头上。

"这就是你那位朋友?"问题一字一句从他缺牙的牙缝间缓缓流出,仿佛他的牙齿某一天忽然从他嘴里一窝蜂逃跑了。

"没错。"雷孜说,然后转身面对德达,"这是苏莱曼兄弟,我的老板。他管理这里的一切。"

他做了个介绍的手势,开始展示印刷厂里的所有机器:一切。大楼地下室比从外面看起来要大,约莫是大楼本身的两倍宽,也可能是因为所有堆砌起来的书让人产生这种错觉,这里有数千本书和庞大的印刷机具。

"还没人过来吗?"雷孜问道。

"还没。"苏莱曼说。"我自己也才起来,先煮茶吧,我们喝一点。你叫什么?"

"德达。"

"听着,孩子,你知道我们在这儿做什么吗?"

"雷孜跟我说了点。"德达回答。

雷孜站在两个高度及腰的橱柜前,这些柜子倚在唯一没有叠放书本的墙上,其中一个橱柜上有炉子,另一个则有洗碗槽,槽上面的水龙头在不停滴水,橱柜旁还有个冰箱。雷孜在这个简易厨房里烧了开水,这间仓库也是苏莱曼的家。他抽起烟来,飘散的烟草味与煮水的蒸汽混作一团,苏莱曼用力咳了几声,清清喉咙,然后继续说。

"我不希望听到你做了什么蠢事,一次都不行,了解吗?"

"了解。"德达回答。

"伊斯拉菲马上会过来,他解释工作比我更清楚。不过,我可先严肃告诉你了,你有时可能会遭遇一些麻烦,如果你向警方告密,让他们知道我们在这里干什么,他们就会逮住你。了解我意思吗?"

"别担心。"德达说。

"错了!我根本无法分神去担心这种事,你给我搞清楚了:只要规规矩矩,做好工作,嘴巴闭紧,你就一定能拿到钱。"

"好。"德达说。

他不关心这个仓库,不关心苏莱曼说的一切,唯一的愿望是能多挣到一点钱。现在,他已经老到不适合在墓园讨生活了,他那副哀痛的表情早已骗不了人。而且,他伸出来讨钱的手已经无法再往上举,要往下摆,才能伸到客户面前。德达已经比多数墓园访客还高了,何况他们祭拜时还总是弯着腰。此外,墓园的围墙几乎都垮了,正在重建。听说亚辛会被遣散,未来会委托私人企业的警卫进驻,孩子们将被禁止进入。

不久之后,扫墓童将变成历史。泥土路面已经被铺路石彻底覆盖,最宽的那部分路面铺了柏油。时代变了,孩童将被拒斥于墓园之外,将被推到墓园四周逐渐高筑起的围墙之外。以后,再也无法讨死人的面包,所有孩子很快会离开。顶多一个月,这些情况都要发生,因此,找寻有利可图的工作已经成为所有人的当务之急。艾沙去了大理石雕刻厂当学徒;费孜去城里觅寻生路,从此杳无音讯;雷孜透过亲戚牵线,在这个印刷盗版书籍的仓库找到工作。

他跟德达提起这份工作,德达吼道,"书?老兄,你开玩笑吧?你明明知道我不识字。"雷孜马上回应他,"兄弟,不是要你读书,你只是去搬书。"

他们的早餐是雷孜跑出去买来的芝麻圈佐茶,放在一口箱子上,下面垫了一沓还没裁过的畅销小说纸页,他们安静地吃着。

一会儿铁栅门打开了，进来一个身形壮硕的男人。苏莱曼把最上头那张落满芝麻的纸页从四个纸角拉起来，揉成一个纸团，然后抬头说："啊，是伊斯拉菲。"

伊斯拉菲脱下了外套，手枪柄就在他的腰间摆荡。雷孜站起来，德达也跟着起身。

"伊斯拉菲兄弟，这是德达，我跟你提过的朋友。他要来当搬运工……"

伊斯拉菲望着德达和他那双充满愧疚的眼神，问：

"你父亲做什么的？"

"关在牢里。"德达说。

"好。"

这是德达首次见到有人对他的响应丝毫不感诧异。伊斯拉菲点点头，好像被关在监狱是件寻常不过的事，德达等着他继续发问，但他没有问下去。对伊斯拉菲而言，监狱是另一个世界。他一口气咽下雷孜递给他的茶，然后再次开口：

"货车约莫九点到，他们会跟你说明哪些东西需要你搬，然后你跟车，把货送到书报摊。一天得来回个三四趟，视情况而定，傍晚要从书报摊收货带回来，工作内容就是这些。你动作得快，不准在书报摊闲逛，了解吗？"

"好的。"德达回应。

伊斯拉菲点上一根烟，将空杯子交给雷孜，继续说：

"听好了，你会在这里是因为你的朋友替你做了担保，努力点就不用担心丢工作。"

"我了解，兄弟。"德达说。

伊斯拉菲用严厉的眼神瞪视德达，然后深吸三口烟。他不用多说一句话，威胁感便从身体散发出来，像一朵云笼罩了整座仓库。当伊斯拉菲确定德达已经彻底被这朵云的冷冽水汽浸透后，便转身消失在书籍堆砌起来的迷宫中。

半小时后，德达开始搬运两大箱书，每箱各装了四十本书。他穿过铁栅，爬了十二级台阶，将箱子装进停在阶梯顶端的无窗厢式货车上。他一共来回走了七趟，然后发现一台货车一次能装下十四箱书。他拿起冰箱旁的水壶，在杯里装满水，然后举杯牛饮，接着擦掉额上的汗，大呼"来了！"便赶忙跑上台阶，跳进副驾驶座。才刚进车，一根香烟马上送到他嘴前。

"点起来。"

他接过烟，用仪表板上的点火器燃烟。他跟阿卜杜拉一小时前才刚认识，他们一起将车开上小巷，驶向大街。上了大街，德达就发现阿卜杜拉明显是个闷骚的长舌公。一如所有隐性的多嘴长舌之辈，只有在身边只剩下一人时，他才会真正没完没了地扯个不停。在咖啡店拥挤的餐桌前，他或许会安静地坐着，一旦所有人离开，他就绝对能在唯一留下的耳朵上烧出一个窟窿来。他会陈述所有随机浮现于脑海里的事，会把所有心中想法一吐为快。他会评论刚才起身离去的人，甚至回答离去的人之前的提问。这一切再次证明了为何没人愿意与阿卜杜拉独处一室。但德达没有选择的权利。每天在货车车座间，一个又一个漫漫钟点，他都得跟阿卜杜拉共处。打从这句"点起来"开始，他就被判定必须终日忍受阿卜杜拉无休无止的饶舌。

最先抵达的地点在大学附近的天桥上。德达这时才了解为什么雷孜会说这份工作有点辛苦，通往天桥桥面共需爬六十四级阶梯，每爬一阶，他对这个书报摊的恨意就会增加一分。他先将三个箱子堆放在一起，浑然不知自己陷入怎样的困境。当他放下手指紧扣的最底下那个纸箱时，疼痛感迅速窜升至他双腿。一个蓄了满脸胡须，名叫沙鲁罕的年轻人站在书报摊前，据他的说辞他还是大学生，在天桥底那所大学主修数学。经过整整两周以及无数次六十四阶上下往返之后，德达才获悉这些事。

送货让他们有机会造访市区许多地方，包括各式购物区或社区中心。摊主通常跟沙鲁罕年纪相仿。每逢德达出现，把箱子放在铺了帆布的地面上，他们便会离开本来倚靠的墙面，趋前打开来瞧瞧，然后迅速将书取出。他们很少会正眼看德达，但完工后，他们总会说，"谢啦，兄弟。"唯一一个愿意多说上两句的是沙鲁罕。有时他会问，"最近还好吗？"有时会抱怨一句"今天冻死人了！"之类的话。依天候而定，箱子有时会留在书报摊，下雨时他们则会开车四处晃到天黑。

一天结束后，德达有时会跟雷孜同行，有时独自返回位于墓园旁的家。现在，他必须更早起床，才能持续完成五年来都没间断过清理那座墓的任务。早先两年，他时时刻刻都在担忧穿长袍的男人会再次出现。但接下来几年，男人的面容渐渐从他记忆中褪去，最后只剩下这座坟。最初驱使他刷洗坟墓的那份恐惧感早已杳无踪影。对德达而言，这个任务反倒成了像呼吸一样自然的事，成为一种惯性，一种对他人无害的依赖感。他的案例若被送到某个教授委员会眼前，他或许会认同他们对此行为的解释。他们会调用几个以"强迫"（obsessive）开头、以"执迷"（compulsive）结尾的词。但德达没有引起任何人注意，除了这座墓以外。此外，除了对这座坟墓的清扫时分，德达从未感受过什么叫作存在感或心灵平静。或许他真的把这件事视为一种补偿，补偿别人在他掩埋母亲尸块时被他窃取的钱。"我是真的走了好运。"有时，他会看着墓碑说。打十三岁那年起，他便开始对墓碑说话。他甚至不知道对方是谁，是真主，是父亲，是母亲，甚或是自己。或许他会选择跟墓碑说话，是因为墓碑只是一块石头，一块大理石。又或许德达跟大理石说话，是因为他孤零零的，三年下来，每天清晨如此。

他在每个季节都种下不同的花，不过从不种在墓穴侧边。他在坟前种了一排雏菊。谁知道躺在墓碑下死者的家属见到这些花会怎么想？所幸他每天早早就清扫完毕，不会碰上他们。扫完他会站得离坟墓远远的，待在这座不断扩张领地的墓园最偏僻的一角。他照旧在这儿讨食，每天早上他都会绕过来问"你好吗？"也必须自己提供对话内容，"我很好。"然后继续自问自答，"我也不错，我昨天做了些工，所以，你知道的，昨晚不用饿肚子上床。你喜欢这些雏菊吗？"

德达每次都必须替大理石回答，且每次在离开前总会说，"明天见。"没人发现他与一块石头之间形成的友谊。不过，又该让谁发现？他不敢见自己的父亲，他认为或许父亲会引来那些人，引来穿长袍的男人，会伤害他。不过，随时间流逝，耐心等待变得容易了。他现在就在耐心等待父亲出狱返家的那一天。已经过去五年了，五年中，德达变成了一台等待的机器。他先等待穿长袍的男人，然后热切等待父亲。等待的日子里，他学习了石头般隐忍的特质。一块白色的石头，一块隐忍的石头，一块白色而隐忍的大理石。

"他一直这样吗？"

"什么？"沙鲁罕回道。

德达看着一旁贩卖各种闹钟的摊贩，更精准地说，与其说他盯着那些闹钟，不如说他正在听它们的声音。约莫有二十款随机设定时间的闹钟不停在响,让空气中所有的粒子都逃不过电子噪音的幻术。摊主仿佛没有听觉,独自坐着读报,一副这些闹钟并不存在于这个现实时空似的表情。

沙鲁罕知道德达盯着瞧的人是谁。"他?他是个疯子。有几次我们几乎都要打起来了。他真的很难捉摸,那混蛋一定精神有问题。他像个偏执狂一样设定了所有闹钟,然后成天到晚坐在那里。"

"你怎么受得了?"

沙鲁罕笑了。他把垂在外套口袋里的耳机递给德达看。

"用这个。我听音乐,这些电池永远不会没电,我以你妈的名字保证。不过,若有人跑来说要买,我连钱都懒得收。反正是没人会要的。"

闹钟摊位前的男人翻了一页报纸,或许发现了旁边的眼神,便往沙鲁罕的方向点了点头。沙鲁罕露出笑容。"没事,没事!"他说。"我们只是在闲扯,觉得这声音可真悦耳。"又迅即转头面对德达。

"阿卜杜拉在干嘛?"

"他说要去收货,叫我在这儿等。谁知道他什么时候回来。"

"那家伙倒是另一种疯法。德达,跟你说,每个人跟每件事都疯了。比方说这份工作好了。这算哪门子工作,你说?可又能怎样?我们现在在这里,站在这边,因为我们必须这样。我们总是劝慰自己至少能赚个三库鲁对吧?不管刮风下雨,洪水干旱,我们总在这里。"

"可以问你一件事吗?"德达说。"为什么卖这些书是违法的?"

"说来话长。"沙鲁罕说。"管他的,你要一本吗?我可以给你一本。"

"不,没关系,不过还是谢谢你。"他觉得汗颜,没法向人坦承自己不识字。

"拿一本啦,兄弟,算我的!"

沙鲁罕往叠满了书的帆布弯下腰去,捡起一本厚厚的书。

"拿去。反正也卖不掉。没道理让你来来回回搬来搬去，搬得腰都要折了。真希望我能自己选择卖哪些书。要是我能决定他们印什么书，我早发财了。总之，他们总是爱印一些荒谬无比的东西。没错，有些卖得不差。但这种呢？要是一个月卖得出一本就算奇迹了。而且这本简直就像一块金砖那么重，你试试，真的。瞧！"

德达不情愿地收下沙鲁罕递给他的书。但他甚至不敢低头去看，他担心，一旦沙鲁罕说了什么涉及书的内容，他不会阅读这事便会被揭穿。他换了话题，询问这本书的价钱，但沙鲁罕正翻找自己口袋里的东西，并没听见。"等等，我要去跟疯子借火。"他走向疯子闹钟卖家，德达被独自留在原处。他看了看手里那本书的封面，整个人顿时僵住。

他瞪着可能是世界上他唯一能够辨识的两个字。过去五年来，他跪的那块大理石墓碑上刻的就是这两个字，这两个字也是唯一深深烙印在德达脑海中的两个字。他不知道这是字，对他来说，这是盖在他记忆里的印戳。他熟知这两个符号的每个曲线。对他而言，这是两个无声的符号，怎么发音他也一无所知。直到这一刻前，他从没想过这件事。人的听觉会记住别人说过的话，但从没有人大声诵念过墓碑上的那两个字。出乎意料，如今这两个字却从这本书的封面上回望他，直直望进德达的双眸中。

"发生什么事？你要带回去吗？"他无法理解对方的问题，因为他根本没把问题听进去。他抬起头，看了看沙鲁罕的双眼。

"教我读书。"

隔天早上，他带着来书到坟前。
"瞧。"他说，"我找到你了。你知道你叫什么名字吗？"
他微笑，用手指滑过第一个字，念着，"乌古斯……"继而滑过第二个字。

"阿塔……乌古斯·阿塔。"

下班后,他们在天桥附近的咖啡店碰头。把最后一批书送回仓库,阿卜杜拉在回家路上让他在最近的巴士站下车。由于所有路线的巴士都会经过天桥,他总是迅速跳上最早驶进站的第一辆巴士。当然,沙鲁罕给他上课不是免费的,他们协议的价码高达德达薪水的五分之一。因此,德达每月有五天晚上必须饿着肚子睡觉,但他毫不介意。饿肚子他有得是经验,何况他在沙鲁罕的阅读课堂上也表现不俗。

"首先。"德达跟沙鲁罕说,"跟我念这本书的名字。"

"《局外人》[①]。"

很快,德达开始梦见《局外人》。他对自己说,谁知道书里写了什么?他以拇指指腹用力抵住书中的第一章,让后面的数千页像幻灯片般逐页翻过。有时,他拿着书,凑上脸,感受翻阅书页时产生的微风。闭上眼感受拂在脸上的风,他的梦充满了对于《局外人》的想象。

当沙鲁罕说,"孩子,你拿这本大部头做什么?你连自己的名字都还不会写。"德达笑了,"别管。"他说。他们被带位到咖啡店中最低矮的桌子,而他正努力记住迄今为止对他来说没有任何意义的字形。跟沙鲁罕谈条件时,他甚至被迫同意学费包括一定数量的茶。双方同意点满五杯后,沙鲁罕就得自掏腰包,不过沙鲁罕从来没点过第六杯。

[①] 《局外人》(Tutunanmayanlar):乌古斯·阿塔(Oguz Atay)的首部小说,是土耳其现代文学的先驱。

早上德达会去读墓园的墓碑文字，当作生字练习。一旦认得了那些名字，他发现自己便会开始想象这些人在世时的生活情状。过去，一座坟不过是一堆石头跟一抔土罢了。开始学习数字后，他感到诧异，原来只消短短的墓志铭，便能一览某人整整五十载的人生历程。那感觉仿佛在那个时刻，即使只是须臾之间，亡者被带回了人世。

傍晚返家，他接着阅读沙鲁罕给的绘本。他心中充满熊熊热情，只求能够快点进入阅读，但他答应过自己，也答应过沙鲁罕不会贸然开始。除非自己能不犯错地阅读，否则他绝不开始读这本书。沙鲁罕坚持这一点只有一个简单的理由，他不想让德达发现，他其实根本没能力做老师。一旦德达发现沙鲁罕毫无教学天分，或许就不愿继续上课了。

不过，到头来，沙鲁罕的劣质教学不过是延长了教学时程和增加了学费收入。本来可以两个月学完的内容，德达花了五个月。当然，他总认为有问题的是自己，因此，任何能阅读的七岁孩子在他心中都是天才。

他每天向阿塔汇报进度，每天早上到墓前朗读童书的章节。雏菊的季节早就过去了，坟墓四周已经满是盛开的紫罗兰。

傍晚时，他四处逡巡阅读所有的路标，体会掌握整个世界的感觉，感觉自己搭乘以字母织就的魔毯腾空飞回家。他嘴里念念有词，热盼着风干的知识。

然后，就在某晚，即便全心想拖延这一收入丰厚的课程，沙鲁罕终于还是说，"好了。"沙鲁罕把德达一字不差读到最后一行的童书合起来，然后望着他的学生。

"好了，完成了，现在你会阅读了。"

这是真的。德达已经学会阅读，但仅止于此。沙鲁罕尽管已经完成了几乎不可能的任务,但他终究只教会了德达怎么阅读。德达把字跟音节记住,但他的手指从没握过笔,据沙鲁罕的说法,他收受的学费并未涵盖这个教学项目,若他想再上一轮课程学写字,那意味着还得另谈价码。沙鲁罕想挣更多的钱。沙鲁罕对于金钱的欲望随着时间不停膨胀。他发现自己在教学上毫无成就,并注意到德达很容易忘记每个字的写法。现在是从中获利的时刻了。

"写字?你想学怎么写字吗?"

德达笑了。

"我干嘛要知道怎么写?我要写什么?说得像我真的需要学写字似的!"

"啊,算了。"沙鲁罕对自己说,然后吼道,"嘿,这边再来杯茶!"

这是他首次点了第六杯茶。该说的都说了,该做的都做了,这是他们的最后一堂课。

德达睡得不省人事。他躺在水泥地面,双臂展开,像被钉在隐形十字架上。每次呼吸,胸口上的书便会跟着起伏。他读完了这本七百页的书,此刻愣愣地呆望着天花板。这是他人生中读完的第一本书。他对整本书的理解可以放入一粒沙子里,脑海中的这粒沙子总在喋喋不休,但其实还有许多沙粒被留在这本《局外人》的书中,在他的胸膛上起伏,这些沙粒的重量让他呼吸困难。尽管没能完全理解书里的字句,但他能体会书中深刻的情感;不能完全读懂书中的种种陈述,但他能感受到比书面文字还要深刻的东西。或许他持续感受到的深刻情感早已超越了理解的范畴。小说里的人名、事件、冲突、陈述者,一切尽在他脑海里打转,让家里的墙面像是变换了颜色。德达看着天花板,就像在眺望一道彩虹,就像喝醉了躺在大雨之中。

即使闭上眼睛，他也能仿佛看见一名男子从眼前通过，每次闭眼都这样。一名独行的男子，会出现在德达眼前，像是书中唯一的人物，或者代表所有人物，所有人变成他一个人。土酷、赛琳①，每个角色都附身于他，一个为良善而存在的人。也可能，他是用碎裂的玻璃拼接出来的。也可能，他是用空气塑形而成，继而又撞上了黑暗之石，裂解为一千零一块碎片。或许他只是消散。不管他感受到什么，黑暗变成一块石头，男子像沙雕一样碎散，像冰一样融化，遗留在书页里。德达的理解仅止于此，但他十分了解被留下的那些人物。他将他们称作"墓碑"。他信任胸前这本不停起伏的书，眼睛连眨都懒得眨就闭上了。

（手写章节开始）

移　　植

墓园大门被人用肩膀顶开，三个穿白色围裙的男人推着一台轮床进来，围在平躺着的德达身旁，他看上去像死后做成的标本。其中一人弯腰压了压他的颈动脉，确认他还活着，然后伸手拿走德达胸前的书。

德达睁眼企图大吼。"什么事？你是谁？"但他发不出声音。他无法振动声带，也无法活动手指，只剩瞳孔还能听从无意识的指令。德达什么都做不了，只能看着，并持续地呼吸。见到那本书被放入一只盒子时，他吸了三口气又吐了三口气。拿着钛金属盒的男人径自往门口走去，其余人将德达抬到轮床上。这是一个

---

① 土酷、赛琳（Turgut, Selim）：皆为《局外人》书中角色。

事先预谋的攻击。

轮床被推进等在门口的救护车。德达看到一个氧气罩盖到他嘴上。他的眼皮越来越重，很快，那个重量超过了他能承受的极限，于是他闭上双眼。

当眼皮再次变轻，德达睁开眼，看见自己已离开救护车，被推入一架飞机的货舱。很快，另一个氧气罩又盖在他脸上。

救护直升机飞了足足九个小时十五分钟才抵达曼谷。飞机加油后，机轮再次离开。从柏油跑道，像一把刮胡刀的刀片刮过大地的胸膛。四个小时后，他们终于抵达马尼拉。整趟旅程，德达的双眼和意识不断地睡睡醒醒。

德达从货舱被拖出来，移上一辆救护车，就跟伊斯坦布尔那辆没什么两样。起先路面是柏油，后来变成土路，救护车碾压过泥沼和蚊虫。旅程并不舒适的，但结尾却如梦如幻。救护车停在一处苔绿色的山丘上，前方的树往两侧不停拓开，仿佛路的尽头有两片绿色门帘似的。苔绿色山丘顶上矗立着一间云白色小屋，屋子中间有个黑洞，那是门。屋前，宽敞的斜坡上，数千人排成的队伍蜿蜒如一条巨蟒。每个人手上或身边都携带了一样东西。某样东西……

救护车将鸣笛关掉，穿越携物的人群所组成的人龙，慢慢爬上缓坡，在白色建筑前停了下来。德达被抬出救护车，他们的动作仿佛他就像一根羽毛一样轻，接着，他们把他当作喷射飞弹一样射入门内。在他身后，尾随进入的队伍将出入口跟走廊隔绝开来。

廊道尽头有扇关上的门，是这列队伍的起点，他们停在门前，打头的是个女孩，手上抱着一只虎斑猫。显然，下一个就轮到这女孩走入即将打开来迎接她的门。其中一个推着轮床的人弯下腰，在女孩耳边轻声说，"紧急状况"。

小女孩带着她那年纪不该有的世故，退到一旁让德达的轮床进入敞开的门。

门内有手术台跟两名老人，一名是黑瓦洛①印第安人，另一名是菲律宾人。他们正在更换手术台上的白色床单，铺好床单用手抚平，再抬头望望门口。这是推德达进来的人在等待的信号。老人毫不迟疑地把只穿了条裤子的德达放到台上，像放面团似的。

印第安人走近拿着钛金属盒的男人，等待他将盒盖打开来。里面是一本书，他问：

"不是有袖珍本吗？"

拿盒子的人摇了摇头。印第安人露出疲惫的神情轻叹一口气，把盒子换到右手随便翻了几页，然后把左手放在书上，揉搓指尖，金粉如雨滴般洒落在书上。随真封面慢慢染上金粉，书也开始缩小，直到《局外人》变成拳头般大小。

印第安人拿起缩小的书给菲律宾人看，对方点了点头、闭上眼，然后用力圈起左手，圈成一颗心脏的形状，将手术刀般的指甲嵌入德达的左胸腔。肉体被割开时，德达忍不住叫了起来，但其实他没有任何感觉。他只是以为自己在尖叫，事实上他没有感

---

① 黑瓦洛印第安人（Jivaro Indian）：居住于厄瓜多尔和祕鲁的印第安人，以好战著称，是唯一没有被西班牙殖民者降服的部族。

受到足以引发尖叫的痛楚。惊吓之余，他看着菲律宾人满是皱褶的脸，其余的人则看着老人双手正在撑开的那道裂口。德达呼吸正常，没有血流下来。按理，出现流血或呼吸局促甚至当场死去都实属正常，事实是任何一种情况都近在眼前。德达眼睁睁看着自己的心脏被取出，距离只有一个手臂远。

印第安人从菲律宾人的手中接过那颗心脏，再把书放到对方的手中。菲律宾人抬头，闭眼，以指尖当眼睛，像拉开窗帘那样将德达皮肤上的裂口撑开，再用另一只手将书本放进德达的体内。所有曾经跟心脏相连的血管和瓣膜等都紧密地贴上书页，彻底覆盖了整本书。老人把手从裂口伸出来后，《局外人》便开始传输血液，德达就此"复生"。印第安人看着肺脏充满德达第一口呼吸进去的气体，然后踩了下手术台下的垃圾桶踏板，将德达的心脏丢入桶子。这块肉已经没用了。

大　　楼

位于马尼拉北面九十公里处的白色大楼，不是庙宇，也不是什么奇迹殿堂，只是一栋普通的白色大楼——只有一间窄房与一条长廊的庞然建筑。这栋大楼看起来就像一幢没有安置窗玻璃的摩天大楼，像是一座跟公寓大楼同样尺度却内部只有一个房间的大型纪念碑。

一九八五年，菲律宾人被地震吓得魂飞魄散时，这幢建筑物赫然出现。世界各地的人赶来一睹其风采，并试图解释它的存在。但没人——无论科学家或普通人——没人能够给出一个合理解释。这栋建筑连一扇大门都没有，渐渐地，因为理不出头绪而带来的烦闷淡化了众人的兴致，一度环绕大楼的人们也慢慢不再出现了。

三年后某个夏日的清晨，一个迈入中年菲律宾人来到建筑物前，用自己的身躯压抵着撑在墙面上的双掌。他就这样倚着大楼外墙开始等待。有人问起，他总说，"我在等人。但我不知道对方是谁。"由于他宣称自己曾经徒手执行过无血手术，因此被人认为不过是该国数千名骗子中的一个。他等了足足两年，从没把手从墙面移开，面容也没有变老。

又过了一些日子，另一个夏日的清晨，一个至少跟菲律宾人一样老的印第安人来到大楼前，他的皮带上挂了一颗缩到拳头大小的头颅。他来自安第斯山区。为保护自己不被他所杀害的人的灵魂复仇，他总把他们的头颅缩小，随身携带。他是住在绿色亚马逊雨林深处的印第安人——齐瓦洛部族的后代。

他显然早已明白自己该做什么，毫不迟疑地走到离菲律宾人四公尺处，手掌也紧贴住建筑外墙。在他双手压抵的位置上，墙面缓缓裂开，缓缓往右侧滑动，然后消失于建筑物之中。如此，大楼的"门"打开启，就像替一个巨大洞穴开了一个口，再也不会关上。两个老人走进眼前的那条长廊，直抵最深处的房间，大楼在他们耳边轻声呢喃，说明他们的使命。"等等！"它说。"在这儿等着，他们会来找你们的。"

菲律宾人问，"谁？"

"那些寻获自己生命意义的人。那些人寻获了自己愿意为它献出生命的物品，他们会过来。你们必须取出他们的心脏，并把该物品放在原来心脏的位置。然后，你们必须把原来的心脏扔掉。"

"可是。"印第安人想争辩，"人没有心脏怎么可能活呢？"

"你以后就知道了!"大楼说。

"要是没人来怎么办?"菲律宾人问。"谁会对某样东西用心到甘愿放弃自己的心脏呢?"

"这一点,你以后就会明白!"大楼说。

"但那些永远找不到自己生命意义的人,怎么办?"印第安人继续追问,"他们会怎么样?"

"那些人,活着的时候就会腐烂,心头上的那块肉也会跟着腐烂。他们会继续存在,但并不是真的活着。"

菲律宾人提出最后一个问题:"为什么是现在?谁又知道过去有多少人献身于某种东西。为什么现在才发生?"

大楼留下最后一句话:"因为,有个叫作德达的男孩诞生了!"

"谁?"印第安人还想继续追问,但仿佛有个隐形的套索将他紧紧套住,把他拖到大楼之外。

首　　章

印第安老人顺着坡势向下奔跑,沿泥土步道一路消失在森林中。穿越层层树墙,他终于抵达一个村落,人群聚集在一名躺卧地面的孩子旁边。孩子一动不动,挣扎着呼吸,紧握的拳头下露出了一张纸的两角。印第安人请围观的人群协助将男孩带入白色大楼中那个狭窄的小房间。菲律宾人掰开男孩的拳头,取下那张纸,接着把男孩的心脏取出来,用这片纸填满孩子胸口那个空洞的内腔。在白色大楼里,第一颗被取出的心脏由一张美元钞票取代,是这个小孩在几个小时前从观光客手里挣得的小费。当这名菲律宾孩子看见钞票落在自己的掌上,他终于发现自己生命的意义是金钱。

　　赶来围观的村民见到孩子被治愈，有两名长者不禁屈膝跪下，拜倒于这个奇迹之子面前。印第安人告诉他们，每个愿意奉献尘世生命给某样东西的人，便会对自己更清楚地显露。不久，他们把此方法转述出去，因而有一支被称为寻宝人的千人队伍被建立起来。

　　全世界共有数百万人找到了自我生命的意义，然后被送抵这栋白色大楼。在这里，他们的心脏被取出、替换、丢弃。

　　未久，世界卫生组织倡议储备这些被弃置的心脏，作为移植所需。但大楼用不容置疑的方式回应道：心脏丢掉！

终　　章

　　回到近墓园的家，德达的视觉和心智再次开启。三个穿白色围裙的男子将德达放回最初找到他的地方后便离开了。德达伸手找本来在胸口的书，但是什么也没找到。他蹒跚地爬起来，用双手和双眼寻遍整个屋子，却怎么也找不到《局外人》。他忽然停下动作，放声大笑，一种奇怪的断断续续的笑。他自问，我需要它做什么呢？反正我已经念完了，弄丢了又怎样呢？

　　从那日起，德达再也没有寻找过那本《局外人》，也从未想起那栋梦境里才会存在的白色大楼。无论如何，在德达出生那天，有幢大楼就在德达遭遇它的地方出现了。在德达进去又出来之后，大楼再度被墨绿色的山丘吞噬，从多年前它升起之处缓缓沉陷回地面下，速度迟缓得足以让两名老人以及廊上等候的人群有机会逃出去。廊上等候的人群有足够的时间能从黑洞般的门洞窜出，搭救自己的生命和生命意义。但两名老人却宁愿留在原处，面带微笑望向彼此。事实上，他们的任务已经到了尾声，他们终于可以在死亡中安息，在死亡中喘息。他们俩都明白，最后丢掉的一颗心脏是德达的——德达——这个他们多年前便听过的名字。唯有一事他们不甚理解。印第安人率先开口：

"那是本什么书？"

菲律宾人笑了，继而说：

"我不知道，必然是那种……"他吞咽了口水，再继续说，"那种数百万人看过之后会从里头寻获人生意义的书。"

（手写章节结束）

"他写过其他东西吗？"

"有吧，大概。但我们只有这本，书店或许会有其他的。"沙鲁罕回答。然后他告诉了离德达最近的天桥书店的位置。德达连走带跑，他必须在阿卜杜拉到达前赶回来。这是他第一次走进书店，一个女人出现在他眼前。

"有什么事吗？"

"我要找乌古斯·阿塔的……"

话音未落，女人就转过身，领着身后的德达走到店面的深处。他们在一个书柜前停步，然后女人从上面取出一本《局外人》。

"我恨死这本书了。"德达说。女人怎么可能知道，他的意思其实是：这本书就牢牢镶进他的身躯里。

"好吧。"女子边说边取下《等待恐惧》①，以及一本发表过的日记集。

"我们只有这些。"

他从口袋取出皱成一团的钞票，几乎是扔到柜台上，结完账便离开了。一路狂奔，恰好赶上阿卜杜拉将货车停在人行道边。阿卜杜拉在回仓库的路上，每过一个红灯便丢一个眼神给德达，让德达清楚知道他有多厌恶自己身边的蠹书虫。毕竟，谁也无法跟正在阅读的人对话。

当晚，德达在家里唯一的灯泡下读完《等待恐惧》。当晚，德达终于听见他过去三年来对话的石头的声音。书里最后一个故事"铁轨维修员——一场梦"的最后一句是：

"我在这里，亲爱的读者，你在哪里？"

德达大喊，"我在这里！"

他走出家门，穿过墙面的洞，穿过黑暗，奔到乌古斯·阿塔的墓前。他跪在墓碑旁，喃喃地说，"我在这里。"

"你看，我在这里，在这里，就在你旁边。我一直都在你旁边。一直。看，我在这里……"

德达落下眼泪。他不知道自己为什么哭，但他无法克制泪水。或许是因为他孤单了这么多年。或许是因为此人曾望着许多人问：我在这里，你在哪里？或许是因为他只有独处时才能放声大哭。或许是因为只有待在乌古斯·阿塔旁边时他才能哭。德达哭着抚摸乌古斯·阿塔墓旁盛开的紫罗

---

① 《等待恐惧》(Korkuyu Beklerken)：英译为"Waiting for Fear"，一九七五年出版。

兰。他继续哭，因为他不知道自己为何而哭。他边啜泣边低语：

"我在这里，我在这里，我在这里……"

就算他想，德达也无法解释《等待恐惧》的内容。他无法一一列举出现的人物或故事的主题。他没有足够的词汇可以运用，更没有足够的知识能理解每个词汇的含义。但如同他说的，他会一直在这儿，直到撒手西归。或许死后也不离开，永远留在这儿。在天空或其他无形之处，悄悄跟这些石头并肩处于这片超越美好也超越姓名的宁静之中。在只会被感受触碰之处，在未知的另一面。在不知名乐器演奏他首次听闻了古典音乐之处，从他眼中淌下的泪珠被光线打碎，变成七彩棱镜。在天真或知识都无法解释之处。乌古斯·阿塔人在哪里，哪里就是终点。若他无法坚持下去，必须倒下来，他就会倒在这里。或许，他还没有在那一刻倒下来，只因为在那一刻他被地心引力放过。这不是一个你必须紧紧抓住才能抵达的地方，这是一个你可以直接飞去的地方。

这晚，德达睡在两个坟墓之间，手里抚摸着紫罗兰花。

德达阅读乌古斯·阿塔的日记
"最近我有一种绝望感……"
德达觉得难受极了。
"不管发生什么事，我只求一点尊重……"
他顿觉挫败感涌现，他说，"当然！当然他应该得到尊重。"

"进步，退步，哪样都对半开明的小族群有种独占作用，如此一来，他们过多少年也不会感受到更新现实的需求。为了不失去地位，他们现在的游戏方式就像是挣扎求生的贪婪商贾……"

德达不知道他指的对象是谁，却越发生气了。

"他们就像烂掉的牙龈，像掉落的牙齿……"

"没错！"德达对自己说。

"这世界太矫情……"

德达再次大喊："对！"

"要是这条街上有一两座坟，要是我们能在上班途中向亡者致意……"

他笑了。他觉得自己跟乌古斯·阿塔有了共鸣，同时相信两人之间有种无形的联系。

"他们为什么不了解我写的文字，为什么我身边没人……"

他又生气了。"我也不懂，不过，我在你身边。"他说。

"每个国家都有傻子。我的意思是，每个国家懂文学的人口里都有傻子。他们追逐外国书，甚至不知我的存在。而我，显然，正在等候一群成熟的读者出现。多愚昧……"

德达的精神又一次振作。

"我想，在这里，我觉得被留在外面……"

德达从内心深处也说，"我也是。"

"我担心到了最后，我也会屈服，那将更加悲惨……"

德达哭了。看到日记的尾声，他必须从书页上擦去自己的眼泪。他花了至少半个小时，才计算出一九七七减去一九三四是多少，得到的答案是——四十三——他想，"真年轻"。他怀抱着敌意，扫视墓园里所有存活超过四十三载的往生者。或许——他对自己说——或许这里有些人就是乌古斯·阿塔日记里所指的傻子。他计算了其中一名亡者的年纪，大喊，"这混蛋活了七十岁！"他马上继续往下算，"他多活了三十七岁。"他抬头望向天空。不管他在那里看到了谁，他终于懂了。德达的另一个梦想再次被打碎，而且不知道是第几次了。

他在黑暗的屋子里将三本书叠起来，当成枕头。他躺下来，瞪着灰色的天花板，告诉自己，"更多，我必须知道更多，我必须知道关于他的一切，一切。"

他为什么才活了四十三年？在日记里，他提及一种疾病，提及他看诊的医院，提及他经历过的手术，他不可能像德达的母亲那样死去。不可能。或许他是死于看向他人看得太久，他透过他人之眼看穿了一切。但德达该如何知道答案？能问谁？问沙鲁罕吧。

"如果你想了解作者的生活，该怎么做？"
"嗯，有些有自传。"沙鲁罕说。
"哪里？"
"你觉得呢？书店啊！"
"自传是书吗？"
"德达，看在真主的份上，别再吵我了，那些发疯似的闹钟已经快要把我搞疯了。"

德达回到同一间书店，离天桥底只有约莫五步的距离。同一个女人再次出现。这次，她脸上带着微笑，毕竟德达算是一位好客户。
"需要什么？"

"等等……一秒就好……"他边说边从口袋中取出一张纸,甚至不能算是一张纸,那只是从纸箱撕下来的纸板一小角,约莫一个巴掌大。沙鲁罕替他写好了,他只消递给店员看。

"自传。有,但你要谁的?"

德达像讲出自己的名字般流畅。

"乌古斯·阿塔。"

店员说,"我看看。"她溜到柜台的计算机前输入,然后抬头看了看德达。

"有,我们还有一本。"

她走过德达身边,在书架前检索,同时以指腹逐一滑过眼前的书脊。找到了,她抽出来交给尾随她走到书架旁的德达。德达知道厚重的书籍会比较昂贵,也知道自己口袋里的钱不够,所以,他像个小孩般轻声问。

"要是我看完拿回来呢?"

女子笑了,"你真的以为可以这样吗?"她说。紧接着,她大声叫道:

"嘿,你要去哪里?站住!"

德达此时已走出书店四大步,穿过拥挤人群,他开始拔腿狂奔。他知道,女人无法追上他,但他还是不敢放慢脚步。沙鲁罕是唯一见到德达像只大猫般沿着楼梯往上奔逃的人,当时他正靠在天桥的扶手上抽烟,亲眼见到德达在人群中像孩子般敏捷地穿梭,完全没有碰撞到路人,继而沙鲁罕又看见女人从书店跑出来,焦急地张望四周。

他低声对自己说。"这家伙疯了。"然后转身看了看卖钟的人,他正把钟表逐一从盒子里取出来,逐一定时,然后将它们放在地面的帆布上展示。"喔,我的天。"沙鲁罕边说边摇头。不过,这动作被对方瞧见了。

"你想怎样?有问题吗?"

"没有,完全没有,真的。我只是在想……愿你今天生意兴隆。"

沙鲁罕把从外套口袋掉出来的耳机戴到耳朵上,用超级杀手①来隔绝闹钟声,歌曲《血雨》(Raining Blood)像把刀般划开一条声波线。

听见声音时,他正走向墓园入口。

"要去哪儿?"

一名穿海军蓝西装的保安站在亚辛的警卫室门口。

"什么叫要去哪儿?"

"要去哪儿?"

"回家啊。"

"现在开始,没有穿过墓园回家这回事了。禁止了。"

德达静静瞪着眼前这位年轻守卫好一会儿,然后开口问:

"亚辛兄弟呢?"

"我不知道谁是亚辛兄弟,更不认识其他人。"

德达已经好几周没经过墓园大门,所以他不知道此事。亚辛以及他做了二十四年的工作被取代,他带着他的土耳其巴拉玛琴离开了。那是亚辛此生唯一后悔做的事,现在他觉得,做什么都比在这里陪伴往生者要好,所以他回到自己的村庄,拥抱年迈的母亲。"儿啊,这些年你都做了什么?"老妇问他。"没什么。"他说,"我只是站着等待。"

"那接下来你要做什么?"

---

① 超级杀手(Slayer):美国重金属乐队,一九八一年成立于加利福尼亚州霍廷顿公园。创始人包括吉他手杰夫·哈内曼(Jeff Hanneman)和克里·金(Kerry King)。主要乐队成员还包括汤姆·安拉亚(Tom Araya)、戴夫·隆巴多(Dave Lombardo)。一九八六年他们发表了专辑《血泊里的王朝》(Reign in Blood),从此成为美国金属乐坛的领头羊乐队。

"我已经不想等待了,我会找点事来做,就这样。"

"很好,但你要做什么?"

"妈妈,我才刚到家,别让我后悔回来。"

不过,亚辛还是什么也不干,直到去世那一天。他曾在那个地下世界停留了好一阵子,仿佛他从未出生,仿佛他跟地球上的所有人都不一样,其他人都做过、或正在做、或将要做些什么。即使死后:有些人上了天堂,有些人回归大自然,有些人转世再生,但没人愿意跟亚辛一样去冒险,让自己消失无踪。没人有勇气让自己彻底消失,不留痕迹,谁都需要被人见证自己曾待在这片土地上,借此来荣耀自己的存在,除了亚辛。每个人心中都有一座金字塔。就某种角度来看,每个人都想长生不老,但亚辛已经看过太多死亡,仿佛整个人生都在战场上度过似的,仿佛他目睹过地球上最后一个幸存者死去了一样。或许正因如此,他不怕离开。因为他对存在充满恐惧。

德达一路沿新砌的墓园围墙跑,跑到家门前才放慢了脚步。他走到角落,努力拨开横挡在视线前方的树枝。如他所料,墙上的洞已被填补起来。那个洞此刻已完全被封住了。当天早上,他曾两度穿越那个洞,一次出,一次入。但现在,家门前的洞被完全堵上。他们在他跟乌古斯·阿塔之间铺了一层水泥。他转身走到树旁,将书抱进怀里,以免被树的枝条刮伤,然后开始思考以后早上该做些什么。显然,现在围墙的高度不够保护墓园,因而他们又将铁丝网架在墙头,如此一来,他更无法爬过墙头。"我要打一个新的洞。"他喃喃自语着,一边从口袋里取出钥匙。"真要逼不得已,我就在家里的墙壁上打个洞。"

打开门后,他发现一个男人趴在地垫上。男人身材纤瘦,蓄白胡,颈背充满皱褶,全身只穿一件白色的长内衣。男人的脚趾跟手掌紧贴在地板上,起起伏伏,仿佛正在做伏卧撑。德达在男人身躯的两侧看见一副骨瘦如柴的双腿和小小的脚,脚跟则离地一段距离。两人都同时叫了起来,一人是愉悦的呼喊,另一人则是因为痛楚。两人都没听见门被打开。当德达以震破门户的音量尖叫起来,他们俩就像两块被狂风吹翻的木板那样迅速分开。一人用手遮住自己,另一人则抓起了床单。

"你他妈在这里干嘛,你这混账?"德达说。

"德达,我是爸爸啊!"男子回应。

"拜托,你干嘛大叫啊?"小女孩也说话了。

"苏雷雅?"德达疑惑地问。

他坐在屋里唯一一张椅子上,手肘靠着唯一一张桌子,静静看着父亲把数好的钱放到苏雷雅伸出的手掌上。他望向放在手肘不远处的那几本乌古斯·阿塔的作品,对乌古斯·阿塔感到难为情,为这些书感到难为情。他无法再继续看下去。苏雷雅见到手掌上有说定的金额之后便握紧了手,像被宠坏的孩子般地说:

"那样冲进来很厉害嘛,像只牛一样。"

德达凝视着她开合的双唇,他没有回话,只是让女孩离开了。白发男人把套在长内衣外面的裤拉链拉起来,但懒得扣上钮扣,然后他张开双手,走向自己的儿子,脸上堆满了笑容。

"儿子,我的小狮子!"

德达用自己强壮的双臂推开这个靠近自己的男人。父亲往后跟跄了一步,表情转为苦涩,并开始大吼。

"你这烂货,畜牲,过这么多年,你竟用这种方式迎接自己的父亲吗?

怎么，我在这里搞了这个女的没错。我的意思是说，显然你跟她也挺熟了。"

他忽然恍然大悟，笑了起来。

"你这混蛋，怎样，就是那样吧？她是你的婊子，是吧？来，跟我说实话，说吧。你因为这样才发起脾气的吗？好啦，咱以后不碰她就是。起来，来吧。过来让我抱抱你。"

他抓住德达的手肘，把他拉向自己，喊他"儿子！"并用双手环抱德达。只是，被唤作儿子的德达双手垂耷在身体两侧，仿佛自己是具尸体。男人又再振作起来，搂着儿子的肩。

"等等，让我看看你。你已经长成一个大男人了，对吧？我的天，你壮得就像一头牛。太好了，孩子，你看起来好极了。"

他一边说话，同时轻拍着儿子的脸颊。德达轻轻颤抖着，然后终于开口。

"妈死了。"

男子的手停在半空。

"她死了？我还以为她回老家去了，那女孩是这么说的。"

"那是我跟大家说的。"德达说。"我说她回老家，但其实她死了。早在五年前就死了，所以我把她肢解了。"

男人的手从男孩的肩上落下，往后退开一步。

"肢解什么？"

"肢解母亲，然后我把她给埋了。"

"你在说什么，孩子？"

"为了避免自己被送进孤儿院，我把她尸体切开来，然后埋了。这样就不会有人发现她死了。"

"天啊,你可知道自己在说什么啊?"

"你知道吗?你完全不是我想象中的模样。"

"儿子,你直接说,你妈在哪?"

"那女孩才十三岁。"

"德达,你听着,我会好好修理你的……给我像个男人那样说话,你妈在哪?天啊,你对她做了什么?"

"她至少让你爽到了吧?"

父亲回吼"混账东西!"德达正好将拳头塞入父亲张开的嘴里。他感觉到自己的手指撞击父亲的牙面,于是拔出拳头,又用同样的速度再挥一拳。这次,拳头不偏不倚落在父亲的鼻头。老爸的脸上淌出温热的鲜血,这一拳想必打碎了许多地方。父亲试图往后退开,却被地垫绊倒。德达单膝跪下,一手揪住父亲的头发将他拉起来,然后用另一只手利落地在他脸上留下了最后一拳。然后一片宁静。男人没有举起手来保护自己,牙齿被拳头的力量震出黑色大口时也没有诅咒自己的儿子。一片静默。

德达放开揪住父亲的手,问:

"怎么,死了吗你?嗯?死了没?"

他停下来倾听,无法判断父亲是否还从微微张开来的唇间继续呼吸,他也不确定父亲是否听懂了他方才的话。他开始咒骂对方,扯着父亲的腋下将他拖到床垫上,并在头的下方塞了枕头。不久前,这个白发男子还在同一张床上起起伏伏享受欢淫。现在他则像尸体样平躺着,尽管呼吸困难急促,却犹是一具仍在呼吸的尸体。父子俩面对面,四目相对。他们一定都感受到了什么,但两人都无法真正看进彼此的眼底。

白发男人叫瑟拉。抢匪生涯之中,他曾有个昵称:跳蚤。然后,一切都不能将他从自己儿子大理石般坚硬的拳下拯救出来。他的名字不能,昵称不能，坐监的日子也不能。他服刑十一年，整整十一年，他没碰触过女人的肉体。因此，当他取出口袋里静静等了十一年的钥匙想开门入屋时，眼角余光瞥到苏雷雅就在两户之外自家门前。"过来。"他说，而她也真的走了过来。他还没开口，女孩就先开价，一如母亲的教导，一如过去这年她习惯做的。当他们禁止孩子在墓园谋生之后，苏雷雅就换了跑道。反正，她的新工作赚得更多。她的父亲不在乎，毕竟，他一天中清醒的时间太少，少到不足以让他在乎任何事。反正，就算他清醒，一切又会有什么差异呢？到头来，如果脱下罩袍再穿上就能挣那么多钱，谁还会愿意上街卖面纸？况且，这一带的男人每个都爱死苏雷雅了。他们不都人手一盒巧克力，等在她们门前吗？苏雷雅也问瑟拉：

"你爱我吗？"

"当然。"瑟拉回答，"怎么可能有人不爱像你这样的女孩呢？"

苏雷雅也爱男人。但德达是例外，德达总在他们擦肩而过时扭开头，他是唯一对苏雷雅视而不见的男人。对她，德达就只有路过时冷冷的一声招呼。"他是个玻璃吗？"她总在背后如此问人，她身边往往跟着两个同龄的同事。当她瞪着德达的背，眼中燃烧着愤恨时，她们总会笑个不停。她爱德达，但他是这条街上唯一还没见过她裸体的男人。事实上，这就是她跟德达的父亲搞并且被他抓奸在床时会感到如此愉快的理由。听到屋里传出咒骂声时，她感到加倍开心。她以为德达在嫉妒，于是走到他们房子外，敲了门。来应门的是德达。

"干嘛？"

八岁大的苏雷雅，躺在父亲身躯下面的苏雷雅，一系列画面从德达眼前闪过。

"我听到吵闹声，想来看看发生什么事了。"

"你做多久了？"

"做什么？"苏雷雅嗤笑出声。她想要听德达亲口说，说出她的工作内容。她想刺激他，或许也想伤害自己，或许她更想伤害这整个世界，但德达什么也没说，只是用眼神再问一次，询问的锋芒刺入女孩的眼底。

"跟你到底有什么关系？"苏雷雅终于响应。"你在乎什么？你是谁，我男友还是什么吗？"

"你妈知道吗？"

苏雷雅大笑出声。

"你实在挺蠢的，你自己知道吗？"

德达不知该说些什么，他的词汇无法传达他的思绪。在这个十三岁女孩的面前，他觉得自己无比渺小，他什么也没办法做，只能保持沉默，只能静静望着女孩继续大笑。他觉得，谁都是坏人，谁都是，就连在那一刻诞生于世的婴儿也是。他对自己说，每个人都是。每个人！每个人都又坏又可悲，又坏又令人憎恶。孩子，老人，瘸的，病的，所有人都是。

"你爸人呢？"女孩问。她伸长脖子，想看看德达背后的情况。

"我要毁了你们。"

"嗯？"

门猛然撞上她，让她踉跄退了好几步。她大吼：

"你说什么？你他妈疯了你！"

德达转身离开门边，走向仍躺在地面上的父亲，走向父亲鲜血遍布的头颅，然后抬起右脚，悬在距离瑟拉脸庞一只手臂的半空中。若瑟拉在那个当下恢复意识并睁开眼睛，他会发现，整个世界都被儿子的鞋底挡住了。但他没有，他只是虚弱地呻吟。这一分钟仿佛一年那么漫长，德达在是否踩烂父亲的脸之间游移不定。然后，他终究还是决定慈悲，把脚拿开，坐回桌边的椅子，手上拿起偷来的那本书。封面上是乌古斯·阿塔的漫画头像。他把书拿到唇边，低语：

"原谅他们。"

然后他展书阅读。沙鲁罕如果在场就会说，"别动嘴，自己读书时嘴巴不要跟着动。"但德达并不是独自在读书。他嘴里念着，想让全世界都听见他低声诵念的字句。他边念边往外探看墓园围墙。"婊子养的。"他说。

"我要毁了你们。"

他读了三页后决定离开这个屋子，离去时连门都懒得带上，还把书也带走了。苏雷雅跟她的母亲望着德达离开，她们拿起地上捡来的石头防卫着，仿佛他是一只有狂犬病的疯狗，然后她们跑入屋里，跪倒在男人的身边哀嚎。但她们发现男子还活着便止住了嚎叫。

"去，去拿些棉花来。"妇人说。苏雷雅迅速跑开。不管怎么说，瑟拉已经不再是个劫匪了，他是个具有潜力的新客户。他离开监狱还不到一天，谁知道他对女人会有多饥渴？苏雷雅的母亲翻遍了瑟拉的口袋却一无所获，然后对着门外大喊：

"来人帮忙啊！"

她想，或许谁会拿点双氧水过来，这是不言自明的，毕竟棉制绷带相当昂贵。

"孩子，你跑哪儿去了？昨晚我们不得不叫所有孩子过来帮忙搬东西。"

他没法如实告知对方，自己在十一年及数千个梦境之后终于见到了父亲却狠狠将他的脸打烂了，然后离家出走。他唯一能说的只有："我很抱歉，苏莱曼兄弟。"

"好吧，怎么？你现在来这里做什么？"

或许他至少能说他无处可去。

"我离家出走了。或许可以……"

苏莱曼打断他的话，开门让到一边说："进来吧。"德达踏入仓库，马上听见后面传来的问话。

"饿了吗？"

德达不发一语。在贫困的世界里，沉默代表，"是。"

"那边有些早餐剩下来的面包。你想的话可以坐下来吃。"

苏莱曼用空纸箱在仓库里替自己建造了另一个世界。他拿出一张纸，铺在桌面，放上伏特加与食物，这就是翌晨来临前专属于他的小小世界。他坐回德达敲门前自己坐的那个位置，一手抓了玻璃酒杯，一边咬一口几乎被他握入掌心的糕点，然后目光转向德达。他叹一口气，吞了一大口伏特加，这才开口问。

"你打算怎么办？"

德达正努力把跟石头般坚硬的糕饼塞进喉咙。他吞下肚后回道，"我可以在这里留一段时间吗？"

"一段时间是多久？"

"就几天。我会想办法的。"

苏莱曼并不相信德达的话，但他其实不在意。无论如何，无尽黑夜里出现了一个可以跟他聊聊天的对象也是好事一桩。他看德达从腋下取出了书，放到箱子上。

"孩子，离家的人通常都会带个袋子，你却只带了这几本书？"

"没错。"德达回答。

"什么书啊？"

他无法从自己的座位看清楚，如果能，他一定马上就认出来，因为其中一本是他几年前印刷的书籍。德达说出书名。

"有《等待恐惧》，乌古斯·阿塔的……"

"唔。乌古斯·阿塔……他们把他给毁了。"苏莱曼说。

德达发问的口气仿佛即将听见攸关自己身世的秘密似的。

"为什么？"

"我那时积极参加运动，懂吧？总之，有一天，我们的人拿来一本《局外人》。我们看了一下里头那些心理学论述什么的。操！我们想，我们全在这里肩并肩为国家奋斗，这家伙却开始自顾自解释起一切来，而且全部都只根据他脑子里想到的东西。当然，那时我们还不懂……他脑子真的是，你知道吗？反正，来，喝一点，喝了比较暖。"

有那么一会儿，德达想起乌古斯·阿塔提及的那些傻子。他又开口问：

"你提的那个运动是什么？兄弟。"

"是左右派之间的问题。你可真是对这世界一无所知啊。可恶，人们那时自相残杀，争论哪条走廊是我的，哪条是你的。看着人们彼此杀戮，他却用那种粗糙的方式解释一切，反正我们当时是那样想的，你懂。我的意思是，他跟我们站在对立面，不只我们！他在跟所有人对抗。他还对抗时间，时间呢！来吧，孩子，别在那儿杵着。去那边拿个杯子来。"

德达从摆列在水槽边的玻璃茶杯中取来一个，回到苏莱曼的餐桌旁。他看对方把瓶口往下举到自己嘴巴的高度，倒出伏特加。

"来啊，喝吧。"苏莱曼说。他举杯碰了碰德达手上的玻璃茶杯。德达的脸跟喉咙在吞咽时全皱了起来，同时心也纠结了起来。

"发生了什么事？"

"还能发生什么事？这家伙又继续写了更多这种东西，但没人在乎。然后他就死了，被人彻底遗忘。那是什么时候？"他端详着天花板，即使德达随后便回答了那个时间，他仍保持同一个姿态，眼神空洞地向上望。

"七七，是一九七七年。"

"看吧。"苏莱曼说，"你看时间过多快。我当时才多大？二十三、四？反正大概是那个年纪，我们在里面，在监狱里。而我再次发现了他。我再次阅读他的作品，以一个男人的身份。我读了，了解了。像我说的，这家伙是真的懂，他懂。听着，我其实还是不完全懂，但我知道他好像有种天命，他需要表达，这点我看懂了，你了解吗？曾经有过这样一个宛如天才的人，他本来还要写其他的……至少他们那样宣称。是什么呢？"

德达知道如若乌古斯·阿塔没死会写些什么。任何读过他的日记的人都知道。

"《土耳其之魂》。"

苏莱曼说："哈，没错。《土耳其之魂》。书名本身就很不错，但你看看后来发生了什么事。土耳其的灵魂还在吗？土耳其的灵魂早给卖掉啦，多年前就被卖掉了。他们像皮条客那样把土耳其给卖了。以后你就知道，这个国家的灵魂早就直接进了那些混蛋的保险箱。来，干杯！"

德达再度皱眉。伏特加点燃了熊熊烈火，然而，他的疲倦感把火扑灭了。

"兄弟，我可以去睡了吗？"

苏莱曼用下巴指了指一个安排给德达休息的角落。

"把那边那些拉出来，躺在那儿就成了。"

要拉出来的东西是那些被拆解的空箱，他可以躺平睡觉的地方就是箱子上。德达依照指示躺了上去，一闭上眼，乌古斯·阿塔照片里的面容就会浮现在他眼前。"他们把他毁了。"这句话不停在他耳边回荡，于是他又张开眼来提问。

"苏莱曼兄弟，如果看到他们，你认得出来吗？"

"咦？"

"就是你刚刚提到，那些毁了他的人，不管他们是谁，如果你看到还会认得吗？"

"躺着吧老弟，睡吧。"苏莱曼边说边笑。

"为什么那样问？你想做什么？"

"我要宰了他们，全都宰了。"德达回答，口气像是要切一片面包似的。或许正因如此，苏莱曼也不知该怎么回应。

"那个孩子要睡这里？"伊斯拉菲问完话，转头看向德达。

"你要睡这里？"

"只是几天，如果可以的话。"德达回答。

"好啦。"伊斯拉菲答应了。"你留在这里，这样你们俩可以看着彼此。"他指着苏莱曼补充道，"别让他喝太多。"然后他对苏莱曼说：

"看在老天的份上，苏莱曼，你看，你是负责这里运作的人。千万别对自己做任何无法挽救的事情。搞不好有一天你会喝醉倒头就睡，然后你每天都当奶在吸的烟会把这里整个烧掉。"

"好啦，好啦，你管你的事就好。"苏莱曼一边慢慢晃到机器边。伊斯拉菲把手放在德达的肩上，微笑地问：

"你会用枪吗？"

"不会，兄弟。"德达回答。

"这样啊，既然你要留在这里，晚上就必须担任守卫。苏莱曼连自己的心眼跟屁眼都分不清楚，所以我们得仰赖你好好去处理可能发生的任何滥事。总之，你撑一阵子，我们会安排好。阿卜杜拉还没到吗？"

他本来要说，"还没。"随即却听见仓库门传出两声敲响，他跑过去问：

"是谁？"

"雷孜，雷孜。"

德达扳开门闩，将铁门拉开。雷孜笑个不停。

"德达，你这家伙，你还真把瑟拉叔叔的头搞成了深红色！天啊，你多少年没见他了，怎么一见面就冲到他身上去啦！"

"你爸出来了？"伊斯拉菲问。

德达不得不当众承认，本来他不打算提父亲出狱或自己揍他一顿的事。

"我本想祝他好运，可是我想现在应该没什么用处了。"

"我们起了些争执。"德达几乎是呢喃地说。他觉得愧疚，但伊斯拉菲的反应完全不是他期待的。

"干得好啊！"他说。"在成为一个真正的男人之前，一定得跟自己的爹干上一架。"他对此事的看法相当明朗，他继续说：

"德达你这小子，真疯。"然后他转向雷孜：

"来啊，别那样杵着，去帮帮苏莱曼。"

德达起身尾随雷孜，但被伊斯拉菲抓住手臂。

"你有钱吗？"

他没有，嘴上却回答，"有。"伊斯拉菲从口袋拿出一把手枪递给德达。

"总之拿着，放在身边。"

"兄弟，谢谢你。"说完，德达替伊斯拉菲挡门。阿卜杜拉刚停好车，走到楼梯顶端，伊斯拉菲笑着叫阿卜杜拉。

"阿布，你小心这小子！你可知道，这浑球几乎把他的生身父亲给杀了。"

阿卜杜拉假笑响应，尽可能将一张嘴咧到最开，然后等伊斯拉菲走远，他照常喊道："德达，快，我们迟到了。"

这晚，盗版印刷世界平静下来之后，纸箱搭建的城堡取而代之，第一瓶被摆出来的是下班后的伏特加。但这次瓶子旁只有一只杯子。

"不打算喝点吗？"苏莱曼问。

"不。"德达说，把手上的书给对方看。"我要看书。"

"你高兴就好。"

从昨天开始，往日幽魂不断萦绕在苏莱曼脑中。如果他愿意多聊一些，或许就能跟其他人一样安稳入眠，但德达并不知道苏莱曼的过去。他想，这孩子又怎么会知道？他怎么知道过去的那些革命家呢？作为一个孩子，他怎么可能了解？想了想，苏莱曼粗鲁地将玻璃杯倒抵在嘴上。他想喝醉，喝得比平常还醉，但德达打断了他的醉梦构想，开始询问起书里出现的一些人名。他问起乌古斯·阿塔，以及甚至没有任何发言权的《拯救世界的男人》[①]。他也问起一些问题，关于那一小群自诩为社会主义者，却希望被指认为社会写实主义者的人。苏莱曼生动地阐述，整个巨大仓库仿佛遭返

[①] 《拯救世界的男人》（The Men who Saved the World）：彼得·安东尼（Peter Anthony）执导的纪录片电影，故事主角为前苏联空军上校斯坦尼斯拉夫·彼得罗夫（Sranislav Petrov）。电影讲述一九八三年，上校如何根据直觉判断五颗美国原子弹直捣苏联而来是假警报，最后事实证明上校的判断是正确的，他拯救了世人免遭世界原子大战的荼毒。

往昔。他分享了自己知道的一切，甚至尝试解释一些他也不懂的事，每当他们讨论完一个人名，德达就问：

"他还活着吗？"

"我哪知道，大概死了吧。"苏莱曼总是如此回答，有时他会说，"你看，又有一本新书要印出来了，在那边，我昨天才印的。"德达拿一支笔在书上画标记。他把面前的书页折了又折，然后大力翻动页面。他吸着氧气，再把毒气吐在越来越长的一长串人名上。忽然，苏莱曼意识到德达正在建立一张攻击对象的列表。

"嘿，你在干嘛啊，老弟？"

德达的目光抬起来看了一眼，但什么也没说。无论喝得多醉，苏莱曼都记得这件事。

"傻瓜，你疯了？世上人那么多，这些人跟你有什么关系？别再跟我说你要宰了他们什么的！"

德达盯着地板，开口说话。

"你不是说他们毁了他？"

"没错，可是……"苏莱曼想继续解释，但他看见德达站起身来，似乎也有话说。

"你可知道这里都写了什么吗？你看，你知道整本书都写了什么吗？他们杀了他。他们说乌古斯·阿塔长了脑瘤，对吧？所以他才年纪轻轻就死了。就是如此。脑瘤根本是狗屁，你提到的那些混蛋才是瘤。他是伤心而死的，你还是不明白吗？你看，写在这里。他们没有起身诅咒他，但你可知道他们都做了什么？他们什么也没做！他们什么也没做！就那样，像看着流浪狗从旁边经过，他们连转过身来瞧一眼都没有。他就是因为这样才死的，因为没人转过身来看他。他们要怎么逃避这种罪行？你告诉我。有良心的人该这样吗？操！他就在他们面前死掉了。"

德达哭得像个孩子，当然他的确也还是个孩子，事实上仍是个新生婴孩，他的世界就像褪褓毯一样宽。他听不见苏莱曼不断地说，"孩子，给我冷静下来，坐下来！泼点水到脸上。"新生儿德达才刚睁开眼睛，但他的耳朵还没开始聆听。

"我要一个一个把他们揪出来，然后搞死他们！"这是他最后的结语。苏莱曼的声音很快就盖过他。

"像个男人好好坐下，别逼我再起来制止你。你是嗑药了吗？老弟。"

德达看着苏莱曼，眼神像地球最遥远最罕无人烟的森林里出现的野生动物。

"没有。"他说，"我没事，我好得很。"

他们没有再交谈，德达把自己埋入书里，边读边喃喃自语。他时而摇头，时而用手背拭泪，时而咒骂。眼见他的情绪越来越高涨。

苏莱曼早上咳醒，看见德达仍在看书，本想说点什么又打消了念头。他想起自己，想起自己的人生，特别是革命正酣的那些年；折磨、战斗，派送传单的夜晚，那些接收以及散播的谎言。人可以从人生里学到什么？人生又教会了德达什么？操，他对自己说，我操他妈。

整整一周，苏莱曼与德达每个夜晚都静静坐在彼此身边。一个喝他的伏特加，另一个埋头读他的书。然后某天，德达走进工业园区的一间店，出来时手上多了一罐喷漆。他本想要黑色，但黑色已经售罄，只能勉强接受了红色。当晚，他跟苏莱曼说，"我有事要去做。"说完就离开了。苏莱曼则说："回来帮我带包烟。"

德达不停往前走，足足走了整整一个小时才抵达沙鲁罕卖书的天桥。

他把雷孜给的围巾从脖子上取下来,裹住脸,摇了摇手上的喷漆罐——卖家是这么教他的——站在离他当初偷书的书店五步之遥,先检查天桥两侧的阶梯,再环视周围是否有人,然后他喷了一个大圆圈,直接喷在书店的玻璃门上。除了玻璃门,店面的其他部分都被金属百叶窗挡着。

他会写的词汇只有四个,自己的姓,自己的名,然后是乌古斯·阿塔,但他把 O 这个字母画得太大,以至没有多余的空间可以写,既写不下"乌古斯",也写不下"阿塔",本想写个全名,现在只好以缩写代替。可惜,O 旁边的空间连让他塞进一个小小的字母 A 都不够。德达一时兴奋冲昏了头,他太急了,也太赶了。

然而,他没时间继续呆站在那儿等待自己下决定,只剩一块空处能写得下字母 A:在 O 之内。他在字母 O 的空腔里喷上 A,然后退开两步欣赏自己的作品。一个大 A 在一个大 O 里面,两个鲜红色字母。这个符号对他人或许代表截然不同的意义,但对德达来说,这是乌古斯·阿塔的签名。

字母 O 里包覆了字母 A,看起来如此悦目,好一会儿他才把目光移开,也就在这时,他才注意到街尾的红蓝色闪灯,他往反方向拔腿便跑。可不能被警察逮住,至少现在还不行。

决定在书店大门喷上乌古斯·阿塔的签名,是因为他以为要替乌古斯·阿塔复仇,所有罪人的名字都能在书店里找到。或许,他的确不知道他们住在哪里,不知道他们是否还活着,但他们一定在书店卖的书里头出现过。这些书都被陈列在书架上,沉默伫立着。

诡异的微笑在他脸上闪过。穿越街道,踏上阶梯,微笑转变为大笑。他边笑边跑,越跑越快。街道上回荡着他的声音。终于,终于!终于他可以替乌古斯·阿塔做些事情了。没法替他扫墓,但至少能在书店门前留下他的印记。他开始留意沿途的店家,偶然经过另外两家书店,手上的罐子也不禁摇啊摇，几乎不用特意摇，一路的奔跑已经把漆摇开了。他又在两个字母 O 里喷了两个字母 A，然后任凭这一切被夜色笼罩。

"孩子，你跑哪儿去了？"苏莱曼问他。

德达笑着回答。

"我花了两个小时才找到一家还没打烊的店替你买烟。"

阿卜杜拉见德达手上没有书，大大松了一口气，然后吼道，"点烟！"他心想，这孩子有些古怪。他微笑望向窗外，尽管天气阴冷且窗子没关上，他的手臂摩擦车顶，拿着香烟的那只手晃晃悠悠的。抵达天桥时，他们看见有三个路人聚集在书店门前，其中一个是带他找到乌古斯·阿塔自传的女人。货车开往天桥另一侧，他们都没有看到德达。他们双手叉腰，望着门上的符号交谈。德达心想，他们一定是在讨论谁该去把这些喷漆刷洗掉，或许他们还在决定该怎么洗，他笑着往上走，手抱两箱书。

"怎么？"沙鲁罕说，"你心情挺不错啊。"

"很好，很好。"德达说。他甚至在回头的路上跟卖钟的人打了招呼。通常闹钟震天价响，他连看都不会想往那方向看一眼，但这个清晨跟平日不同。他真希望能够重演昨晚的事，他想在街上狂奔，找出所有书店然后在每一道门上喷上乌古斯·阿塔的签名。他要将那签名喷满每一爿书店的窗玻璃，然后，或许在每条街道的墙面上也喷几个。

他一步并作两步，一边寻思一边往下走，忽然，他的眼睛好像跟他开了一个玩笑。他停下脚步，看着眼前的符号，试着要说服自己相信眼前是真的。就在对街的大楼墙面上，有一组黑色喷漆制造出来的符号涂鸦：一字母 O，里面有个 A。这个符号跟德达喷在书店门上的很神似，仅仅 A 的两只脚稍稍突出于外面围绕的 O。他不知道该怎么想，唯一能说出口的是：

谁？谁干的？

阿卜杜拉清亮的声音传入他耳中，但无论他说什么，德达依然纹风不动。他的眼睛瞪视着墙面的符号。

"傻瓜，快过来，你站在那儿干嘛呢？过来，下来，我们还有事得做。"

"我就知道。"德达说，脸上泛出笑意，紧握双拳，沿阶梯跳回地面。

"我就知道！我就知道！"

"老弟，你知道什么？"阿卜杜拉边说边从货车前绕到驾驶座。

德达回应："没事。"然后坐入货车，关上车门，这次换他拿起香烟。

"点烟！"

"喔，好吧！"阿卜杜拉说。

送完第一批货后，德达仰头靠着椅背思索。这是他人生首次不再感觉孤独一人。没错，他告诉自己，外头还有其他的人，或许还有一整批像我这样的人，他们也会上街替阿塔讨公道，或许他们就在这城市的各个角落。他叹了口气，心想，要是能够见见他们该多好。他仍无法确信这是真的，无法相信自己居然知道如何画出正确符号。这代表事情的确该这样做，他告诉自己。这表示不管一个人感受如何，他的手都会知道该怎么去做。等红灯的时候，他看着眼前经过的人群，心想，是哪一个？会是哪一个？或许人人都有份吧，他笑了。

才几天之前，德达还认为世上人人都坏到骨子里，而现在，即使只有几秒钟，他都相信世上或许全是好人。德达相信，乌古斯·阿塔代表一切美好的事物，一切良善源自乌古斯·阿塔。因此，他幻想所有人类都爱乌古斯·阿塔。日记最后几页的乌古斯·阿塔的照片闪过德达眼前，特别是最后一张。乌古斯·阿塔在这张照片中直愣愣望着德达的眼睛，或许其实只是他自己的声音在耳里回荡：我不孤单。

此时，阿卜杜拉仍在喋喋不休，没一句听进德达的耳朵里，他从开始塞车的半个小时前就一直说个没完。他絮絮叨叨一些关于被迫戒烟之后夜里咳痰的事，那张嘴完全没有停下来过。德达几乎没注意阿卜杜拉的话题，他从口袋取出烟盒，拿出香烟递给阿卜杜拉，此刻他内心充满喜悦，正欢庆自己不再孤单，仿佛这一天就是他生日，仿佛因为没有蜡烛可吹，所以用香烟替代。

"再点一根。"

阿卜杜拉看看香烟，再看看德达脸上的微笑。

"孩子，你是对的。"他边说边接下香烟。"如果我们都得死，不如抽烟抽死吧。"

或许人生在事态暧昧不明的时候最美。但也只有在暧昧不明时才美。

接下来又是三个到处涂鸦签名的夜晚：书报摊，书店，巴士站，只要四周无人，面前又有一道墙，德达便会烙下乌古斯·阿塔的印记。连续三个夜里，德达把乌古斯·阿塔的印记喷到所有他能喷上去的地方。白天，他四处找寻更多能够标记的处所，坐在阿卜杜拉的货车上时时透过车窗巡查。他又发现了四个不是出自他手的标记。他们是谁？他好像忽然成了一个秘密地下组织成员，这个团体隐秘到连成员都互不认识。他对这个组织的名称很好奇，他想，不知是怎样的一种组织？但他忽然又想起沙鲁罕曾叫他读过的一本童书，书名叫《乌古斯土耳其人》[①]。德达笑了。他心想：

[①] 乌古斯土耳其人（The Oguz Turks）：历史认为乌古斯土耳其人是一个部落分支，鄂图曼大帝便来自这个分支。

何不用这个名字呢？他想了一会儿便把此事抛诸脑后。反正，最重要的是自己不再孤单。毕竟，迄今为止，对他来说最严重的问题就是自己的孤独。

第四天不必工作。伊斯拉菲说，"今天不用外出工作，外面太乱。"晚些时候，当他询问苏莱曼，得到的回答是，"孩子，瞧，你以为我们是唯一干这档事的人吗？外面有超多疯狂流浪狗在垂涎我们的事业。"这下，眼前有一整天要找事情做，德达忽然想起了许久不见的老友艾沙。并不是他想回墓园附近，也不是因为畏惧父亲，他早已把父亲从他脑海里完全删除了，至少德达自己是这样以为的。他的脑袋已经把这件事推到肌肤的最外层，或许还在上面盖了印戳，直到他彻底遗忘。他想到返回墓园附近还有另一个理由：对乌古斯·阿塔感到羞惭。谁知他的墓已多久没人打扫了？谁知坟上已经积了多厚一层的死亡灰尘？紫罗兰呢？谁知道那些花怎样了？恐怕全凋谢了，还是有的依然盛开？

因此，换了两班巴士，走过三条大路，他抵达了石雕店，在大理石灰弥漫的店里找到艾沙。他的脸上沾满白色粉尘，德达心想，"看起来活像个面包师。"

"德达！你跑哪儿去了，老兄？我还真想过你这混蛋是死了还是活着?"

他们相互拥抱，大理石灰沾了德达一身。

"哎呀，抱歉啊。"艾沙的手臂露在衣服外，他边说边拍去上面的粉尘，同时肌肤的色泽也变得越来越暗，尤其左手臂看上去特别黑。当白色慢慢散去，臂上的文身益加明显。这些文身是他自己亲手用缝衣针刺出来的。

德达说："那是什么？"他抓住艾沙的左臂仔细检视，勉勉强强念出：

"我对拂晓无能为力，也没人能够理解此事。"

"这什么意思?"

"干。"艾沙看着刺青说,"这些话就在我脑中浮现,我只是写上去,如此而已。"

然后,他忽然抬起头。

"你会读?"

"会。"德达回答。

"太好了,老兄,你现在可以拿小学毕业资格书了。"

"没啦。"德达说,"我拿那个干嘛?反正,我还想着上大学呢。"

他们都笑了。德达抓住艾沙的手臂继续检视着他的刺青。

"痛吗?"

"一定痛啦,但我刚才也说了,我那时脑袋不清楚啦。"

从字母的线条和排列方式来看,的确如他所说。字母从他的手肘到手腕越来越小,像一些呆瓜符号画家的作品。就像德达发现乌古斯·阿塔签名那晚一样,艾沙也没把留白空间算好。字母间的空隙越来越窄,为了把所有想写的内容挤进去,只好让字母越来越小。

"你怎么做到的?"德达问。

"用一根针。"艾沙回答,"那种普通的针。"

"颜色怎么弄?"

"你看过油漆吗?用在人工草皮上的那种?我就用它。你用黑色,就会变成这种蓝色。你先说说你最近都做了什么?雷孜跟我提过一些,前阵子刚见过他。你们替什么盗版书工作是不?"

"盗版?"

"他们是这样说的。"

"不可能!"

"德达,你这混蛋,你真是一点都没变,还是一点概念都没有。你连你在做什么都搞不清楚。好啦，你等等。"

艾沙回头往工作室里头大喊。

"师傅，我等等就回来！"

往他呐喊的方向望去，只见一团灰尘。灰尘后是两个头戴面罩的男人，他们正在用锯刀处理一块大理石，其中一个举了举空下来的手。艾沙跟德达说，"来吧，我们走，去喝几杯。"

艾沙套了一件皮夹克，两人一言不发离开了工作室，每次他们眼神一交会便会笑个不停。走了大约一百步，艾沙说，"就是这里了。"德达停下脚步抬头看。

"这不是五金行吗？"

"那家伙死了，老兄。"艾沙回答，"他儿子把这儿变成了一间酒吧。来吧。"

于是，德达再度踏入多年前自己为了肢解母亲、从展示窗偷走了一把斧头的五金行。现在放眼望去，再也没有那些装满钉子的抽屉或铁桶什么的了。取而代之的是四张颤巍巍的小桌子，桌子两侧摆了两张板凳。五金行老板的儿子从不知哪儿醉醺醺地冒出来。

"啧啧，艾沙今天来得可真早啊！"

"是啊，玛穆特。你看看，这位是我的老友，我们自小就认识。"

其实他仍是个孩子，他们都还是。德达握了握玛穆特伸出来的手，然后点点头。他们在第四桌的凳子上坐下来。玛穆特从门边摇摇晃晃的吧台上取了两瓶啤酒放在他们面前，然后用手掌拍了一下额头。

"啊，可恶，我都忘了问你们想喝什么。"

艾沙笑了。

"别介意。我们要的正是啤酒。"

他看了看德达。

"啤酒，没问题吧？"

"当然。"德达回应。

玛穆特把他们留在那儿，径自走回吧台后面的凳子坐下，伸手到柜台下取出一杯伏特加，在这间叫作钉子的店家的附属酒吧里，三人高高举杯。玛穆特替酒吧取了这个名字，为了纪念父亲，他喝酒也是为了纪念父亲。他总是这样，尽管从来没有人提及这一点。

艾沙先开了口，"来吧，跟我谈谈，当初你突然离开，把我们留在这里，现在还回来这里干什么？"

"老弟，不是那样。"德达辩解道，"什么叫我把你留在这里？那时我老爸忽然冒出来，我们起了争执，我只能一走了之。幸好雷孜帮我找到工作，否则我现在一定还失魂落魄的。我现在也住那边。你呢？"

"我还能干嘛？我的意思是，他妈的，我工作时累得像头驴，然后下班到这儿喝不停也像头驴。"

一开始，他们得逼自己住嘴，才不会忘了喝啤酒。但现在却得喝个不停，因为他们已经无话可说。反正，他们还能说些什么？是要德达谈论乌古斯·阿塔，还是要艾沙继续说当初还没来得及说完的故事？德达叫他闭嘴的那个故事，他十岁那年开始陈述却一直没能好好说完的寻宝故事。不管怎么说，因为这个故事，德达才开始跟大理石对话，也是因为这个故事，艾沙才会在自己的肌肤上雕刻。他在皮肤上的每个洞里填入墓碑漆。一切都是因为这个故事，但现在还有什么意义？每个人不都有个这样的故事吗，一个开了头却因为没人倾听而无法结尾的故事？如果能就这么冲进马桶，何必再说？冲进马桶，冲进一个装满酒精的马桶。

他们无需要求就获得第二瓶啤酒，第一瓶还没喝完，第二瓶就送上桌。

第三瓶也是如此，第二瓶没空就出现。艾沙甚至抽空回到工作室向师傅告假。"请原谅。"他说，"明天我会加班到晚上。"他这么提议，回来时带着满脸微笑。

"没问题，师傅什么也没说。"

两人都笑了。三只酒杯在钉子再度被高高举起。夜幕低垂，门被开关了七次。另外七个雕刻师进来，其中一人正是艾沙的师傅，他坐的位置离自己学徒很远，好让自己不必再见他那张的脸，他早已受够这一切，最主要的是受够了思乡之苦，他思念家乡的妻子，所以他要远离那些他受够的脸，离得老远，他必须让自己喝到可以忍受那些他不想再见的脸为止。

艾沙高举酒杯喊，"敬大理石！"由于在钉子里的人除了喝酒没其他想法，他们也懒得管自己是不是在向一块石头致敬，他们笑着把酒给喝光，有些人敲着空酒杯，大喊"玛穆特！"但玛穆特已经与客人一样醉了。他吼着，"来了！"然后往前踏出一步，很快发现脚下少了另一只脚，便直直摔倒在地上。众人皆笑。两名雕刻师将他拉起来。喝完四瓶啤酒后，德达和艾沙已无话可说，只是不断望着周围，咯咯笑着。他们听旁人的对话，有雕刻师在追忆往昔，关于墓碑在哀悼最深刻时刻的故事。

凳子渐渐空了，只剩玛穆特跟两个男孩。这时，德达才开口说话。

"有个叫作乌古斯·阿塔的人……"

"嗯，是谁，老兄？"艾沙接口，"你的亲戚还是什么的吗？"

"不是啦，老弟……"

大量啤酒让德达的喉咙极度渴望空气，他大口喘着气，仿佛就要无法呼吸。他想解释给艾沙听，但成效不佳。

"不是，不是这样，那人……"

"什么？"艾沙又接下去问。"哪个人？你老板？"

德达差点没笑死。

"什么啦？老板？"他说。"听好，我刚刚是说乌古斯！"

他开始用右手食指敲击左手的手指，一边敲一边拼出"乌古斯"，忽然他停下来，动也不动。

"好，听懂了，你说乌古斯。"艾沙说。

德达用一种仿佛第一次见到自己手指的眼神愣着，看似想拆解什么谜题，继而抬起目光，望着艾沙。

"老弟，真有用！"他说

"我的老天，你到底在喊什么。"

"老弟，真有用！"

"什么有用，说啦。"

"你看。"他一边说着，一边用左手食指敲打右手的手指，从右手的小指开始，同时喊着，"你看，你看。乌古斯。"然后，他再用右手食指把左手的手指敲过一轮，叫着，"阿塔！"艾沙完全摸不着头绪。

"我的天，你脑袋坏掉了？在说什么呀？"

"你有针吗，老弟，针！"德达怒吼。

"什么叫有没有针？"

"要刺青啊，老弟！"

"别闹，你醉了。"艾沙说。

就在此刻，玛穆特跟跄着脚步再度送上两瓶酒，满杯的啤酒被重重放到桌面上，他口齿含糊地说：

"多喝杯酒，对谁都没坏处。"

老式卡带机有个没坏的喇叭传出了高音频，卡带机的品牌和型号太老旧而被磨掉了，录音带也跟这台播放器一样老，播放的声响跟着天花板垂吊下来的三个裸灯盘旋，渐渐和工作室的粉尘混在一起。接下来，赛尔丘克①的声音传出来，那声音从播放器抛飞出来："我对拂晓无能为力……"这是艾沙首次从师傅的录音带里听到这首歌。开头的两句歌词仿佛就是为了他而写，他深信这是天意，于是决定将它刻在自己的臂上，他不可能听过诗人塔郎吉②或将此诗谱写为乐曲的作曲人赛尔丘克。"录音带。"他只知道这个，这也是他唯一需要的信念，"师傅，请把录音带留下来，我想晚上听。"此刻他再次播放这首歌，但这次是为了让德达听。

"天啊，很痛！"
"当然痛啊。"艾沙回答。

交谈的同时，艾沙坐在矮凳上，指尖牢牢捻住两根针，用炉火加热，然后以针尖蘸取塑料盘上调好的黑色墨料，一边回身抓住德达伸出的左手。他以快如缝纫机的速度刺入德达的食指，两根针用橡皮筋紧紧捆绑起来。沾墨的针尖刺入肌肤，黑墨跟红色的血融合在一块儿。艾沙不时用一块脏布擦拭德达的手指，以免找不到下一个下针处。当他把整个手指擦拭干净时，字母"A"就像个印记，清清楚楚，跃然而出。

艾沙的前额流尽他豪饮的所有啤酒。但德达无暇顾及，他专注地凝视艾沙在他的右手拳头上所留下的刺青作品。拳头上刺了：乌古斯。

"完成了。"艾沙说着，一边用手背擦抹汗水一边补充道：

---

① 赛尔丘克（Münir Nurettin Selçuk）：土耳其古典音乐家和男高音歌唱家，是土耳其音乐中最值得称颂的一位。赛尔丘克生于奥斯曼帝国时期的伊斯坦布尔，曾前往法国学习声乐。从法国返国后不久，赛尔丘克于一九三〇年二月二十二日举办了奥斯曼古典音乐历史上极具意义的音乐会，较之传统的奥斯曼演唱，他的演唱简单直接，更具音乐性，对声音的控制层次分明。赛尔丘克的音乐成就具有划时代意义，可媲美杰米尔·贝（Tanburi Cemil Bey）在乐器上的成就。
② 塔郎吉（Cahit Sıktı Tarancı）：土耳其诗人。

"但这样看不出来，你得握拳，让皮肤紧绷起来。"

德达先看了看仍持续渗出血的 A，然后紧紧握拳，将手放在他跟艾沙中间的桌面上。下一个字母是 T。艾沙的肩颈因为弯腰前倾，加上太用力让两只醉醺醺的双眼聚焦而疼痛不已，他伸展了一下，然后拱起背趴在桌面，开始在眼前的拳头上以沾墨的针尖刺入中指，一针一针地刺入。

"好了，你至少三天不能洗手。"艾沙说着，双手抓住德达的拳头，欣赏自己的杰作。

"伤口迟早要结痂，得忍住不去抠它，扣坏了刺青会糊掉的。别去弄它，否则刺青没办法成型。"

"艾沙，谢谢你。"德达说。"我永远不会忘记你帮了我这忙，不会忘记你对我的付出。"

"去你的，什么帮助？你只要偶尔出现一下，请我喝杯啤酒就好。"

德达伴随晨间的唤礼词返回仓库，他侧身溜了进去，但一进去便撞见仍坐在桌前喝伏特加的苏莱曼。

"伊斯拉菲来了，他找你。"

德达异想天开，打算以不说话来掩饰自己酒醉的事实，但马上被迫打破静默。

"他要什么？"

"他说你不应该晚上出去，他说你应该留在你住的地方。"

"为什么？"

"他们要把这个地方砸烂了。他是这样说的"

"谁？"

"你以为还有谁?那个叫作清洁工翰尼夫的恶棍。"

德达无法自制地大笑。

"我不懂,所以他是个清洁工,然后还是个恶棍?"

"对,你就继续笑吧。"苏莱曼说。"等他们来到门口,我看你躲哪儿去?"

德达试图正经一点,但无法真的做到。他说话时还是忍俊不禁地笑,他努力将问题问出口:

"他们要什么?"

苏莱曼把杯中物倒入愁肠,德达则把箱子折叠起来铺成床。

"这个。"苏莱曼说。

德达转身看了过去,眼睛简直红得像红瓦盆的盆底。

"这个?"

"没错,这个。"苏莱曼指了指周围的书和所有机器。"一切,孩子,这行有很多利润,只要有很多利润,就会有很多麻烦。懂吗?"

苏莱曼不再说话。他垂首像在用眼睛探寻什么,更精确说,他在探寻四个什么,四只手指,四个字母,他距离得太远,无法看清,于是他问。

"那是什么?"

德达伸出右手,自己看了看刺青,他看刺青的表情就像自己也才刚刚发现它们一样。继而他将目光转回苏莱曼身上。

"这个?喔,只是一些字母,没什么。"

"给我瞧瞧!"苏莱曼说。"给我来瞧瞧你都写了些什么。"

"这边写了'乌古斯'。"他伸出左手拳头。"这边写了'阿塔'。"

苏莱曼放声大笑。"真是个混球。你到底是什么人?伊斯拉菲竟然还想给你一把枪!孩子,你会把我们的头都轰下来对吧!"

德达面对对方，努力想让松垮垮的脸显得坚毅一些。

"来吧躺好，睡一觉。他们很快就会来了。"

两个小时的睡眠时间，深眠的梦境里，德达揍了所有试图挡在他跟"乌古斯"、"阿塔"之间的一切事物。

"怎样，会冷吗？"伊斯拉菲望着德达手上指尖部位的黑色手套，问道。

"不。"德达响应，"只是我的手会出汗，箱子容易滑落，所以我戴上手套。"

其实为了抵御对于手上刺青排山倒海而来的关注和猜疑，他才在仓库附近的周末市集买了这双手套来戴着。

"好吧。"伊斯拉菲说，"跟我过来。"

"可是阿卜杜拉兄弟很快就会到。"德达说。

"别管他，他们会处理，你跟我来。"伊斯拉菲说完就离开了仓库。德达在两步之外紧紧尾随，他们坐上车龄有二十年的奔驰车，缓缓开上了大街。从这个地方开始，他们加入车阵慢慢前进。伊斯拉菲一言不发，所以德达也什么都没说。一旦进入市区的高速公路，伊斯拉菲刺耳的声音便闯入德达耳中。

"你几岁？"

"快十七了。"

"你母亲在哪儿？"

"她死了。"

"你还有见过你父亲吗？"

"没有了。"德达回答。

"好，听着，你可以把我当成你大哥，不必害羞或不自在，你需要什么，有什么问题吗？"

"没有，兄弟。"德达说，眼前是他从未见过的伊斯坦布尔，他看着遍布玻璃帷幕的摩天大楼。

"如果是这样，德达先生，如果你没有任何需要，我可以向你提出要求吗？"

德达直挺挺地坐在副驾皮座椅上，挡风玻璃前的风景一幕一幕流逝。这是他首次见到博斯普鲁斯海峡①，生平里的首次。而且，他们正开往他久闻但未曾亲临的那座桥梁。

"德达！"伊斯拉菲说。"我刚问你可不可以向你提出一个要求。"

"当然，当然。"他连想都没有想，他定定地看着博斯普鲁斯海峡，仿佛那是一面镜子，一波波海浪反射着伊斯坦布尔的深处。

"有个人。"伊斯拉菲继续说，"其实是个恶棍，叫作清洁工翰尼夫。"

德达双手撑在仪表板上，直挺起背，嘴巴张开，他的瞳孔紧跟眼前的一切景象，若往右侧看，他便会错过左边的风景；若往左看，又会与另一边的风景擦身而过。就在此时，前方的道路变得宽广了，如同一把风琴的风箱被拉开。奔驰车的前轮踏上博斯普鲁斯大桥，德达的心脏开始大力搏跳起来，他紧闭上嘴，深怕自己响亮的心跳声会被别人听见。他也俯视许多白色小岛，许多白色的船只在水面上漂航。他往远处水面眺望，摄人心

---

① 博斯普鲁斯海峡（Boğaziçi）：又名伊斯坦布尔海峡（土耳其语 stanbul Boğazı），是一个介于欧亚大陆之间的海峡，长约三十公里，最宽处宽约三千七百米，最窄处宽约七百米，北连黑海，南通马尔马拉海，土耳其第一大城市伊斯坦布尔即隔着博斯普鲁斯海峡与小亚细亚半岛相望。它是黑海沿岸国家出海第一关口，也是连接黑海以及地中海的唯一航道。博斯普鲁斯海峡有三个运输通道，分别为公路使用的博斯普鲁斯大桥、穆罕默德二世大桥，以及铁路使用的马尔马雷隧道。

魄的景色映入眼帘，天空晴朗，水色秀美。他瞥了瞥坐在旁边的伊斯拉菲，多希望伊斯拉菲也能看看这片美景，就算只看一眼也好，他绝对会开心地一展笑颜，笑到嘴巴酸疼为止，那样的伊斯拉菲或许才会展露真实的自己。他们就这样在离深蓝海水六十四公尺的上方、在雪白的云朵下方，经过一公里又一公里的大桥。

"所以，为了我，你要射杀那个人。"

德达没听懂。

"什么意思？"他脸上的微笑还没消退。

"叫作翰尼夫的家伙，你得去枪杀他。"

这次他听懂了。车驶下桥的那一刻，他的思绪才彻底清醒过来，伊斯坦布尔再一次让世事变得恐怖，变得令人生厌，德达觉得就连自己也变得面目可憎。

"好的，兄弟。"

伊斯拉菲呵呵笑了两声，用拳头轻轻敲了敲德达的膝盖。

"很好。"

伊斯拉菲又笑了。

"嘿，老弟，你急什么？再等等，我们就在路上了。"

德达用指尖搓揉手套下的刺青。他跟自己、也跟乌古斯·阿塔说，再等等，再等等。

伊斯拉菲说，"反正，再等等。"德达面露微笑。

他们转到通往葡萄园的土路，眼前的坡势全被葡萄园给覆盖。他们在一个铁门前停车，铁门上方有一根一根的尖桩。伊斯拉菲从口袋里取出传感器将大门打开，奔驰车缓缓驶入车道。德达听到的第一个声音是狗吠声，然后他看见窗子被涂抹了口水，两只黑狗跟着车子缓缓前进，它们不断跳跃，眼睛瞪视德达，仿佛要杀了他似的。"这是我的宝贝。"伊斯拉菲说。车停了下来，两只狗迅速奔向伊斯拉菲那侧的车门。它们迫不及待要向主人献殷勤，彼此推挤不休，想赶上对方，抢得先机。

德达下车，先仰望两层楼的房子，再望向从房子的法式对开门里走出来的黑衣男人。

"泰涯兄弟，我们到了！"伊斯拉菲大喊，一边用手掌抚弄狗儿的头。德达认不出泰涯。首先，他今天穿的不是长袍，脸上也没有蓄下面纱般的大胡子。但泰涯的眼神没离开过德达，他很确定，自己曾在某个地方见过这孩子。是哪儿？没有关系，还不急，他迟早会想起来的。无论如何，他们还有两天可以慢慢相处。他们将在这个屋檐下面对面共处两日。这两日，在这间乡间的屋子里，他们得教会德达怎么用枪。离这间屋子最近的人也得花上几个小时，在高速公路上奔波一千公里才会抵达这里。

"瞧，这是德达。"伊斯拉菲搭着男孩的肩，把他推往前门台阶。"他就像我弟弟一样。"他边说边对泰涯眨眨眼。泰涯壮硕的身躯挡住大半个门，德达握了握泰涯向他伸出的手。

伊斯拉菲再次开口。

"这是我们的泰涯兄弟。"

泰涯仍握着德达的手，静静地看着德达的双眼。男孩不知如何是好，但他无法把手拉开，他的手就像被嵌入扎实坚硬的肉块里，两人像被双手以及凝视彼此的冰冷眼神牢牢钳在一起。终于，伊斯拉菲把他们拉开，他分别将一只手放在一个人的肩上，说："走吧，我们到里头去。"

他们走入室内，宽敞的客厅里有两套沙发，两个大咖啡桌，以及至少六张安乐椅。旁边有二三台电视机，一个餐桌，多张餐椅。踏入屋内两步，德达看到的就这么多。他无法确定客厅大小，在他眼中，这里的家具实在太多了，好像每样东西都有件替换品就暂时搁在旁边。

"德达，你先坐，我马上就过去。"伊斯拉菲说完走到客厅深处——往上走——然后从视线里消失。直到这时——德达见伊斯拉菲往上走了两级就消失无踪——他才发现，通往二楼的楼梯就在那儿。

泰涯现在才开口说话。"坐下，让我们瞧瞧。"

德达把眼神从伊斯拉菲消失的地方转移回来，看着泰涯指的方向，往前走了两步，在沙发上坐下。泰涯的手从口袋里伸出来，解开了夹克拉链，两把手枪的枪柄就在他的腰际。

"我到底是在哪见过你呢？"

"我？我不知道。"德达回答。

"你去过多曼达吗？"

"没有。"

"没关系，我们会想起来的。"他边说边坐进德达对面的沙发，像展开一双翅膀般伸展双手，后脑勺往后靠向沙发，并伸出一条腿跨放在另一张沙发上。他的双眼像铁织的网，牢牢困住了德达。

"你父亲叫什么名字？"

"瑟拉。"德达回答。

"瑟拉？没错，伊斯拉菲提过这名字。他才刚出狱，对吧？"

"没错。"

"我一定要想起到底在哪里见过你，只要再多一分钟就行了。你几岁？"

"十七。"他不想详细计算还有几个月，以免让事情变得更复杂。从见面的第一眼,泰涯的漆黑双眼就让他感受到无穷的压迫感。泰涯的双眼像两把手枪,让德达觉得自己仿佛被钢筋混凝土的重量压制,完全无法动弹。回答完问题,他迅速垂下眼帘,低下自己的头,他无法挣脱铁网的束缚,同时,他也正在想自己是不是果真见过泰涯。他对自己说:如果我见过他,我一定会记起来。他太专注地跟自己对话,以致没能听见泰涯的下一个问题。

"有吗?"泰涯重复一次,刻意提高了音量。

德达猛然抬头。"有什么?"他问。

"有线索吗!我说,你知不知道你要做什么?"

"知道,兄弟。"德达说,"有个家伙……"

"什么家伙?"

"一个叫清洁工翰尼夫的家伙。"

"你要对他做什么?"

"我要枪杀他。"

"你怎么知道我不是警察?"泰涯继续问,这问题像一条河,从他的嘴里流淌而出。这个问题问得那样快,直接刺中了德达的脸,他的额头开始渗出汗水,一听到"警察"二字,德达就忘记了问题,他的太阳穴开始隐隐抽痛,自己也不知道该说些什么才好。他垂下视线,肩膀松垮,仿佛想缩小到可以挤进脚底地毯的纤维里,他的头在双肩里压得低低的。

"如果有人问你这种问题,你真的会说你要枪杀某人吗?"

德达瑟缩得更严重了。

"好了。对方是谁?你要对他做什么?"

德达让自己的声音勉强抵达双唇,但他无法张嘴,就算他愿意张嘴,他也只打算说,"我不知道。"

"完全正确！"泰涯说，"不要说话，只管听就好。你想学，就从聆听开始。"

他交换了双腿的位置，另一只腿往另一个方向跷，然后将手臂放下来，一个拳头放在腰间，另一个则放在膝盖上。

"这个翰尼夫，他是那种如果我们不杀他，他就会来杀我们的人。但他不会枪杀我，他会杀伊斯拉菲兄弟，他会杀你。他会把仓库里的人全都给杀掉，懂吗？"他说。

德达稍稍迟疑了一下。他不知道自己是否该有所回应，只好略略点点头。这是正确的。

"好！他就住在海岸边，在马尔泰佩①，伊斯拉菲会带你去他的房子。首先，你要先尽可能了解他住哪里，还有他的生活习惯。然后，伊斯拉菲会下指令给你，你在某个早上进去等着，你以前去过那儿吗？"

他从右到左摇了一次头。泰涯弯下腰，靠向面前的咖啡桌，用隐形墨水开始标记。他只用自己的食指比划，他的食指就像枪管一样粗。

"沿海岸有一条公路。这一侧是房子，另一侧是海，沿海岸会有条人行道。这样说你懂吗？"

德达用下巴示意自己了解。

"翰尼夫大约中午会离家，但你必须一早就在那里待命。他会从前门出去，穿过马路，沿海岸散步……"

泰涯说话时，德达一边开始思考，自己或许真的见过此人，但这也不过只是一种直觉。这种直觉主要以此人的脸孔和身形为基础，但更重要的是他的声音。他很确定，自己曾经听过这个声音，但不知为何就是想不起

---

① 马尔泰佩（Maltepe）：位于伊斯坦布尔郊区，临马尔马拉海（Marmara sea）。

来。现在,他望着泰涯的眼睛,静静听他说话。

"别带任何人。房子前方有一盏路灯。你从那一侧过马路,在海边那一侧等。"

泰涯一度觉得男孩的眼神呆滞,所以想测试他:

"所以,你要做什么呢?"

"我要在马路靠海那一侧等。"

"对,很好。"

德达听见身后有脚步声传来,声响越来越大,是伊斯拉菲回来了。他经过德达身边,抓住他的肩膀说:"听泰涯兄弟的话。"然后在斜对角的安乐椅上坐下。泰涯继续说明:

"他会离开家门,会过马路,走到你附近,然后开始散步。你就要开始跟着他。"

泰涯忽然转移注意,望向伊斯拉菲。

"给这孩子找些运动衫跟运动鞋,他不能穿这些跑去那里,翰尼夫会发现异样的。"

"好,交给我们。"伊斯拉菲回答。

泰涯把注意力转回德达身上,好像猛然想到似的,他坐直,取下腰际其中一把左轮手枪。

"这里头有六发子弹。你必须从后面接近他,然后全部打出去。头部两发,肩胛骨四发。这样说你懂吗?"

"我懂。"德达说,但其实他脑袋里一片空白。他决定保持沉默。他不知道肩胛在哪里。什么肩胛?他的脑袋在泰涯拔枪的那一刻就完全刷白一片,他只是目不转睛盯着手枪,耳朵则是一片空白。

德达无法将视线从武器上移开，这不仅是一把史密斯威森①点三八口径的短管左轮手枪，同时也是德达复仇的利器。有了这把枪，他就能弥补过去。泰涯发现德达正在犯白日梦。

"看。"他说着打开了枪膛，把六个弹匣敲落在手掌，手腕再转了转，枪膛又回到原位。然后他把空枪递给德达。

"拿着。"

德达接过手枪。

"起来。"

他站起来。

"伊斯拉菲，你也起来。"

伊斯拉菲听命站好。

"伊斯拉菲，你现在假装要散步。你，你从门那边开始跟踪他。像我说的，头上两枪，背上四枪。好，来，给我看看你会怎么做。"

伊斯拉菲开始在客厅里走动，德达紧跟在后。走了三步，他举起手枪，扣下扳机。扣完一次再一次。

"不，不是那样。"泰涯说。他站起来，叫伊斯拉菲站住不动，然后用手指着伊斯拉菲背后的一个区块。

"看，肩胛骨在这边。不是下面那边。好，回去，两个都去，去门边。伊斯拉菲你先开始走，你再跟住。我们从头来过，做给我看看。"

他们照泰涯的指示动作，走了三步后，德达举起了枪，他的指尖压了

---

① 史密斯威森（Smith & Wesson）：美国最大的手枪军械制造商，由美国人贺拉斯·史密斯与丹尼尔·威森于一八五五年建立，总部位于美国麻省斯普林菲尔德，以制造左轮手枪闻名于世，在第二次世界大战中生产了1100万支手枪装备盟军。史密斯威森自创始至今一直是手枪界领先的公司。

六次空扳机,然后回头看看泰涯。

"这次好一点,但下次小心点啊。"忽然间,德达想起在墓园的那个早上。他想起自己撞到这个男人,也记得男人对他说了什么。他说了同样一句话。"下次小心点啊!"然后用他漆黑的眼睛瞪了德达一眼。现在,他再次瞪着德达。尽管百般不愿,但德达仍必须相信这一切,毕竟这全都真真切切发生在他身上。多年来,他每一口呼吸都透着对长袍男人的恐惧,就是这个叫作泰涯的男人。他身上冒出数千粒冷汗,肠胃纠结得好像就要在他身躯里爆开一般,手上的枪扑簌簌抖了起来。

泰涯站起身,德达以为他已发现自己的思绪:知道德达认出了自己。泰涯向自己走过来时,德达扫视客厅,想找逃脱的路径,但什么也没有找到,他没有动,没有奔跑或尖叫,他只是发抖,等待自己畏惧的下一步。

"跟我来。"泰涯把手伸向枪管,取走德达手上的枪。"我们到外面去开几枪,让你的手习惯这种感觉。"

伊斯拉菲把狗锁在前院的狗屋里。他深知,每次武器开火的声音会让它们多疯狂。更何况,德达对它们来说就是个陌生人,它们所受的训练就是撕烂任何持枪开枪的陌生人的手。不过,从手腕上取下人手这个技能不能说完全是训练所致,它们不过是跟上了主人生活的脚步。有些狗被训练成导盲犬,这些狗对于取出人眼也有同样的热情。就像世上数以万计的童兵,他们跟待在前院的狗没有什么差别,一样无法选择自己的生活,一样被鼓励发展天性中的残酷,发挥到更高层次的暴力。那些才跟枪杆子一样高的童兵与前院的狗唯一的差异是他们有报酬,但如果细忖,报酬或许根本大同小异。童兵得了烹熟的肉，狗儿得了生的，儿童没办法吃生肉，否则他们或许会大啖敌方童兵的尸体，那要养他们可就容易多了。

他们走到听不见狗吠的后院，走到两株悬铃木之间，在距离一个沙丘五步之遥的地方停下了脚步。泰涯从口袋取出弹匣，放入枪膛，然后再度手持枪管，把枪递给德达。伊斯拉菲站在几步开外，试图在劲风里点燃唇间的香烟。德达看着自己紧握手柄的手枪，听着泰涯的声音。

"好，我们瞧瞧你能不能打中那边的沙丘，看你的手怎么动作。"

他看见泰涯往伊斯拉菲的方向退了两步，他们两人此刻都站在德达身后。德达转身看向沙丘，他与沙丘之间没有障碍物。

"保持冷静。"泰涯说。"手臂别弯。扣扳机前先吸一口气，然后闭气，懂吗？"

德达毫无反应，泰涯再问了一次：

"听到了吗？"

"听到了。"德达边说边慢慢抬起手臂，瞄准沙丘。

"往前走一步。"泰涯说。"你跟翰尼夫应该保持这样的距离。"

德达听命行事，深吸了一口气，然后憋住。他内心充满恐惧，泰涯看出他的迟疑，大吼道：

"不要怕，开枪！"

德达原地转身并扣下扳机。他的手臂没有下压，没有弯曲。三颗子弹贯穿泰涯的胸部，两发落在企图逃跑的伊斯拉菲肩胛骨。最后一发打入后方楼房的墙。

他尽其所能地撑开闭上的眼睛，看见两人倒在地上，像两个歪歪扭扭的肉瘤。他闭上眼，心中期待泰涯或伊斯拉菲能够展现一点生命迹象，但后院就跟途经的葡萄园一样寂静，就连狗儿也不再吠叫了。

德达抬起头，吐出憋了许久的一口气，往上望了望天空，一滴雨落在他左脸颊上。接着，另一滴落在他额上。"保持冷静。"泰涯曾这么说，他也一直遵循这句话。多年后，德达终于能够放松呼吸，恐惧不再塞住喉头。站在两具尸体两步开外之处，他淋了一身天真的大雨。

德达先把左轮手枪塞入腰带，然后脱下手套，丢到地上，然后他把"乌古斯"和"阿塔"高高举向天空，想让全世界都清楚看见。

狗发现自己现在成了丧家犬，开始吠叫哀嚎，它们双眼布满血丝，宛如童兵，它们也一样无泪可掉。

史蒂芬结束商务办事处的任务并离开伊斯坦布尔的那一天，泰涯打电话给赫多·阿里夫，跟他分享自己对于吉多·阿卡的怀疑，他们的对话是：

"吉多在我们背后动手脚。他最近来找我，想找出你在伊斯坦布尔的头儿，是个这边颇负名望的家伙，我帮他看了看，找了几个充数。我说，我们自己也会找找。后来他问起我们的线人，显然，他想拉拢我，把我纳入他的旗下。"

"那个家伙准没好事。"

"这是绝对的。"

"那你打算怎么做？"

"叫他行动，我要到他旗下，看看他到底有什么计划。"

"好主意。"赫多·阿里夫说。"但不能让我爸知道。他绝对不能发现你在追踪那个混蛋。"

"你稳住阵脚就好，我会找到借口。我就跟他说，愿真主原谅，我要去看看国外的行动。"

泰涯挂上电话，又拨了一通，这次是打给吉多。
"是的，泰涯兄弟。"
"兄弟，原谅我，我有事情要跟你说。"
"请说。"
"赫多·阿里夫不断拷问我，要不是牵涉到我爸，我还真想掐死他。我的意思是，我不希望事情闹大。你能不能帮我在伊斯坦布尔安排一下……看看你能不能处理这件事。"
"当然啊，泰涯，别担心这个。你的想法很好。"吉多·阿卡回答。

接着，最后一通电话打给了史蒂芬。他打过去的目的是想确认当初军情六处允诺用来交换服务的英国居留许可。史蒂芬曾告诉他，"别担心，我们很快就会解决这件事。"但"很快"渐渐变成"很慢"。在这不断延长的等待过程中，泰涯已经离开了辛克美组织，也不再蓄胡穿长袍，此外也成功地让赫多·阿里夫及吉多·阿卡以为彼此是政府线人，但他也开始遇到问题。他们俩都渐渐看清了情况，泰涯以柔克刚的策略渐渐失效了。而且，当谢赫嘉孜指定自己的儿子为继承人之后，其他人也渐渐疏远了泰涯。这表示老人知道些什么，或许，当他告诉泰涯说泰涯不会再哭泣时，他的真正意思是，"你不会再哭泣，因为你将让别人哭泣。"谁都不想待在一个会让自己哭的人身边。

泰涯先是规避了法则，继而被整个派系打入冷宫，于是，他决定把所有得自军情六处的钱都投资在各式他梦想能参与的犯罪活动里，其中一项就是违法印刷德达负责搬运的盗版书籍。为了保护这项事业，他进一步投资，想找人杀了清洁工翰尼夫。

泰涯怎么会知道这些？他怎么会知道多年前只见了不到半小时的孩子会在几千日以后，不到半小时的时间内就结束了他的生命？

德达又怎么会知道？他怎么会知道自己杀了泰涯，不但替自己复仇，也替所有人都复仇了？

伊斯拉菲怎么知道？他怎么知道自己不该让泰涯跟德达相见？

清洁工翰尼夫怎么知道？他怎么知道因为德达让自己保住了一条小命？

人怎么能知道什么后果？

这些问题的答案都一样：不可能预先知道。

或许正因为如此，正因为没人能预知一切，生命才得以持续。若有人能预见自己所有行为的后果，绝对会当场放弃生命，绝对会避免自己继续存活下去，甚至会直接结束生命。他会充满恐惧，害怕在心脏仍跳动时做出任何动作，如果男男女女知道他们的一切行为的惊人结果只会是痛苦，他们或许不会继续繁殖行为，但也或许情况更糟，或许他们知道后果但仍执迷不悟，毕竟是人类，人类有求生本能，会为了活命付出一切，必要时甚至可以抛弃产房里的母亲，甚至会尾随双胞胎兄弟死命都想降生在这世界，至少至少，至少还能存活。

德达已经不再是个十一岁的孩子了，他不再需要肢解尸体才能搬运它们，纵或如此，这个任务仍算艰巨，他先把泰涯拖至沙丘旁，再返回移动伊斯拉菲的遗体。他搜索了两人的口袋，找到一包钱，一把左轮手枪，一盒子弹。如果他会开车，他也会把伊斯拉菲口袋里的奔驰车钥匙取走，但他不会，所以他没有这么做。

绕着房子走了第二圈，他才找到一把铲子，然后走回往生者尸体旁，开始挖松随雨势渐渐变得泥泞的沙土堆。才几分钟过去，死去的人就全部消失了，或许没能埋得够深，但至少埋在某个地方了。

他回到屋子，在身后关上门。只要雨还在下，他就必须在屋内等待。他先进入大客厅，踏上走廊深处的楼梯，上到二楼后，他沿走廊方向走，转开眼前的第一支门把，进了一间有双人床的房间，床上方的墙面挂了一大幅黑白相片，被安置在镀金的画框里头。伊斯拉菲站在照片里，双手放在身前一个坐定的女人双肩上，女子怀里抱着一个婴儿，三人都面带微笑，连婴儿也是。德达站到床上，仿佛是在走上楼，他在床上缓缓走动，在照片前边弹边跳。走到婴儿面前时他开始哭了起来，他用右手手指抚摸婴儿的脸庞，说，"很抱歉。"不管发生什么事，伊斯拉菲都罪不至死，他像个意外踏入战场的庶民。当然，伊斯拉菲是安排一切，造就德达杀人且可能死于狱中的角色，但德达的脑子里充满自己对于泰涯的负面情绪，他完全没去想到这件事，他凝望手指上的"乌古斯"，说"你也是，请原谅我！"然后双膝跪倒，双人床因为他的啜泣而颤抖，他看着那幅相片哭泣，一再地用手掌按压相片。当眼泪终于流干，他才像个孩子般弓起身体，在被他手刃的男人床上入睡。睡梦中，野火般熊熊燃烧的悔恨之火早已杳无踪影。

他把厨房冷冻库里的冷冻肉品全取出来，丢到客厅地板上，然后他又把房子从内到外翻了个遍，找到一捆绳子后，他走到花园，用一张椅子挡门。见到德达的当口，狗儿开始狂吠，德达越靠近狗屋，它们的吠声也变得越大越疯狂。它们不断跳跃，用头撞击铁网。

德达把绳子的一端绑在狗屋门前的铁栓上，然后往后退到花园围栏旁，一边走一边释放绳子,然后在地上放下只剩一小团的捆绳,设法抓住围栏,越过围栏站到花园外。他趴在地上,穿过围栏的铁栅拉扯绳圈,第一次的尝试没能成功,但第二次,狗屋的铁杆被扯开了,狗儿一跃而出,疯狂奔入花园里,它们离开了狗屋,直奔德达而来。它们想追杀陌生人,鼻子紧紧挨在铁栅间,试图跳过围栏,但依然无法接近德达。他就站在半公里外,微笑着说:"去吧,到里面去,里面有吃的。"然后他转头而去,前往远在地平线尽头的高速公路。

抵达高速公路旁时,他看见前往三个不同方向的三个车道,但他不知道该往哪个方向走。尽管惊慌失措,他还是记起奔驰车来时的方向,因此他走到公路对面,走向伊斯坦布尔。现在只剩下一件事该做,他人生中最后一个任务,完成以后的人生,他全部都不在乎了。首先,他必须先招一台车,卡车也行。

一辆红色的车在他身边停下。

"你要去哪里?"

"伊斯坦布尔。"

"上车吧!"

司机是个老人。

"孩子,你在这里做什么呀?"他问。"这里有许多野狗,这地方受过诅咒。"

你无法猜到德达身上背负两条人命。他只是一个孩子,却在十七岁的年纪用尽了生命中最后一点火花,况且他还有一点害怕,他还没时间清洗自己。一开始他没回答,但他猛然开口问道:

"你可知道一个地方叫贝伊奥卢?"

老人笑了。

"你没听到我说的吗？你去贝伊奥卢做什么？"

"我父亲在那里等我。"

"你父亲是做什么的？"

"他是个作家。"德达回答。

"叫什么名字？或许我认识。"

"乌古斯·阿塔。"

"倒是没有听过他。"

有那么一秒钟，德达想从衣服下抽出枪，杀了眼前这个人，纯粹只因为他不认识乌古斯·阿塔，但他很快打消了念头。他告诉自己，这不是老人的错，那些忽略乌古斯·阿塔的人现在不会是卡车司机，因此他原谅了老人，并且说："你会的，你很快就会听说他的名字。"

司机又笑了。

"当然，或许吧。"

他们再也没交谈。

下了卡车，太阳正在离开伊斯坦布尔。老人告诉他如何抵达贝伊奥卢，但没有提供任何其他的协助。他不认识司机提到的任何一条路或广场，他只知道贝伊奥卢这个地名，仅有这个地名而已。沙鲁罕曾告诉他："所有他写的文字以及所有的图片，全都在贝伊奥卢。其中有一个酒吧特别有名，叫什么名字呀？乔拉克？乔洛克？反正类似的名字。"

他拦下第一辆经过的出租车。"贝伊奥卢。"

抵达塔克辛广场时，司机说，"好了，到了。"德达透过所有车窗找寻，他问"哪里？"司机深深叹了口气，想让自己平静下来，然后手指着乌斯缇卡街,说"那边。那边全是贝伊奥卢。"

德达下了出租车,走进人群,边走边思索伊斯坦布尔的居民不知凡几。多年来,他住在一个只有假日才见得到人的墓园边,这些噪音和人群完全让他乱了阵脚。事实上,德达正在寻找的地方将会让他更手足无措。然而,光是贝伊奥卢对他而言就已无法招架。周围的人群不断穿梭,乌斯缇卡街上的灯光璀璨到令他无法直视,他不知道自己正往哪个方向走,也不清楚自己踩到多少人的脚,他只是继续往前进,即便不知道自己会走到哪儿,至少也知道自己在继续前进。

他在一个交叉路口停下脚步,向一个最靠近自己,正往街道上吐痰的痞子询问。

"我在找一个叫作乔拉克的地方,你可知道在哪?一间酒吧。"

这个孩子跟德达年纪相仿。他盯着拦住他且压在他胸口的手掌,然后再看看眼前这张脸。德达的脸孔看上去就像在贝伊奥卢会引人恐慌的脸孔。对方显然表现出恐惧的模样。

"一间酒吧?"对方问。

"乔拉克,乔洛克,类似的名字。"

"嗯,我不知道。"孩子回答。

"没关系,你认识乌古斯·阿塔吗?"

对方没料到这个问题,惊讶之余,不禁结巴了起来。

"嗯,是……知道,可是……"

他本来想问德达为何会提出这个问题,但德达迅速离去了。如果他早知道,只要一个肯定的答案就能挽救一条生命,他还会那样结结巴巴、频频点头吗?他望着德达走了十公尺,然后德达就从他的视线里消失了。德达混进了人群,人群淹没了德达。

再问了七个人，同样得到类似"嗯，我不知道"的回答之后，他走向一条小街，街上有个身体散发下水道气味的摊贩在卖烤栗子，他询问对方酒吧位置，这次终于有了不同答案。"这里，有一间就叫作乔洛克。你往前走，到第三条街再右转。"德达买了一些栗子，边走边剥壳。他依照摊贩的指示走，遵照说明，右转。走了五步后，他看见人行道上一个醒目的招牌就在眼前，这是一个灯箱式招牌，上头写了"乔洛克"。德达把手上的纸袋捏成一团，丢到路上，然后踏入店内。

一名戴一条红领带，露在蓝色毛衣外的服务生迎上前来。

"你好呀？"

德达用左手推开服务生的胸膛，再用右手拔出腰间的枪，往吊在天花板上的古董水晶灯开了两枪。就像泰涯教他的，手臂打直不弯曲。

枪声的巨响在两层楼的酒吧里久久回荡，一瞬间，人们连自己的尖叫声都听不见。他们的听力一直到他们彼此冲撞，试图躲入桌底那时才恢复正常。听力恢复后，他们听到的都是德达的声音，他对着僵立在现场的服务生咆哮。

"把桌子搬开，让所有人都出来！操，给我快一点！"

服务生的额头感受到德达手上发烫的枪管，他迅速往后退。"好好好，兄弟，好！"他转身开始搬开遮挡顾客的桌子。

"站起来，混球！统统站起来！"德达怒吼。

"让我看看你的脸。我要看见所有人的脸。"

尽管从他站的位置可以看见所有人，他却马上跟一个年轻男人对上眼。

尽管这个人已经从桌下走出来，却依然恐惧地缩在角落。他高举双手，不断摇晃着自己的脑袋，手上本来握着一瓶茴香酒，两次枪声却让他脑袋顿时空白一片。

"滚开！"德达说，"走，你出去，滚出去！"

一开始，男人没听懂他的意思，但抵在他背后的手枪协助他迅速理清思绪，他从德达身边经过，走出大门，全程仍高举双手不停摇摆脑袋。他离开后，德达的眼睛又跟另一名年轻人对上。

"你，出去。你他妈看什么？我说滚出去！"

对方也迅速跑出店门。德达在桌子之间踱步，把他看到的年轻人全赶出去。"操你的，混账！"一共十二名男人和九名女人噙着眼泪离开了乔洛克，只留下剩余的三名男人，他们年纪介于六十到七十五岁，围着一张桌子坐着。

德达走上前，询问里面蓄胡的人：

"你做什么工作？"

蓄胡的人开口说，"你看看这里！"但德达开始吼叫起来。

"我说，你做什么工作？"

坐在一旁戴着眼镜的男人说，"听我说，他是个记者。不管你有什么问题，我们都能替你解决，但别用这样的方式来处理问题！"德达笑出声来。

"这样啊？"

当他看见德达的微笑，误以为那表示手枪会从他脸上移开，蓄胡的男人脸上闪过了一丝放松的表情。"当然了，孩子，不管你想表达什么，我都能够帮你。你尽管说吧！"

"必须有把手枪指着你的脸，你才愿意倾听他的问题吗？是这样吗？"德达怒斥。

"谁的？"蓄胡子的男人和戴眼镜的男人异口同声问。

"若我说了他的名字，你们就会想起来吗，混蛋？"

唯一没开过口、且是在场唯一胖子的那家伙大喊，"你告诉我们，告诉我们，到底是谁？"

德达憋住呼吸，用枪指着蓄胡的男人，然后扣下扳机。他在记者的嘴上开了一枪，子弹直直穿入正要说"不要轻举妄动"的那张嘴巴里，一气呵成，从口腔进入，穿过后颈，直达背后的墙。男人仿佛膝盖碎裂般跪落在地上，戴眼镜的人则试图赶紧躲入桌下，唯一站着的是那个肥胖男人，德达直视着他，然后扣扳机，射穿他的左眼。他的双手几乎反射般迅速遮挡脸上那个本来是眼睛、现在只剩黑窟窿的地方，然后迅速倒卧在地。德达弯下腰到桌底对戴眼镜的男人开了一枪，眼镜男举起双手，试图保护自己，手枪喷出的子弹却直接穿透他的手掌，进入膝盖骨。

德达站起来大吼：

"今天，狗娘养的，你们是因为乌古斯·阿塔所以被杀！这是为了乌古斯·阿塔！"

然后他原地转身，往门口直奔而去，沿途的露天座椅被他撞得东倒西歪。他高高拿着枪往路前指，对着聚集在乔洛克外的人群大喊，"别挡路！让开！操你们！"人群鸟兽散，德达则一路奔跑，不知道自己该往哪儿去。等他听到警笛鸣响的声音时，他才赶紧转入眼前第一个暗巷。

这晚，德达一直狂奔到清晨都没停下脚步。整个伊斯坦布尔的警力系统都在寻找他，没被逮到还真是天赐的奇迹。

不知道是命运还是巧合，路过的街道把他领到沙鲁罕贩卖盗版书的天桥上。天边露出第一丝曙光的时候，他像金刚爬上帝国大厦般缓缓攀上天桥阶梯，终于爬到天桥上，看见了钟表贩。不知为什么，他今天摆摊时间特别早。他们眼神交错，钟表贩微微点头致意，随即自顾自地设定起手上一只闹钟的闹铃。

德达在沙鲁罕摆摊的地点坐下，往后倚靠栏杆，伸展双腿。数个小时以来，这是他唯一停下脚步的时候。他的手伸入一只口袋，然后再伸入另一个口袋。他想找香烟，所以顺便抬起头，往钟表贩的方向望过去。

"你有香烟吗？"

钟表贩抬起头说，"等等。"然后把手上的闹钟放回摊位，走向德达。他双手插进雨衣口袋里摸索，从里面取出了一包香烟。在距离德达两步远的地方，他从另一边口袋拔出一把左轮手枪，死命抵住男孩的头。德达这时还坐在地上。

"给我趴下。"他冷静地下达命令，好像只是要求对方趴下睡个午觉似的。

德达听命行事，静静趴到地面。

一夜之内以各种形式跑遍了伊斯坦布尔各角落的德达，此时只有一个问题想问这位被指派来负责大学辖区的卧底警察：

"所以，你有没有要给我香烟？"

即使警方还在取证，检察官也仍在场，德达的故事却已透过新闻报道和电视台传播出去，广为人知，被他杀死的大胡子男人是国内最杰出的记者之一，另外两名还在全力抢救的伤员则是作家——两名小说家——胖子没什么突出的作品，但眼镜男是各种文学奖项的常胜将军。正因如此，人人都想挖剖细节，然而，最关键的问题就是：这个攻击跟恐怖分子是否有关？

开始，德达给警方的证词听起来有些滑稽，他们认为他毫无疑问就是一名恐怖分子。但随着更多细节流出，加上手指上面的刺青，加上他的陈述清楚得让盘问的警方得以发现更多与案件相关的新信息，他们才终于愿意相信他的话，接受他的证词。

"我。"德达告诉他们，"我是为乌古斯·阿塔才杀了他们。我不知道他们是谁。我不在乎。我想要杀作家或记者。他们就在现场，所以我扣下扳机杀了他们。"

"乌古斯·阿塔是谁啊？"一名年届退休的警察问。尽管双手上铐，德达仍忍不住站了起来。"你这混蛋！"站在后头的两名警察压抵住他的肩膀，强迫他坐下，闭上嘴巴。然后其中一人开口问，"这跟乌古斯·阿塔有什么关系？"

"你知道乌古斯·阿塔为什么会死吗？知道吗？就因为心碎！是谁把他逼到绝境？是谁让他郁郁寡欢？是每个还活着却不关心他的人。如果不相信，你去读读他写的书。再去看看他的生活。我杀那些混蛋就是为了要替他报仇。"

"那么，你对自己的行为有任何悔恨吗？"他们问他。

"如果他们跟乌古斯·阿塔毫无关系，或许我会有点后悔。"德达停下思考。

"但是其实，不，当我没说，我不后悔。当时的每个人都知道乌古斯·阿塔，却对他的遭遇视而不见，不管谁都有罪，所以我毫不愧疚。不过，你知道我现在后悔什么吗？我离开时还以为那两个混蛋已经死透了。"

"你跟乌古斯·阿塔是什么关系？"德达听到这个问题就露出了微笑。

"什么意思，什么关系？我们都是'乌古斯土耳其人'啊！"

这个反应再次迅速引发他们对于审讯的兴趣，警方兴奋得以为自己找到了过去没发现的恐怖组织。他问：

"这些'乌古斯土耳其人'是谁？这是一个组织吗？全部多少成员？"

"听着，连我都不知道。我的意思是，我知道他们在某处，但到底有哪些人，有多少人，我统统不知道。但我到处都能见到他们的标志。"

当他们问，"是什么标志？"德达迅速在纸上先画了一个字母 A，再用一个字母 O 将它圈围起来。其中一名警察先开口，"那不是 O"但是另一名警察抓住他的手臂，示意他住嘴，并继续问：

"你叫所有的年轻人离开酒吧，为什么？"

"乌古斯·阿塔在一九七七年过世。当时，这些人还没出生，或者他们都还只是孩子，所以我让他们离开。"

"你的武器是从哪里弄拿来的？"

"一个叫泰涯的男人那儿。"

"他在哪里？"

"我把他埋在某个地方，但如果你要问我确切地点，请相信我，我不知道。我是说，我知道在哪里，但是我无法告诉你怎么过去。"

"你还有其他话想说吗？"

"我也杀了一个叫作伊斯拉菲的人。其实我本来不想杀他，但他在那里，所以……说实话，我真希望自己跟他道过谢，他带我跨越了博斯普鲁斯大桥。"

"你还做过什么？"

"不知道。我也揍了我爸一顿。我往他的嘴上挥了一拳，打碎了他的鼻子。"

检察官特别关注德达的案子。他检视了警方的证词，试图弄清这孩子到底精神有没有问题，但是他无法独立判断，所以把案子转给他认识的一家精神科诊所。同样，那里高学历的教授们也无法取得共识，有些人认为德达活在自己创造的世界里，其他人则觉得他只是普通杀手。然而，过了一段时间，当他们知道德达把母亲大卸八块，自己又清楚知道何时动手时，大家达成共识，做出确诊或许仍嫌过早，但很显然，德达的精神状况跟正常运作的健康人完全不一样。不说别的，脑袋运作正常的一般人在面临困境时会自行消化或者上法院控告他人，但不会四处拿枪射杀别人。

此案由少年法庭审理，而少年法庭审理的所有案件都受电视记者高度关切。电视台播出了关于乌古斯·阿塔的纪录片，《局外人》一书受到许多论坛密切关注，在意见分歧的精神科领域也常见相关议题被热烈讨论。有些人认为，乌古斯·阿塔在世时的确遭受不公正的对待，而且他的死亡跟文学毫无关系。尽管时间短暂，但对于乌古斯·阿塔的讨论广泛到连红色卡车的司机都透过广播再次听到这个名字，且终于知道，前一阵子被他在路边捡起来的那个孩子称为"父亲"的人究竟是谁。

但过了一阵子，电视台制作人发现，这类的讨论已经无法像一开始那样吸引观众注目了，所以他们逐渐把焦点转移到德达身上。他们邀请嘉宾上节目讨论文盲造成的社会问题，讨论墓园里扫墓的小孩，以及童年暴力会造成什么影响。甚至，尽管跟整件事毫无关系，他们还讨论了药物滥用和成瘾症，毕竟毒虫跟毒品是最能哄诱观众将电视锁定在特定频道的特效药。

"乌古斯·阿塔这样的名字怎么可能会跟如此暴戾的行为联结在一起呢？真令人难以置信，想想我们街上的状况吧。"这种情绪被堆积，然后再度被扯开。每个人对德达令人恐惧的想象力都有一套特别的理解，尤其是，当大家听见苏雷雅跟瑟拉对着摄影机说的话之后，情况更为严重。瑟拉老泪纵横地告白。

"他朝着我开枪！我唯一的儿子！我已经多年没见过他，他却差点就把我给杀了！这个男孩就是这样，这样不对。我想呼吁所有经验丰富的警员帮我找回我的妻子，让我好好替她办一场葬礼，我夜夜都在梦里见到她。"

唯有艾沙拒绝发表任何谈话。他拒绝回答任何新闻记者或电视台记者提问的问题，不管他们怎么强迫他，他总是把话吞回肚子，或许是因为，对他而言，他唯一愿意倾诉故事的对象，如今被掩在这些把麦克风塞在他面前的人背后。

出院后，胖子只剩一只眼睛，眼镜男的肢体则不再完整，他得一跛一跛地度过余生。离开医院后，两人都提笔写了新书。其中一个写了《一颗子弹》，另一个则写了《乔洛克人生》。两人都在书上写下：谨以此作纪念乌古斯·阿塔。他们两人一旦有机会发言，每次都喋喋不休阐述自己对于乌古斯·阿塔的深深敬意，但他们又担心听众无法完全被说服，索性就以著作向他致敬最直接了。当然，《乔洛克人生》成了得奖小说，新书发布会也理所当然于乔洛克举行；至于胖子，他依然没有得到心里所期望的任何关注。

此外，最引人注目的场合其实是大胡子男的葬礼。任何可以从中获益的安排都兑现了，无论是谈论他的人生，怀念他的文章，甚至安排作品朗读会等活动；每个人都掉着眼泪、面对每一支电视频道麦克风娓娓道来。有人称他为"文学烈士"。理所当然，他所服务的报社直接将葬礼当作当日头条报道，标题是：

"数千人悼送文学烈士。"

标题下是德达的照片，是他在离开法院大楼时被拍摄下来的。他走在两名警员之间，双手上铐，直直往前伸。他的眼神直视着位于"乌古斯"和"阿塔"上方的摄影镜头。照片旁写着，"法庭丑闻。"下方标题是，"杀人凶手被判二十四年徒刑！"

尽管整个审讯过程不断有证物呈堂，嫌犯的心理健康医疗报告对他也没有任何帮助。法庭决定先平息大众的愤怒，因此，德达没有被送往任何治疗中心，反而直接被判刑定案，进入少年看护所，十八岁后将被移送至一般监狱。然而，众人对这个判决并不满意，社会普遍期待他被判终身监禁，不得假释出狱，尽管判决确实是终身监禁，但却可以在服刑二十四年后申请假释。当然，这取决于服刑期间的表现。他所受的惩罚纯粹是群众歇斯底里反应的直接后果，这些异想天开的想法认为，若德达被判处三个终身监禁，每一个都以三十六年计算，他们才可以安心，因为那样的刑期足可确定德达将在监狱里终老，他们自己则可以高枕无忧地过他们的生活，但这些人错估了一件事：德达在十七岁生日的前一周犯下杀人案，所以他必须被当作未成年人士审判。要是他当初耐心再多等一周，他的罪名就会被堆到他成年的背上，法庭也会被迫将德达当成成年人来处置，但法律的日历不是那样走的，它的运作方向相反，以致谁都是输家。

大胡子男的雕像在他的报社大楼前揭幕，发言人表示：

"这次袭击是对自由的宣战。罪犯得到的最终审判仅仅是二十四年刑期，官方在为此等行为背书。"

事件发生迄今两年了，人们想要缅怀些什么，所以替文学烈士建造了大型纪念碑。他们不想把这个事件纯粹当作自己的家庭少了一个孩子，他们相信必然有个非常非常秘密的组织在筹划攻击，让杀人事件发生。这么想其实容易得多了，反正大家都不想抗拒这样的想法，胡子男是为了信念而死，简单明了。或许正因如此，他们把他的雕像塑造得比他在世的模样还要英挺许多，人们希望以这样的方式纪念他，然而，我们的一生不都在从事这么一项副业吗？——替往日进行粉饰的设计师与导演总是备受尊崇的。

德达交代了关于泰涯和伊斯拉菲如何给他枪支，并要求他射杀清洁工翰尼夫的所有细节，但法庭在决策时显然完全忽略了这两名死者。他们把本来有利于德达的细节转而变成罪证，反正没人跑到电视上去哭诉他们是多么好的人。不过，伊斯拉菲的儿子的确曾经试图在德达离开法庭时对他施以攻击，幸好警察阻止了此事，他没能顺利攻击这个曾在自己的照片前道歉的男孩。至于辛克美运动的成员则把此事当作一种信号，他们把所有在泰涯身上发生的事全归咎于他想脱离帮派，多年下来依旧对此事津津有味地谈论个不休。它成了留给日后孩子们的一则教训。

最后一件未竟的事是将德达母亲的残骸挖出来，送去给法医化验。当他们终于取得结论，认为德达跟她的死亡毫无关系后，所有残骸被放进同一个纸箱，然后交还给瑟拉。年迈的丈夫沉稳地走过所有电视台记者身边，手里抱着箱子，搭上出租车，然后在两条街外下了车，把纸箱丢到眼前的第一口垃圾桶里，脚步一刻都没停下来。

德达在狱中的每一年都会收到一只神秘包裹，狱卒总是偷偷把包裹塞给他。里面有时候是钱，有时候是毒品，这些都来自清洁工翰尼夫。他一直密切追踪此一案件，并深切了解，自己还能呼吸全都是德达的功劳，他竭尽所能地报答德达，毕竟，生命的代价可不是什么小事。清洁工名符其实，住在街上，多年来从垃圾桶里捡拾纸张，叠在比他还要大的一口袋子里，四处拖着走，再称重贩卖。他跟德达年纪相仿时，第一次杀人只是为了能在干爽的屋檐下睡一夜好觉，他很清楚监狱是个什么样的地方，也很清楚生命的价值。从小在垃圾堆里长大教会了他许多事。

德达从来没能获知送他包裹的人是谁，最初几年，他打从心底相信包裹来自乌古斯·阿塔本人。他全心全意这样相信。过了好一段时间，他就不再思考这件事，甚至可以说他已经完全放弃了思考，直到他从其中一只包裹取得一只手机为止。这已经是他入监服刑的第十九年了。

他不知道自己可以致电给谁，因此，起初几周，他几乎没有碰过手机。然而有一天，他穷极无聊便拿起了手机，开始随机按下号码。他对眼前这项科技产品一无所知，对于自己在做什么也毫无头绪。听见屏幕上播放的声音时，他着实给吓了一大跳。他还没能找出关机的方法，万分惊恐地只想将手机摔成数片丢进厕所。他完全不知道该怎么做才对，最后好不容易才找到一个按键让声音停下来。这时，他才能够更仔细去端详手机屏幕，一探里面的玄机。手机正在播放电影，一部再普通不过的电影。他笑了。在狱中度过二十二年，现在他可以透过手掌上的小装置来看看外面的世界。他兴奋得大笑，不时发出咯咯声，但他很快就用手捂住嘴，以免被人听见。

清洁工翰尼夫已经三年没有寄包裹给德达了。三年前他被杀害了，他的死亡同样出人意料：他在一场交通事故中遭到枪杀，现在由他儿子准备包裹。父亲讲述德达的故事时，德达仿佛是来自另一个时代的传奇英雄人物，同样的故事说了一遍又一遍，现在由儿子来延续父亲的任务。翰尼夫从没真的跟儿子说，"我死后，你必须持续寄包裹给德达。"他的死亡不在计划之中，更没有谁能预测得到。无论如何，儿子把这件事情当成了自己的使命，并继续寄送包裹给传奇英雄。

然而，他完全不知道，什么能让一个三十五岁但在狱中度过了十九个年头的男子开心，所以他试着设身处地去思考。终于，他决定寄出唯一能纾解四面墙堵之内囚禁心情的产品：装满了无数电影和音乐的手机。这些电影和音乐都是他亲自挑选的。这只手机成了德达在狱中唯一拥有的电子产品，在狱中，他也不能将手机当手机用，但无论如何，德达对这份礼物感到十足满意。到头来，清洁工的儿子还是选对了一份好礼。

德达研究出使用方法，且发现里面存了数千部电影之后，便深深沉浸于这个由手掌大小的屏幕框限住的幻想世界。他常常连续看好几个小时的电影。当他们被叫到户外以便清扫牢房时，他总是迫不及待想着赶快回到那个电影的世界里。

德达几乎无法相信外面的世界变化如此巨大，完全无法相信自己的双眼。十九年来，他首次因想到被释放而心生畏惧。尽管目前没有任何决定，但德达深信自己会被假释，毕竟，一直以来，他的纪录都可圈可点。入监后，他没再杀过人，不曾打过架，就连对狱卒也从不口出恶言，其他狱友觉得德达是某一种疯子，而且根据他们打听到的消息，他们认定他属于一个非常神秘的组织，因此全然不敢骚扰他，没人敢去动他一根汗毛，更没人胆敢跟"乌古斯"或"阿塔"干架。有如此漂亮的成绩单，他很肯定自己服完二十四年刑期后一定能离开监狱。然而，若离开牢房后要面对的世界如同电影中那样，他或许将需要再花二十四年来适应。

一天早上，他吃完早餐，开始浏览片单，在浏览过数百部电影之后，这次的电影画面中出现了一名年轻女性，接着出现了一名男性。两人都裸露身体，德达马上了解这是哪一种电影。此前，德达从未看过情色片，也从未真正碰触过女人。他最后一次见到的裸体女性是母亲被肢解的尸块。此外，墓园旁的屋子里，苏雷雅裸体从地垫上跳起来时，德达早就将视线移开，那时他完全转过身去，瞪着大门。基于不知名的原因，他当时只是愣愣地盯着门上的钥匙孔。

德达把影片暂停，回到主选单，再按下播放列表上的下一部影片。画面上出现两个女人正在彼此爱抚与亲吻。德达也跳过了这部，接着播放下一部。

这次,他在影片里见到一个光头女孩,然后又看到另一个男人,也是顶上无毛,接着,又是一个男人。德达别过头去,不想再看,他想播放下一部,但无法移开自己的视线,也看不清楚自己的手指碰到哪儿。他的手指滑过屏幕,放在有女孩的画面上,双眼直直盯住眼前这个光头女孩。

影片的音量低得像耳语。女孩一度在画面中变得模糊,只能看见趴在她身上的男人后背。这时,德达听到些许声响,摄影师想必也听到了,因为他迅速把摄影机转向声音的来源。不断尖叫哭泣的女孩回到了镜头的中央,德达无法相信自己的双眼,他回播影片,重看这个片段。他再次听见:

"拜托,救我!救我……"

女孩说的是土耳其语,仿佛在呼唤德达去拯救她。然后,另一个男人占据她腿间的位置,但女孩的眼神仍直直盯住德达,继续呐喊,一开始只是咒骂,但接着女孩又说:

"你为什么只是站在那里?快过来做点什么呀!我在这里,你在哪里?哼?你在哪里?"

习惯使然,德达不假思索地响应:"我在这里!"他被自己的声音吓了一跳,迅速让影片暂停。他觉得,影片里这个画面只是为了激怒他才拍摄的。他满脸泪水,望着静止的画面,光头女孩的呼喊声跟多年前引导他追寻乌古斯·阿塔的呼唤声毫无二致。这么多年来,他早已忘记那样的呼喊,直到现在,胸口的心跳再次提醒了他。他从指尖感受到自己的脉搏,尽管他的目光没有离开过女孩的双眼。于是他用一根手指再度启动了画面。

画面上出现了难以计数的男人,德达听着女孩的祈求声,跟着女孩哭泣。她无法再承受了。男人一个接一个像肮脏的雨滴般落在女孩身躯上,德达只能无助地继续看着。最后他把画面暂停,回播前一段。

他不断重复看见女孩在呼喊:"我在这里,你在哪里?"每看一次,他也跟着重复回答:"我在这里!"

"我在这里!"

再也不看了,他再也没有去看其他的电影。

他只能听见那个女孩的声音。

那个哭泣的女孩。

那个用柔弱的拳头捶打压在自己身上男人的女孩。

他听着女孩尖叫,尖锐地哭喊。

他不想,但忍不住计算。

一共五十二个男人,在她的腿胯间进进出出。

他闭上双眼,把听见的哭声像贝壳一样重重压在自己的耳朵上。

细致到连她声音里的微渺的收放,他全都了然于心。

他把女孩双唇吐露的字词,一字字刻在自己的心墙。

有时,他泪水盈眶反复观看;有时,他边看边喃喃。

他对女孩倾诉,像多年前自己对墓碑呢喃。

他所知道的一切,他全告诉了她。

他感到害怕的,他也逐一誊列了下来。

他想象到的,他便低声对她倾诉。

他曾忘记的,他全都想起来了。

他梦见的,巨细靡遗全都转述给她。

他向狱卒提出一个要求。

教他写字。

他现在已经有东西可以写了。

他花了数个月学习写字。

他花了数个月精进书法。

终于，每个从他的笔上落入纸上的字都成了一幅画。

每一幅画都是一种允诺。

他想学习写字有其原因。

他认为，只要写下自己的允诺，一切就不会被磨灭。

写下来，就不会从他的生命、不会在他的未来被抹除。

当他四十岁，距释放日期只剩四十天，

距他上次打扫坟墓已经过了这么多年，

在花了整整五年时光望着光头女孩，并对她哭喊"我在这里！"之后，

德达动笔写下一封信。

信里全是他的爱。

德达的信

你问："你在哪里？"我，我在这里。

我叫德达。十六岁那年，我企图杀害三个人，造成其中两人永久残障。部分原因是为了乌古斯·阿塔，部分则是为了我自己。可能因为我疯了。后来，我发现两者没什么差异。我现年四十，我在狱中度过了二十四年。

你不认识我。你根本不可能知道有我这样的人存在。但我看到了你。我看见你受到的折磨，也看见你如何祈求他们。我看你

看了五年。连续五年,每天都在望着你。

四十天后我可以出狱。我不知道你在哪里,我甚至不知道你是否还活着。但四十天后,我跟这封信将会一起踏上一段旅途。我跟这封信,我们要走遍世界去找寻你,并把这封信亲手交给你。这个旅程的起点没有你,但终点将会是我们共聚的时刻。如果必要,这将是到死才终止的旅程。

对于你的名字,我想了很久,但我知道的名字都不适合。等我找到你那天,我就会从你口中听到了,所以我不揣测。现在,我只称你为"亲爱的",希望不致冒犯你。

我向你承诺,无论你在哪里,我都会找到你。若你死了,我也会追随你。若死后没有重生,我会创造来生,然后找到你。

因为,我爱你。

德达

旅　　程

在狱中度过最后一夜,他睁开双眼醒过来,先看了看天花板。要开展这个梦想多年的一天,他只需要在床上坐起身,再把双脚压在冰冷的水泥地面上。但他没这么做。他等待了一会儿。他双眼噙满泪水,但他眨也不眨,等泪水流到颧骨上,德达在天花板上看见亲爱的模糊的影像。他把刺了乌古斯的手伸向她,仿佛就要触碰到她的脸。他的手指仿佛被海浪不停拉扯的珊瑚,挥舞着,挥舞着,像爱抚一个幽魂。当他的泪水流淌到左右脸颊时,德达轻声说"我来了",然后像死人复活般慢慢在床上坐起来。

他站起身,手指摸索着弹簧床垫中的裂缝,慢慢取出手机。

"离开时，他们不会对你搜身。"送信的狱卒曾这么告诉他。"我们都会说成是别人在当班，谁也没责任，所以你什么都不必担心。"

德达穿上已备妥整整一个星期的裤子和上衣，穿上夹克，再把手机放入夹克内袋。他对自己的外表从不在乎，从不梳头发，不刮胡须，除了清洁之外他什么也不管。狱卒们带了一套西装给他，颜色也是他们选的。他们选了黑色，因为他们知道翰尼夫——付给他们比狱方更多的钱——在街上游荡时是什么模样。他们更相信，清洁工翰尼夫的不朽之路是建立在名声之上。或许他们是对的，或许所有秘密都藏在人名里。无论如何，狱卒们收到的指示非常清楚："德达不能知道我们是谁。"因此，德达将永远不会知道为什么自己穿的西装为什么是黑色的。

他把两脚塞进眼前的黑鞋里，然后抽出藏在弹簧床垫下的信，拉开夹克，把信跟手机放在一起。往前走四步之后，他回头看了看洗手槽上方的镜子，镜子里的他已经四十岁了，内心却比过去还要强壮，他举起双拳，摆出专业拳击手的姿势，看着"乌古斯"和"阿塔"的眼神不禁扬起笑意。接着，他的笑容逐渐消逝，他仍举着双手，像个专业拳击手的雕像，伫立等待。他像一名站在场中央的拳击手，孤独地等待一次机会，想一举击败所有对手。他像是要击碎镜子后面的那堵墙，让所有的墙面倒下，以便彻底毁掉这座监狱。

他保持同一姿势，直到听见牢房的门被打开。他听见，"来吧，德达，你被释放了。"

然后，他被两名狱卒带向监狱大门，经过曾走过的走廊，他再次被送到入口处。狱卒们在门口停下脚步，看着德达。其中一个说，"一切都过去了。"

德达露出微笑。

"而且我不会重蹈覆辙了。一切要重新开始。"

他们握了手,德达转身背对大门,吸入身为受刑人的最后一口气。

四公尺高,数公吨重的大门像一道神奇的厚墙,缓缓往右侧滑动,随大门滑开,生命也渐渐流入。外面阳光普照,德达往阳光里走去。门开到足以让他的双肩穿过时,他马上迈出了监狱大门。

这是他崭新人生旅途的第一步,当他想踏出第二步时,去路却被一个穿西装的男人挡住。

"你是德达阁下?"

德达不发一语,用双手挡住刺眼的阳光,试图在脑中勾勒对方的样子。男子再度开口。

"你若愿拨冗给我一些时间,我将非常感激。"

男人把手放进夹克口袋里,德达迅速抓住他的手腕。毕竟,德达不知道那只手会掏出什么东西来。男子说,"我只是想拿张名片给您。"德达松开手指,接下递到他面前的卡片,接着听到对方说:

"赛佛・拜伦,我是一名律师。我有个客户非常想跟你见面。"

德达把那张上头写着刚刚听见的名字的卡片递回。

"我想请您收下。"

德达不知该如何是好,只能让名片掉落在地上。他不习惯接收别人的名片,但律师满脸堆起微笑,仿佛没看见刚刚发生的事似的。

"德达阁下,我的车就在那边。若您愿意跟我来,我会非常感激,不会花太多时间。"

德达早已准备采取任何必要措施,以移除寻爱之旅上所遭遇的一切障碍。他准备好要战斗,伤人,甚至杀人,但他没预料到会遇见律师,他更没料到会有律师主动上前向他提议,他不知该说什么才对,反正,他从来都不是个善于言辞的人,他只知道自己必须踏上旅程。

他说:"我必须离开,我必须去某个地方。"

"拜托。"律师央求,"让我先把我的客户介绍给您认识,然后我就立刻把您送到任何您想去的地方。"

德达不想再听下去。他往后退两步,让阳光洒在他脸上,但他马上听到足以令他改变决定的那句话:

"德达阁下,听我说,这件事跟乌古斯·阿塔有关,而且至关重要。"

德达转身跟男人面对面。

"你的车在哪里?"

律师对于自己能够解决这项艰巨任务最困难的部分感到相当开心,他的笑容打从心底扩散开来。"来,请,请这边走。"

车子沿着德达很久以前曾奔跑过的那些街道前行,通过钟表商逮捕他的那个天桥下时,德达才开口问:

"所以是谁找我?"

"这点最好由我的客户亲自来解释,德达阁下。"

"你怎么知道我哪天会被释放?"

"我们一直在追踪您的案子,阁下。容我说,我们对于您能获释感到非常开心。"

"为什么?"

就跟任何不知该回答什么的人一样,律师换了话题。

"等我们摆脱这里忙乱的交通,剩下的路程就轻松得多了。"

"我们要去哪里?"

"快到了,德达阁下。请原谅我,我忘记问您,你抽烟吗?"

开车的人是个事业有成的辩护律师，尽管年轻且经验不足，但他早已准备好要做出任何牺牲替客户辩护，为了不再多说任何话，也为了在德达回答前就先解答自己的问题，他自己点起一根烟，牺牲自己从没接触过烟味的车厢。

德达用打火机点燃律师递给他的烟，一边把烟雾吐到车顶的内饰上，一边回忆起阿卜杜拉。阿布总是说，"点烟！"谁知道他现在人又在哪里呢？谁知道？当他们独处并点起烟来抬杠时，谁知道谁会抱憾此生呢？德达带着微笑，回忆过往。赛佛短暂转头看见他的微笑，便问：

"请别对我的问题见怪，不过，那是什么感觉？"

"什么？"德达反问。

"在二十四年后重拾自由。"

德达一口气抽了指尖上的半根烟，然后才开口。

"你该问问其他的受刑人。我自己无处可去，我是说，如果你把我放到外面，我宁愿回去再待个二十四年。"

他的答案让赛佛大感诧异，他还记得德达一开始跟他说的话。

"但你不是说你有个地方要去吗？我还以为你是那个意思？"

"没错，是有那样一个地方。"德达回应。"监狱只有在我有地方要去的时候才会对我造成困扰，否则我不会在乎。"

当赛佛还在思考一个已经度过七十岁寿命的一半，并在四面墙内度过二十四年的人怎么可能不在乎受刑的时候，车子转进一条宽阔的大街。德达马上认出这条街，这是通往墓园的大道。一切一如往昔。当然，人行道，沥青的颜色，墙面，建筑以及街上的人群都变了，然而有一件事情没变，这件事让所有其他的事情都不再重要：就是这条通往墓园的路。这条路只会通往墓园，不会抵达其他地方。因此，他甚至懒得问，"我们要去墓园吗?"反之,他往前靠向挡风玻璃,企图寻找招牌。他的目光往左边的人行道搜索,他在找寻曾经写着钉子的店招,却怎么也找不到,他也没见到任何工厂或酒吧。他望着手指上的刺青,想起艾沙。"谢谢。"他在心里对对方说。"不管你在哪里,谢谢。"

　　车子通过墓园大门时慢了下来,德达趁机找寻亚辛的警卫室,但他的双眼一无所获,因为警卫室已经在多年前被拆除,取而代之的是一栋装了玻璃帷幕的两层楼建筑。现在的大门已经没有一根根铁栅了。墓园晚上就关闭,围栏会定时自动开关,这里没有守卫也没有其他人会看见德达了,他思索着他们该如何把那些孩子赶出去,围栏真的就够了吗?他不知道该怎么想,甚至无法想象紧贴着墓园外墙的寮屋怎么可能被完全摧毁。他住在那种房子里时觉得自己住在地狱里,他总认定,地狱不会被任何人摧毁,至少人类无法摧毁,但如今此处已经看不见那个寮屋小区或是任何一个会翻墙或穿过围栏进入墓园工作的孩子了。他们现在全都在学校里,在德达终究没能去成的学校里。

　　当他们抵达那个曾经有个取水池的广场时,律师把车停住,望着德达。

　　"这里开始,我想你知道该去哪里。"

　　德达打开车门下车,看着属于他童年的一切在眼前闪过,在呼吸的吞吐之间,墓园里的一切都慢慢消逝而去。他眼睁睁面对二十四年牢狱生涯里从未思考过的问题。同样的坟墓,同样的墓碑,同样的树木,或许它们也都老了些,就像德达,不过也仅止于此。

　　"很高兴见到你!"律师在他身后大喊,但德达什么也没听见,他走进墓园深处,走到他知道所有墓碑跟往生者待的地方,他的脚很清楚仍记得他要前往的方向,尽管如此,德达还是觉得有些晕眩。他慢慢穿过树影,同时轻轻碰触途经的墓碑。

接着，他的双脚仿佛陷进土里一样。乌古斯·阿塔的墓前站了一个女人，手上拿着一只白色信封。白色信封。

德达没有做他多年前会做的事，他没有躲起来，没有躲到树后、屏住呼吸，他继续往前走，笔直往乌古斯·阿塔和女人伫立的方向走去。

女人在德达的影子盖住自己的影子时回过头来，她的声音像美梦缠绕着他，也仿佛他们是世上仅存的两个人。

"德达，对吗？"

他眯起眼睛回答，"是。"他看她的神情充满了希望，像在海中迷航的水手望着遥远陆地。

仅仅两句话，女子的声音已经让他觉得无比熟悉，她看进他双眼的模样更是……德达必须让自己不要胡思乱想，他几乎要对着自己大喊起来。

"抱歉。"女子说，"大老远把你带到这儿来，想必让你累坏了。"

德达的双眼、双耳满溢，让他听不见对方的话。或许时间暂停，他能解决自己的疑惑，特别是这种奇怪的熟悉感，但时针与分针却对德达置之不理。

"我知道你经历了什么。"女人继续说，一边牵起德达的手，刺着"乌古斯"的手，然后把信封交到他的手上。"如果你读了这封信，你就会了解一切。这是我给你写的信。"

德达在乌古斯·阿塔的坟墓边跪下，仿佛回到十一岁那年，被周遭的死亡灰尘笼罩，以致无力站起来。这一刻，乌古斯·阿塔的坟墓是他唯一能信赖的现实，他的背倚靠着墓碑，他才终于感到舒服。他深吸了一口气，拆开信封。

将信纸从信封里拉出来时，他往上仰望了女人，拍了拍旁边的地面。女人应允，席地而坐，就坐在德达旁边。她也背靠着乌古斯·阿塔，蜷起双膝，让下巴抵住膝盖，定定地眺望远方的树林。曾经，德达也在那棵树的树影下沉睡，做梦。

德妲的信

亲爱的德达，

我知道怎么开头，却不知道这封信怎么完结。但首先，我要称你为"你"，不用什么敬语。或许，在我们第一次见面时，我无法这么做，但对我来说，你其实就是"你"，是我认识的人。总之，第一次相见一定如此令人兴奋，我很可能连你的名字都记不住。但让我鼓起勇气写这封信给你的原因在于我的名字，我们的名字，是一样的。总之，我们都是德达。

我在一个叫作娅特贾的小村庄出生，十一岁时被迫结婚并被带到伦敦。我在一栋公寓里被拘禁了五年，直到某晚我逃跑为止。然后我开始吸食海洛因，然后我做了一切能让我继续吸毒的事。我甚至曾经跟五十二个男人睡过，整件事的发生经过都被拍摄下来，就我所知，恐怕有数百万人见过我那个模样。我跟你说这些是因为我希望你了解我。彻底认识我，毫无隐瞒。直到今天，我从来无法将这些事这么清楚地告诉任何人，这样坦率、简单地告诉人。但现在，我好像在对着自己重述，现在我可以冷静地写下这一切。其实，我或许比我所知道的还冷静。我写信给你，心里异常平静。总之……

十六岁那年，我在戒毒所戒除海洛因，遇见了一个叫安的女人。她是个退休护士，她给我我从未感受过的爱，而且把我带进她家。多年后，我成了她女儿。安的女儿。她的名字以前是这样拼的，"an"，就像土耳其文的"母亲"。我会说"以前"是因为她已经在两年前因脑溢血过世，我失去她，也就等于失去了一切。

再度感受生存的活力之后，我做的第一件事是读她的日记。她把日记当作宝藏一样藏起来。从日记中，我读到安曾在伦敦温布顿的雅金森·莫瑞医院工作。

在一九七六年十二月二十二日，当时二十八岁的安在加护病房值夜班，一名病患被送进去。这名病患刚接受了脑瘤手术。他是土耳其人。你知道是谁吗？或许你已经知道了。事实上，他的名字就写在你的手指上。他是乌古斯·阿塔。

乌古斯·阿塔在加护病房住到十二月三十一号，安一直随伺在侧。乌古斯·阿塔对她说的第一件事情是：

"你的名字跟土耳其文的'母亲'是一样的写法。"

头颅剧痛让乌古斯·阿塔彻夜无法成眠，显然，他甚至还把自己的脑袋称为"Agrı Dag"，当然，这是亚拉拉特山①的土耳其名，被他用来谑称这种剧痛是"疼痛山"。当然，安无法了解其中涵义，但她依然协助乌古斯·阿塔将亚拉拉特山写在一张纸上。

---

① 亚拉拉特山（Mt. Ararat）：土耳其最高峰。《圣经·创世纪》中，洪水后诺亚方舟最后停泊的地方就是这里。

然后，她把这个她不懂的语言写就的句子逐字抄录到自己的日记上。

八个夜晚，他们每天都聊到天亮。一开始，安只是静静聆听，因为，在那段时间，安脑中唯一的想法其实是死亡。自杀。没特殊原因，或者一切都是原因，或者她觉得自己的整个人生都是原因，或者她经历过的每一件事都是原因。有些人就是如此，他们比其他人更敏感，他们把死亡当成一个包袱，背在自己背上，一旦疲倦，他们便会很快对这样的负担感到厌烦，然后迅速打开包袱，总之……

不知为何，阿塔发现了安的想法，或许他就是能够感受，所以他才只跟她谈与生命相关的事，他只提到求生的欲望。那八个晚上如此动人，安被说服继续活下去。她面前一个挣扎求生的男人，像垂死的堂吉诃德，且他用自己一辈子的感受来让她明白人该如何过活。

安也提到他的英文，"就像莎士比亚坐在我面前一样，听他说话，仿佛在阅读一本书。我无法在这里逐一记下他的话，一旦写下来，就会毁掉所有他叫我相信的美好事物的意义。他没给我机会反抗，我只能相信他和他说的话。"

乌古斯·阿塔出院后，他们再也没见过彼此，但安从没忘记他。如果要说，我觉得她爱上了乌古斯·阿塔，但她的日记里从没有提到类似的事。只有一个句子："他是唯一一个我见过且有可能会爱上的人。"

多年后，安来到了土耳其，她去的地方，如果你还在继续读这封信，就是你现在所在的地方：科沙棘墓园，她来到乌古斯·

阿塔的坟前。日记里提到一封信——她写给乌古斯·阿塔的信。谁知内容是什么呢？

就这样，安来到这里，把信埋在乌古斯·阿塔的坟里。她在日记里这样说：

"今天，我把信埋了进去。或许多年过去，信纸会变成沙土的一部分，或许我一离开，他的灵魂就会读信。后来，一个男孩走向我，看起来贫困落魄。我猜他的工作是在墓园扫墓，他对我说了些什么，当然，我什么也没能听懂，我用手势让他知道该好好扫这个墓，要是我给他一点钱就好了，但我实在太伤心，开始边哭边跑，甚至也没有回头看他。"

我发现你曾在墓园工作，那个男孩会不会就是你呢？我想应该不是，但谁知道，或许真的就是你。总之……

读完安的日记后，我终于了解，拯救我的不只是她，或许也应该把乌古斯·阿塔算进来，或许他也把我拉出了地狱，因为他救了安，若没有安，我也早就灰飞烟灭了。

我想通了这一切，但在此之前，我甚至不知道有乌古斯·阿塔这号人物，我还是爱丁堡大学的文学教授呢。你可知道，对他一无所知是多么丢脸的事啊！另外，我该为我的土耳其文道歉，这是我人生中第一次以土耳其文写信，也是我二十九年来第一次回到土耳其，只为让你读到这封信。

读完安的日记后，我开始阅读乌古斯·阿塔的所有作品，并竭尽所能找出跟他有关的一切，你的资讯就这样跃到我眼前。我看到所有关于你的新闻，你的照片，你在法庭上的证词，我几乎无法相信，特别是当我看到你的名字时。

现在，我又重读了这封信，发现自己写得有多差，每个段落总是以"总之"结尾。总之，不是总之！若我在每个"总之"后还继续写个不停，那就会有数千个我此刻不可能写得完的故事要告诉你。

我觉得自己就像个小女孩。总之，只有十一岁大的小女孩才会这样写下这些给你吧。

一如我在信的开头所解释的，追寻一条线索，现在我抵达了不知道会走向哪里的岔路口。我们到达终点，因为我不知道，我想要从你身上获取什么。仿佛这里有你，也有我。我不知道该再说些什么。

若你还在读信，你应该还在我身边。若你觉得这一切只是巧合，你可以马上离开。我们可以分道扬镳，忘掉一切。

不，但我无法说谎。如果是那样，我将无法继续我的人生，我也无法忘记这些。

因为我也读了乌古斯·阿塔，而且我认识了你。

或许你会说，透过照片跟新闻片段能了解一个人多少？你是对的，或许很少。既然这样，让我说一件事：我只对 az 知道一些，就一些。

你也看出来了吗？Az，说出口时是这么微不足道的一个字。只有 A 跟 Z，仅仅两个字母，但在它们之间有一整套字母系统，用这些字母，你可以写下数千个字，可以写下数万个句子。我想对你说的话，我无法写下的一切，全都在这两个字母之间。一个是开头，一个是结尾，但它们仿佛为了彼此才存在，所以它们应该被放在一起，应该被读成一个字。仿佛他们携手爬过其间的所有字母，一个接一个，直到它们相遇。就像我跟你。

也或许，这比"一些"还多，或许生与死就像 AZ。也或许，我只了解你"一些"，代表我对你的了解比对我自己还要深。也或许，一无所知，表示我可能会尽一切努力去了解。或许一些就代表一切，也或许，这是我唯一可以跟你说的事。

我想不出比乌古斯·阿塔的坟头更好的见面地点。因为，如果你读完信后头也不回离开，我就可以直接把信埋进坟土里了。

德妲

德妲和德达

DERDÂ & DERDA

他们同时睡醒，转头望着彼此。德达伸长脖子，靠近她的双唇，亲吻她。

这天，他们在爱丁堡的街上闲逛。夜幕很快落下，他们回家。

德妲走去客厅，德达进入浴室。

他摇摇手上的喷漆，然后在浴室的大墙面上画下一个又大又红的 O。德达面露微笑，看着自己的作品几分钟：雪白墙面上，一个血红的字母。接着，他在 O 里面加了一个 A。他看着墙面，像第一次见到那样崭新，也仿佛，他已耗费了一辈子，只为了去注视它。

他走入卧房，慢慢脱下身上的衣物。他脱下衣服，裸露全身。音乐从客厅流泻进来。他闭上双眼，用双唇哼唱。这是这间屋子里最受欢迎的专辑：《愚狂舞曲沧桑录，1500—1750》①。

---

① 愚狂舞曲沧桑录（Altre Follie, 1500 - 1750）：本专辑收录一五〇〇年到一七五〇年间的愚狂舞曲代表作，作曲家包括卡贝容、穆达拉、鲁佛、皮西尼尼、法柯尼耶罗、柯赖里、韦瓦第等共十三位，再加上两位无名氏，全部一共十五曲。

德达站在卧室的全身镜前举起双拳，摆出拳击手姿势。他看着"乌古斯"和"阿塔"上方的自己。直到德妲进来，打断了他。她也衣不蔽体，也带着微笑。

德达像另一个时代的绅士般伸手牵她进入浴室。他微微欠了身。德妲走进去，站在浴缸旁。她屈膝，用两只手指试试水温。然后她利落地站起身，取下发夹，让头发洒下来。她的秀发像一条河流，静静落在肩膀上。她一只脚踏入热水中，再让另一只脚也踏进去。裸露的躯体渐渐隐身在热水之中。

德达把两支香槟杯带到浴缸旁，放在格子花样的地砖上，然后也让自己慢慢浸入热水里。

他们看着彼此，在蒸气里相视而笑，然后，他们双双闭上眼，聆听音乐。

曲调越来越慢，他们睁开眼，看着对方。两人同时往下伸出手，拾起香槟杯，细啜一口，眼神仍停留在爱人身上。这一口像吸入空气般，一口带着毒药的空气。

"我爱你一些。"德妲说。
"我爱你少一些。"德达说。
一切回归静默。

当他们看着墙上的符号，两人都想：这一切都从乌古斯·阿塔开始，也因乌古斯·阿塔结束。

在愚狂舞曲无尽的旋律陪伴下

入眠前，他们看了彼此最后一眼。
他们沉入死亡。
他们八十岁。
对两人来说
四十年才得以相聚
再四十年才得以共死
若再有四十年，他们将无法承受。

（音乐）
"Follia"① 十六世纪
不断播放

---

① Follia：佛利亚，大约起源于十五世纪末葡萄牙的一种舞曲，又称"愚狂舞曲"，盛行于十六至十八世纪中期，后来逐渐流传至欧亚其他国家。

图书在版编目（CIP）数据

少数/(土)哈坎·君代著；龚嘉华译. -- 上海：上海文艺出版社，2019
（新丝路文库）
ISBN 978-7-5321-5361-9
Ⅰ.①少… Ⅱ.①哈… ②龚… Ⅲ.①长篇小说－土耳其－现代 Ⅳ.①I374.45
中国版本图书馆CIP数据核字(2019)第034316号

AZ by Hakan Günday
Copyright © 2011 by Hakan Günday
Published in agreement with Kalem Agency
through The Grayhawk Agency
著作权合同登记图字：09-2015-200号
本书中译文由南方家园文化事业有限公司授权。
著作权合同登记图字：09-2015-709号

This project was undertaken with the financial support of TEDA.
本项目得到土耳其文化、艺术和文学推介会资助。

发 行 人：陈　征
出 版 人：张　翔
责任编辑：张　翔
封面设计：周伟伟

书　　　名：少　数
作　　　者：(土)哈坎·君代
译　　　者：龚嘉华
出　　　版：上海世纪出版集团　上海文艺出版社
地　　　址：上海绍兴路7号　200020
发　　　行：上海文艺出版社发行中心发行
　　　　　　上海市绍兴路50号　200020　www.ewen.co
印　　　刷：崇明裕安印刷厂
开　　　本：700×1000　1/16
印　　　张：19
插　　　页：2
字　　　数：165,000
印　　　次：2019年3月第1版　2019年3月第1次印刷
I S B N：978-7-5321-5361-9/I · 4259
定　　　价：65.00元
告 读 者：如发现本书有质量问题请与印刷厂质量科联系　T：021-59404766